W0387411

1. Auflage 2019

ISBN 978-3-96698-528-4

Distribution Service: NovaMD GmbH, Raiffeisenstr. 4, 83377 Vachendorf/Traunstein

Korrektorat: Amalthea

Titelgestaltung: Anna Engel: www.anna-engel-design.de

Titelbild: Anna Engel: www.anna-engel-design.de

Satz: Verlag Edition Elbflorenz

Druck, Verarbeitung: PRINT GROUP Sp. z o.o., Szczecin (Polen)

www.editionelbflorenz.com

Für meine Familie

I

Hanneliese Schmidt traf sich mit ihrer Freundin Emma zum wöchentlichen Kaffee-Kränzchen bei Hartmanns auf der Peterstraße. Es war ein Ritual, das die beiden Frauen bereits seit etlichen Jahren jeden Donnerstag pflegten. Gelegentlich nahmen auch andere Freundinnen oder Bekannte von ihnen mit teil. An diesem Tag hatte Erika Zimmermann zugesagt. Die zwei kannten Erika seit langer Zeit von den gemeinsamen Wandertagen der Volkssolidarität. Solange ihre Freundin noch nicht da war, begannen sie schon einmal mit der Bestellung.

Beide waren sie zwei rüstige Damen im fortgeschrittenen Alter. Hanneliese, eine weißhaarige Seniorin um die siebzig, fühlte sich jedoch noch nicht so alt. Sie wirkt etwas korpulenter als ihre Freundin, war allerdings immer modern gekleidet und adrett. Ein großes eher blasses Feuermal zierte seit ihrer Geburt die rechte Wange.

Emma war im Gegenzug eine schlanke Rentnerin, welche ebenso gerade die Siebzig erreicht hatte. Trotz ihres Alters war sie sehr lebhaft. Im Vergleich zu ihrer Freundin ließ sie sich die Haare regelmäßig blondieren. Sie trug nach wie vor Kleidung aus der „guten alten" DDR-Zeit. Schon immer konnte sie sich nur sehr schwer von alten Sachen trennen. Ihr sagten die ganzen Klamotten nicht zu, die es heutzutage zu kaufen gab. Altmodisch war ein Begriff, der sie am besten beschrieb. Zugleich konnte man sie durchaus als sehr neugierig einordnen. Stets wollte sie alles genau wissen, was in ihrem Umfeld und Freundeskreis passierte.

„Wie geht es dir denn, meine Liebe?", fragte Hanneliese.

„Ach, so einigermaßen", entgegnete Emma etwas geknickt.

„Was ist denn los? So kenne ich dich doch gar nicht."

„Wie soll es mir schon gehen, wenn man alleine lebt? Meine Kinder haben sich schon seit zwanzig Jahren nicht mehr gemeldet. Ich weiß gar nicht, wo sie zurzeit wohnen – geschweige denn, ob sie überhaupt noch leben."

„Das hat dich doch die letzte Zeit auch nicht gestört", antwortete Hanneliese und nahm Emma in den Arm.

„Mein Ältester hatte vor ein paar Tagen Geburtstag. Das hat für mich alles wieder aufgewühlt. Manchmal ist es richtig schlimm, wenn man alleine zu Hause sitzt."

Hanneliese sah ihre Freundin fragend an. „Hast du noch nicht einmal eine Telefonnummer von deinen Kindern?"

Emma saß wie ein Häufchen Unglück auf ihrem Stuhl. Sie schüttelte traurig ihren Kopf.

Hanneliese bestellte indes zwei neue Kaffee bei der freundlichen Bedienung. „Möchtest du noch was Süßes dazu?" Sie wollte ihre Freundin etwas aufmuntern. „Das könntest du momentan wahrscheinlich richtig gut gebrauchen."

„Nein danke, heute nicht. Mein Zucker ist wieder mal viel zu hoch. Aber sieh mal Hanneliese, hier liegt ein Prospekt von einem Bauernhasen auf dem Tisch. Vielleicht magst du ja was Süßes zum Kaffee." Sie holte bei den Worten die Lesebrille aus ihrer Handtasche. „Markgraf Friedrich lebte im Mittelalter hier in Freiberg", las Emma vor. „Er liebte das blühende Leben hier. Durch das Silbererz war Freiberg damals sehr reich."

Emma machte eine Pause und legte den Prospekt auf den Tisch zurück. Die Geschichte in dem Faltblatt brachte sie auf andere Gedanken. Die nette Bedienung servierte währenddessen den bestellten Kaffee. Sie bedankte sich und überflog weiter den Text in Kurzfassung.

„An einem Fastnachtsdienstag hatte der Markgraf kurz vor Mitternacht den Wunsch geäußert, einen Hasen zu verspeisen. Der Kaplan, der auch gerne was Gutes aß, war dagegen. Denn um Mitternacht begann die Osterfastenzeit. Es war demnach eine schwere Sünde nach zwölf Uhr einen Hasenbraten zu verzehren. Was es damals für komische Gesetze gab." Emma legte das Blatt beiseite und trank ihren Kaffee.

„Na wie geht es denn weiter? Ich habe meine Lesebrille nicht mit. Hat er nun seinen Hasen bekommen oder nicht?", fragte Hanneliese neugierig nach.

„Der Markgraf wollte, der Kaplan nicht. Der Markgraf ließ den Koch rufen und befahl ihm, einen Hasen zu bringen. Der Küchenmeister war ein lustiger Mann und erklärte, sie werden beide zufrieden sein. Kurz nach Mitternacht brachte der Koch einen knusprigen Hasen. Der Geistliche war sauer und wollte den Hasen wegwerfen lassen. Die Tafelrunde war aber dagegen. Der Küchenmeister durchschnitt den Hasen quer mit einem Messer. Da stellte sich heraus, dass der Hase ein Gebäck in Form eines Hasen, der mit einer Glasur und Mandeln gespickt war. Sie waren alle zufrieden und der Name des Kochs war Bauer. So nannte der Markgraf das Backwerk schlichtweg Bauernhase."

„Interessant, das habe ich gar nicht gewusst. Nächste Woche bestellen wir uns so einen Bauernhasen und teilen ihn wegen deiner Diabetes auf."

Emma winkte ab. „Bis nächste Woche ist der Zuckerwert bestimmt wieder normal. Mach dir keine Sorgen. So ein kleines Gebäck schaff ich schon ganz allein."

„Sag mal Emma, wo bleibt denn Erika? Sie ist doch sonst immer die Erste bei unserem Kaffeekränzchen. Hat sie dich vielleicht angerufen und du hast vergessen, mir zu sagen, dass sie heute beschäftigt ist?“

„Sie wird schon noch kommen. Wer weiß, was bei ihr dazwischengekommen ist. Angerufen hat sie mich auf jeden Fall nicht. Das hätte ich dir doch gesagt.“

Sie plauderten über dies und jenes, was es als Stadtgespräch Neues gab. Als es nicht mehr Interessantes zu bereden gab, schlug Emma einen Ausflug nächste Woche vor.

„Woran hast du denn gedacht?“

„Ich hab mir den Senftenberger See vorgestellt. Hast du Lust mitzukommen?“

„Ach nein, das ist mir zu weit. Was hältst du aber von Dresden? Da ist immer was los und es ist schnell zu erreichen“, erwiderte Emma. „Was hältst du vom Dienstag?“

Hanneliese schüttelt ihren Kopf. „Dienstag? Das geht nicht. An dem Tag habe ich einen Container bestellt. Das habe ich schon lange geplant.“

„Wozu brauchst du denn so ein großes Ding? Willst du etwa ausziehen?“ Emma sah ihre Freundin fragend und erstaunt an.

„Ich? Nein! Wie kommst du denn darauf? Ich muss endlich mal meinen Keller ausmisten. Seit Jahren habe ich mir das schon vorgenommen. Es kam mir aber bis heute immer etwas dazwischen. Ewig kann ich das aber nicht mehr hinausschieben. Irgendwann bin ich zu alt dafür.“

„Was hältst du davon, wenn ich dir helfe. Wir könnten ja alles vorsortieren. Da bist du schneller fertig und wir können noch was unternehmen“, schlug ihr Emma vor.

„Was ist aber mit deinem Bein? Die Stufen zum Keller sind ausgetreten, uneben und glatt."

„Wieso? Was meinst du?"

„Ich rede von der Sturzgefahr. Außerdem ist die Treppe sehr steil. Wenn dir etwas passiert, wer soll sich um dich kümmern?"

„Aber Hanneliese, ich habe doch dich. Wir sind zusammen zur Schule gegangen und haben uns die ganzen Jahre über nie aus den Augen verloren. Ich habe dich auch als meine Erbin eingesetzt."

Hanneliese lachte laut auf: „Was hast du schon zu vererben?"

Emma ignorierte beleidigt die Worte ihrer Freundin. „Wer, wenn nicht du, wird sich um mich kümmern?"

„Ehrlich, das hast du? Also gut, ich gebe mich geschlagen. Ich würde mich freuen, wenn du mir hilfst. Deinen Nachlass will ich aber nicht. Du hast doch Kinder, die dich beerben sollen. Ich will keinen Ärger mit deinem Nachwuchs. Die denken am Ende noch, ich bin eine Erbschleicherin."

Hanneliese war das Thema sehr unangenehm. Am liebsten hätte sie sich gar nicht darüber unterhalten wollen. Es war, als würde man den Tod heraufbeschwören.

„Ich habe das erst kürzlich in der Zeitung gelesen. Da haben sie die Frau vor Gericht gezogen. Als Erbschleicherin haben die Kinder sie beschimpft. Zu Lebzeiten haben die Enkel und Kinder sich nicht um ihre Mutter gekümmert. Als sie aber verstorben war, standen sie vor ihrem Sarg und wollten Kohle sehen."

„Ach Hanneliese, ich hoffe, dass das bei mir nicht so sein wird. Ich darf gar nicht daran denken, was alles nach meinem Tod passieren kann. Ich will aber, dass du dich darum kümmerst. Deswegen hab ich dich als Bevollmächtigte eingesetzt." Emma nahm ein Taschentuch aus der Handtasche und wischte sich ein paar Tränchen aus den Augenwinkeln. „Nur gut, dass ich es nicht mehr mitbekommen werde, wenn es so weit ist. Lass uns jetzt aber von etwas Schönerem reden, denkst du nicht auch?"

„Ja da hast du recht. Nächste Woche macht ein neues Café in Freiberg auf. Was hältst du davon, wenn wir uns das mal ansehen? Vielleicht kommt Erika dann auch wieder mit. Wo auch immer sie heute bleibt." Die Freundinnen schauten zum Eingang des Cafés.

„Ja, sehr gern. Aber erst nach unserem nächsten Besuch hier. Ich will unbedingt noch den Bauernhasen probieren. Da kommen wir nicht dran vorbei."

Hanneliese suchte in ihrer Tasche die Geldbörse. „Emma, ich bezahle heute die Kaffeerunde. Erika kommt sowieso nicht mehr und ich muss noch etwas erledigen. Es wird Zeit, dass wir losmachen."

„Oh, danke. Du hast wohl eine Rentenerhöhung bekommen?"

Emma steckte schnell ihr Portmonee wieder in ihre Handtasche. Mit weiteren Scherzen auf den Lippen gingen die beiden Rentnerinnen auseinander.

Am darauffolgenden Tag starteten die zwei Freundinnen mit Besen, Schaufel und Taschenlampe in Richtung Keller. Bevor der Container kam, galt es, die Sachen vorzusortieren. Hanneliese ging voran. Mit Kopftuch und alter Kittelschürze fühlte sie sich ganze zehn Jahre älter.

„Emma, pass auf! Die Stufen sind aus unterschiedlichen Steinen. Alles ist hier schief und bucklig. Du kannst hier fast überall dein Gleichgewicht verlieren. Das ist höllisch gefährlich."

„Hör doch auf. Ich bin kein kleines Kind mehr."

„Das weiß ich doch. Ich habe nur Angst, dass du stürzt. Sieh dir die schlechte Treppe an. Ein Wunder, dass hier noch nichts Schlimmes passiert ist. Da hätte die Hausverwaltung schon längst etwas unternehmen müssen.“

Hanneliese leuchtete mit der Taschenlampe die vielen Steinplatten ab. Der Lichtschein wanderte dabei die steile Stiege hinab. Der Schattenwurf zeigte den beiden Frauen, die unebene Oberfläche. Die Wände und die Stufen waren aus groben Steinen und mit altem bröckligem Putz verfugt. Feuchter Modergeruch lag in der Luft.

„Hier wurde schon jahrzehntelang nichts mehr erneuert“, schimpfte Hanneliese. „So ein schönes Haus und dann den Keller derart verfallen zu lassen, das ist eine Schande. Außerdem solltest du dir was Altes anziehen. Mit deiner feinen Dederon-Schürze siehst du nicht aus, als würdest du den Keller entrümpeln wollen.“

Der ironische Unterton war allerdings aus der Stimme von Hanneliese herauszuhören. Dederon zog schon seit der Wende niemand mehr freiwillig an. Mit dem Untergang der DDR war der unangenehme synthetische Stoff längst aus den Regalen der Kaufhäuser verschwunden – zum Glück, wie sie für sich selbst bemerkte.

„Du wirst lachen, die Schürze ist noch aus Ost-Zeiten und mindestens 30 Jahre alt.“

„So alt sieht der Kittel gar nicht aus. Zudem steht sie dir gut.“ Hanneliese wollte ihre Freundin nicht beleidigen.

Emma drehte sich wie ein Model im Kreis, damit Hanneliese sie von allen Seiten bestaunen konnte. „Ich kann mich so schlecht von den alten Sachen trennen.“ Sie betone dies mit einem neckischen Augenzwinkern. „Außerdem, solange sie noch ganz ist, trage ich sie weiter gern.“

„Auf geht's! Der Keller wartet auf uns. Vom Herumstehen allein erledigt sich die Arbeit nicht."

Emma klammerte sich an Hanneliese fest. Sie stiegen gemeinsam die Treppe hinab, welche in einem dunklen und niedrigen Kellergang endete. Dabei nahmen sie jede Stufe einzeln. Abwechselnd stützten sie sich am Handlauf ab, um nicht zu stürzen. Eine einsame schwache Glühlampe erhellte die Treppe und eine weitere den Kellergang dahinter. Der Rest des Gewölbes lag in Finsternis vor ihnen.

Hanneliese sah ihre Freundin besorgt an. „Alles gut, Emma?"

„Ja, ja, alles gut. Ich komm schon klar. Jetzt behandle mich nicht wie eine Achtzigjährige. So alt bin ich nun auch wieder nicht."

„Es fehlen aber nicht mehr viele Jahre bis Achtzig", betonte ihre Freundin mit einem Lächeln.

„Weißt du Emma, ich bin schon viele Jahre nicht mehr hier unten gewesen. Man braucht ja schließlich keine Kohlen mehr wie früher. Was das damals für eine Schinderei war, jeden Tag in den Keller hinab zu müssen."

Im Stillen fragte sich Hanneliese, wie sie es schaffen sollten, den Keller auszuräumen. Schon ohne Gerümpel und alten Dingen auf den Armen schafften sie es kaum, die Kellertreppe zu meistern.

Mit unsicheren Schritten liefen sie tiefer in das Gewölbe hinein. Hanneliese zog ihre Jacke fester um ihr Schultern. Ein leichter Schauer jagte ihre Wirbelsäule nach oben. Das alte Haus hatte definitiv etwas Gespenstiges an sich. Es gab mehr als genug Gründe, dass sie nicht regelmäßig nach unten ging. Die muffige kalte Luft des mit Spinnweben überzogenen Kellergangs schlug ihnen beiden mit voller Wucht entgegen.

Emma schüttelte sich vor Kälte und Ekel. „Was ist das nur für ein dunkles Loch? Dagegen ist mein Keller der pure Luxus. Kein Wunder, dass du schon lange nicht mehr hier unten warst. Hier würde mich sonst keine zehn Pferde herunterbekommen."

„Es kann nicht jeder in einem neu ausgebauten Haus wohnen", murmelte Hanneliese. „Wann warst du denn das letzte Mal in deinem Keller, Emma?"

Sie zuckte nur mit den Schultern. „Das weiß ich gar nicht mehr. Es sind nur noch Sachen von meinem verstorbenen Mann in dem Verschlag. Da zieht es mich nur wenig hin. Ich werde das Ganze wohl auch einmal entrümpeln müssen. Du kannst mir ja im Gegenzug helfen, da sind wir dann Quitt. Allerdings kann ich mich noch nicht von den Dingen trennen. Da hängen noch zu viele Erinnerungen dran."

„Na sag mal, wie lange willst du die Sachen noch aufheben? Dein Mann ist doch schon vor Jahren von uns gegangen. Wie lange ist das mittlerweile her?"

Emma schaute beleidigt geradeaus. „Das macht jeder, wie er will."

„Ist ja gut, ich helfe dir natürlich auch beim Entrümpeln. Das ist doch selbstverständlich."

Nach ein paar Sekunden des betretenen Schweigens standen sie schließlich vor einem langen Gang. Das schwache Licht der Birne reichte kaum aus, um alles auszuleuchten. Rechts waren zehn abgetrennte kleine Kellerboxen zu erkennen. Links befand sich nur eine kahle und schmutzige Steinwand. Die schmalen Kellernischen waren mit von der Zeit abgedunkelten Holzlatten abgeteilt. Man konnte in jede hineinsehen, da die Latten weit auseinanderstanden. An der fünften Lattentür blieb Hanneliese stehen.

„Hier ist mein Abteil." Sie zeigte mit der Hand auf einen Stapel Kisten. „Bei mir sind das alles nur alte Sachen, die ich nicht mehr brauche." Sie hob hilflos die Hand. „Und mit der Zeit ist jetzt Müll daraus geworden? Von der Hälfte weiß ich noch nicht einmal mehr, wann ich es nach unten gebracht habe und was es überhaupt ist."

Emma stürmte plötzlich in die Box an Hanneliese vorbei. „Schau mal! Du hast hier noch Einweckgläser mit Obst oder so was Ähnliches? Und Flaschen! War das mal Wein oder Saft? Vielleicht sind die noch trinkbar. Man kann aber kaum noch erkennen, was es mal war." Fragend sah sie Hanneliese an.

Die Freundin lachte: „Du kannst ja mal kosten, dann weißt du es. Die müssen mindestens noch aus DDR-Zeiten sein. Ich habe schon sehr lange nichts mehr eingekocht", meinte Hanneliese. „Das ist mit Sicherheit alles ungenießbar." Sie schaute angewidert das Regal mit den Gläsern und dem undefinierbaren Inhalt an. „Wir schütten alles in einen Eimer um. Das Glaszeug kommt anschließend in den Glascontainer. Es muss ja nicht alles auf den Sperrmüll."

„Ja, so machen wir das. Und ich werde dir dabei helfen." Kurz kramte Emma in dem Unrat herum. „Ich werd verrückt! Du hast noch eine alte Schwarzenberger Waschmaschine hier stehen?", staunte Emma. „Die gehört ins Museum. Werden solche Raritäten nicht gesucht?"

Hanneliese sah Emma nur zweifelnd an. „Meinst du wirklich? So ein olles Ding? Woher willst du das überhaupt wissen?"

„Ich habe gelesen, in Dresden gibt es ein DDR-Museum. Die nehmen die Waschmaschine bestimmt. So ein gutes Stück. Es wäre schade darum. Früher hatte ich auch mal so eine."

„Ja, das ist schön Emma. Deine Begeisterung für die alte Waschmaschine in allen Ehren. Soll ich die etwa auf meinem Rücken nach Dresden tragen?“

Die Freundin blieb ihr jedoch eine Erwiderung schuldig. Unschlüssig wühlten sie beide in den Sachen herum. Zu gebrauchen war eigentlich nichts mehr. Anschließend sahen sich die zwei Frauen die benachbarten Kellerboxen an. Sie drückten neugierig ihre Nase an die Holzlatten und leuchteten mit der Taschenlampe in die Nachbarabteile hinein.

„Sieh mal Emma, bei den anderen Leuten im Haus ist auch nur noch Müll drin. Da stapeln sich ebenso die Kisten bis unter die Decke. Irgendwann müssen die auch mal entrümpeln. Wahrscheinlich könnte man den gesamten Keller, so wie er ist, auf den Sperrmüll bringen.“

„Oder die Kinder müssen später ran, wenn die Eltern verstorben sind“, warf Emma leicht bedrückt ein. „Wenn ich gewusst hätte, was hier auf mich zukommt …“

„Das kannst du mir doch nicht antun. So etwas hättest du mir eher sagen müssen. Dann hätte ich Erika gefragt, ob sie mir helfen könnte.“

Emma winkte ab. „Die hat doch nie Zeit.“

„Ich brauche deine Hilfe. Alleine schaffe ich das nie im Leben.“ Hanneliese hoffte, dass ihre Freundin hierblieb.

„So schlimm hätte ich mir deinen Keller nicht vorgestellt.“ Emma wischte ihre schmutzigen Hände an der Schürze ab. „Versprochen ist aber versprochen, da muss ich durch“, murmelte sie vor sich hin. „Dafür schuldest du mir aber ein Kaffeekränzchen im Hartmanns. Du weißt, dass ich unbedingt den Bauernhasen probieren möchte. Der geht auf jeden Fall auf deine Rechnung.“

„Klar doch. Aber komm jetzt, sonst stehen wir morgen noch herum! Wir sind zum Entrümpeln hier und nicht, um zu träumen."

Emma lachte ihre Freundin an: „Wie heißt es so schön: erst die Arbeit dann das Vergnügen. Warte aber mal kurz. Ich will nur mal nachsehen, was dahinten ist. Geht es da irgendwie weiter? Gibt es da etwa noch mehr Kellerräume?"

„Da ist nichts mehr – nur ein leeres Kabuff. Du kannst da gern nachsehen. Sei aber vorsichtig, dass du nicht stolperst."

Emma war in dem Bezug schon immer sehr neugierig. Sie lief an den anderen Kellerabteilen vorbei. Es ging den Gang entlang, bis sie auf einen größeren Raum stieß. Sie rief: „Hanneliese! Komm mal schnell, das musst du dir unbedingt ansehen."

Diese ließ die gerade erst geöffneten Einweckgläser stehen und eilte zu Emma hin. So standen beide schließlich in einem weitläufigen Gewölbe. Mit Stahlträgern an der Decke und einem Pfosten in der Mitte wirkte er wesentlich robuster als der Rest des Gewölbes. Es waren ebenso vereinzelt Bänke an den Wänden aufgestellt. Auf diese konnte man sich jedoch nicht mehr setzen. Das Holz war unglaublich morsch und feucht. Es wirkte, als würden die Möbel schon seit Ewigkeiten hier unten stehen und vermodern. Emma schaute ihre Freundin nachdenklich an.

„Was war denn das einmal für ein Raum?"

„Ich brauche dir wohl nicht erklären, was ein Luftschutzkeller ist?", erwiderte Hanneliese.

„Nein, das weiß ich noch sehr gut. Ist das hier wirklich ein Überbleibsel aus den Kriegszeiten? Ich hätte nicht gedacht, dass es so etwas noch in Freiberg gibt. Diese grauenhaften Zeiten möchte ich am liebsten vergessen. Es war schlimm damals." Emma schaute Hanneliese traurig an. „Ich sehe förmlich die Leute mit ihren Kindern und ihren schnell gepackten Taschen hier sitzen. Sie hörten damals bestimmt die Detonationen näherkommen und beteten, dass sie verschont blieben. Ich bin froh, dass es heute so etwas wie Krieg nicht mehr gibt. Stell dir mal vor du müsstest hier in der Kälte und Feuchtigkeit sitzen, um auf den Einschlag und das Verderben zu warten."

Hanneliese hob die Schultern. „Das alles ist nun schon sehr lange her. Das Einzige, was daran erinnert, ist dieser muffige Raum. Und wenn wir irgendwann nicht mehr auf der Welt sind, werden die Leute darüber nur noch Geschichten in Büchern haben. Komm, sonst werden wir niemals fertig. Mit dem Ort hier und allem was dazu gehört, haben wir nichts zu tun."

Sie harkte Emma unter, um sie zu ihre Kellerbox zurückzuführen. Letztlich galt es für sie zwei, nach wie vor den Keller auszumisten. Emma blieb aber wie angewurzelt stehen. Hinter ihrem Rücken klafft ein Loch in der Wand. Es war, als wäre der Keller an dieser Stelle eingebrochen.

„Sieh mal, Hanneliese. Es schaut so aus, als ob die Mauer eingestürzt wäre."

„Das wirkt aber eher, als hätte da jemand die Wand aufgebrochen. Das ist viel zu gleichmäßig."

„Meinst du wirklich? Wer macht denn so etwas? Was soll das überhaupt?"

Vorsichtig tasteten sich die beiden älteren Damen im Schein der Taschenlampe vorwärts. Neugierig beäugten sie die Öffnung in der Mauer.

„Leuchte mal mit der Lampe darein."

„Das ist bestimmt ein Gang", vermutete Emma.

„Das ist ein finsteres Loch. Wie willst du da einen Gang sehen?“

Sie leuchteten in das Gewölbe hinein und sahen, dass es weiterführte. Überraschung spiegelte sich auf Emmas Gesicht wider. Der Lichtkegel schaffte es nicht, ein Ende zu erleuchten. Überhaupt wirkte der Gang viel mehr wie ein Stollen. Die Wände erzeugten den Eindruck, als wären sie teilweise aus dem Felsen gehauen. Nur an einigen Stellen war Mauerwerk zu erkennen. Leicht abschüssig ging es in ungeahnte Tiefen weiter.

Emma war sehr aufgeregt und wollte gleich nachsehen, wohin der Stollen führt. Für sie war in dem Augenblick die Entrümplung vergessen. Neugierig hatte sie bereits einen Fuß in die Öffnung gesetzt. So etwas entdeckte man nicht alle Tage. Vielleicht war es ein besonderer Gang mit einem Geheimnis.

„Halt, wo willst du hin? Da gibt es nichts. Das ist nur ein alter Fluchttunnel aus dem Luftschutzbunker.“

„Eventuell gibt es etwas da hinten zu entdecken“, warf Emma ein.

„Ich glaube nicht. Nun komm, sonst müssen wir morgen früh noch mal ran. Ich wollte das heute fertigbekommen.“

Hanneliese drängte ihre Freundin, sie sollten endlich mit der Arbeit beginnen. Emma war trotz der Worte aufgeregt. Sie machte Anstalten gänzlich in das schwarze Loch zu treten.

„Du mit deinem kranken Bein. Der Boden ist ganz uneben und voller Geröll. Da sind bestimmt auch Ratten, Mäuse und wer weiß noch was für ein Ungeziefer drin“, hielt Hanneliese sie stattdessen zurück. Sie lachte. „Oder gar ein Berggeist wohnt in dem Stollen.“

Emma winkte hingegen ab. „Du alte Unke. Du machst immer alles schlimmer, als es in Wirklichkeit ist. Das ist nur ein dunkler Gang – mehr nicht. Was soll mir da schon passieren?“

Hanneliese warf verzweifelt die Hände in die Höhe. „Was soll das jetzt schon wieder heißen? Wir haben uns was anderes vorgenommen. Oder etwa nicht? Da kannst du auch noch später nachsehen."

„Wer weiß, wer die Wand aufgebrochen hat und warum? Interessiert dich das nicht?"

„Mich? Wie kommst du darauf? Ich will das nicht wissen. Los jetzt, endlich!" Hanneliese wollte ihre Freundin aus dem schwarzen Loch ziehen.

„Ach komm", bettelte Emma. „Sei doch bitte nicht so. Das wird mit Sicherheit ein riesiges Abenteuer. Was soll uns schon passieren? Deinen Keller schaffen wir heute trotzdem noch. Zehn Minuten reichen bestimmt aus. Ich will nur einen kurzen Blick riskieren."

„Ich erzähle dir sehr gerne, warum es gefährlich ist, so einen Stollen zu erkunden", erwidert Hanneliese. „Wir wissen zum einen nicht, wohin er führt oder was sich dahinter befindet. Als ich klein war, hat mein Vater den Gang zugemauert, fällt mir gerade ein. Ich wusste aber nie, ob die Geschichte wirklich stimmt. Er sagte damals zu meiner Mutter, dass der Stollen bis zum Elisabethschacht führt. Außerdem soll er irgendwie auch bis zu anderen Ausgängen am Untermarkt verlaufen. Da kann noch alte Munition aus dem Krieg herumliegen. Verstehst du? Das ist ein einziges Labyrinth. Wer weiß, für was der Stollen ursprünglich gegraben wurde. Es hieß auch, dass hier früher eine Außenstelle des Nonnenklosters angesiedelt war. Meines Wissens wurde hier schon ein paar Mal umgebaut. Früher war zeitweise eine Fabrik für Drähte im Hinterhaus. Im Erdgeschoss hat es auch eine ganze Zeit lang ein Geschäft für Konfektionsmode und zu DDR-Zeiten für Jugendmode gegeben."

„Ernsthaft?", fragte Emma nach und staunte verblüfft über diese Auskunft. „Hat Freiberg ein geheimes Labyrinth unter seinen Straßen und Häusern?"

„Das ist aber nicht mehr allzu vielen Leuten bekannt. Ich weiß noch nicht einmal, ob es überhaupt Aufzeichnungen von den Gängen unterhalb des Hauses gibt. Die sind meines Wissens nach schon sehr alt. Ich glaube sogar, die existieren seit dem Mittelalter."

„Das weiß möglicherweise das Oberbergamt in Freiberg", mutmaßte Emma.

Hanneliese sah ihre Freundin nachdenklich an. „Vielleicht. Meinen Vater kann ich jedenfalls nicht mehr fragen. Der ist schon lange verstorben."

Trotz aller Einwände hatte Emma das Abenteuerfieber gepackt. Sie leuchtete mit der Taschenlampe immer wieder in den Eingang des Stollens hinein.

„Die Mauer ist nicht zufällig eingestürzt", erwiderte sie abermals. „Da hat bestimmt einer nachgeholfen. Ich bin mir da hundertprozentig sicher." Emmas Gesicht war vor lauter Aufregung gerötet.

Hanneliese schüttelt indes verzweifelt ihren Kopf. „Was willst du denn hier noch untersuchen? Du siehst doch, dass der Stollen bis auf das Geröll leer ist."

„Willst du denn nicht wissen, was in dem Gang ist und wohin er führt?"

„Eigentlich nicht. Komm Emma, wie wollen uns meinen Keller vornehmen. Deswegen sind wir hier unten. Das hier geht uns nichts an."

Hanneliese lief langsam den Weg zu ihrer Kellerbox zurück. Es war offensichtlich, dass sie kein Interesse an einem Abenteuer hatte.

„Du wohnst doch aber hier." Emma stellte dies ganz nüchtern fest. „Da musst du doch wissen wollen, was in deinem Keller passiert. Oder etwa nicht? Mir wäre es auf jeden Fall wichtig."

„Das ist mir jedoch egal. Was ich nicht weiß, macht mich nicht heiß. Ich habe mit meinem unaufgeräumten Gerümpel-Keller ganz andere Sorgen."

„Warte doch mal!"

Emma lief hinter Hanneliese her. Letztendlich akzeptierte sie, dass es der Keller ihrer Freundin war. Außerdem hatte sie ihr versprochen, ihr zu helfen. So machten sich die beiden Damen daran, sich durch den Unrat des Kellerabteils zu wühlen.

Spät am Abend war der Keller soweit sortiert, dass sie am Dienstag den Container befüllen konnten. Hanneliese hatte alles herausgesucht, was noch ein wenig Wert für sie besaß. Viel war es allerdings nicht. Im Großen und Ganzen konnte sie das meiste ohne Gewissensbisse entsorgen. Den Rest für den Abfalldienst hatte sie im Hausflur in einer Ecke gestellt. Hanneliese verschloss die Kellertür und ging mit Emma in ihre Wohnung.

Durch die Arbeit hatte sie den Kellerzugang komplett vergessen. Sie war müde und erschöpft. Allein wegen des Mülls, der in die normalen Haustonnen kam, musste sie oftmals die Treppen hoch und wieder runter laufen. Ohne ihre Freundin hätte das niemals geschafft.

„Ich danke dir Emma, dass du die ganzen Einweckgläser geöffnet und entleert hast. Das hat mir viel Zeit und Arbeit erspart. Ich mache mir jetzt einen Tee. Soll ich dir auch eine Tasse aufbrühen?"

„Ja gerne. Mir geht der Gang nicht aus dem Kopf. Warum wurde er freigelegt? Umsonst macht sich doch niemand die Mühe?"

Zehn Minuten später schlürften beide den heißen Tee.

„Ach Emma, du hast Sorgen. Ich kann mich ja mal im Haus umhören, wenn es dich so brennend interessiert. Vielleicht weiß einer meiner Nachbarn etwas von Bauarbeiten. Am Ende wird nur eine neue Wasserleitung gelegt oder etwas in der Art. Es gibt bestimmt eine vollkommen banale Antwort dafür. Da bin ich mir sicher."

„Eventuell hast du ja recht. Das war ein anstrengender Tag für mich", meinte Emma daraufhin. „Danke für den Tee. Ich werde jetzt nach Hause gehen. Es ist auch schon ziemlich spät. Ich werde bestimmt wie eine Tote schlafen."

„Wir sehen uns morgen wieder, wenn du dich erholt hast."

„Ja." Emma lachte laut. „Denk aber an meinen Bauernhasen. Den bekomm ich auf jeden Fall noch von dir. Wenn ich anfangs auch nur auf Abenteuersuche aus war.

„Du hast absolut recht", meinte Hanneliese. „Und nochmals vielen Dank für deine Hilfe. Ohne dich hätte ich es nicht so schnell erledigt bekommen. Schaffst du es nach Hause oder soll ich dir ein Taxi rufen?"

„Nein, nein, das musst du nicht. Es ist doch noch hell. Zudem sind genügend Leute unterwegs. Da mach ich mir keine Sorgen, dass mir etwas passieren könnte."

Emma griff in dem Moment in ihre Jackentasche. Unvermittelt hielt sie die Einladung einer Kaffeefahrt vom letzten Monat in der Hand. Hanneliese hatte den Brief ebenso bekommen. Erstaunt schaute sie auf den Prospekt in Emmas Hand.

„Wieso hast du die Einladung noch? Das war doch ein riesiger Reinfall. Einmal und nicht wieder. Alles gratis haben sie uns versprochen. Dazu sollte es auch noch Geschenke geben. Zum Schluss wurden wir aber nur gedrängt, überteuerte Rheumadecken zu kaufen."

Hanneliese lachte laut auf. „Auf der Rückfahrt gab es ein gewaltiges Theater um die Fernseher. Die Leute glaubten doch wirklich, sie erhalten eine Flimmerkiste als Gewinn umsonst.“

Emma zeigte mit einem Finger an ihre Stirn. „Stell dir mal vor: Für alle fünfzig Mitreisenden eine große Fernsehkiste? Da hätte der Bus mindestens noch einen Anhänger benötigt. Wie kann man alte Leute nur so übers Ohr hauen?“

Hanneliese zuckte die Schultern. „Es fallen aber immer wieder Leute darauf rein.“

Es war für Emma langsam Zeit, nach Hause zu gehen.

II

Olaf Schulze und Mike Müller saßen gelangweilt am großen Springbrunnen. Der Brunnen war eine Zierde im hiesigen Stadtpark. Sehr schön und an seinem Rand mit farbenprächtigen Blumen bepflanzt lud er zum Verweilen ein. Wechselnde Fontänen gab dem Wasserspiel seinen besonderen Reiz, der einzigartig in der Bergstadt war. Ringsherum standen etliche Bänke bereit. Dies wurde von den Parkbesuchern auch oft und gern angenommen. So war hier immer etwas los.

Von all dem bekamen Olaf und Mike allerdings nicht sonderlich viel mit. Wie jeden zweiten Tag lungerten die beiden mit ein paar Flaschen Bier in der Sonne auf einer der Parkbänke herum. Der bereits zuvor genossene Alkohol hatte längst angeschlagen. Die Wärme tat ihr Übriges, um die Gedanken der beiden Männer träge dahingleiten zu lassen. Mit schon schwerem Kopf sinnierten die Trinker über ihre Leben und die Welt.

„Ein Springbrunnen aus Bier wäre mal eine echt gute Idee.“

„Da hast du recht. Wir bezahlen mehr als genug Steuern. Das könnte das Rathaus auf jeden Fall mal machen. Das haben wir uns echt verdient."

Das Duo schlug sich mit Gelegenheitsarbeit durchs Leben. Olaf war geschieden und hatte keine Lust, sein sauer verdientes Geld für Frau und Kind auszugeben. Sein Äußeres wirkte eher ungepflegt aus. Die Jeans hatten zudem schon länger keine Waschmaschine gesehen. Die letzte Rasur war bereits über eine Woche her. Er räkelte sich gelangweilt auf der Bank, mit einer Flasche Bier in der Hand. Vorbeischländernde Spaziergänger schüttelten nur angewidert mit dem Kopf.

„Haben die denn keine Arbeit?", schimpfte ein älteres Ehepaar im Vorbeigehen.

Mike war Witwer. Er sah im Gegensatz zu seinem Kumpan sauber und gepflegt aus. Für Miete und Nebenkosten reichte die Witwenrente gerade so aus. Essen und Trinken verdiente er sich durch gelegentliche Nebenjobs. Mike war fleißig, wenn er nicht gerade an der Flasche hing, und wurde gern für kleine Arbeiten angesprochen. In seiner Freizeit traf er sich oftmals mit Olaf auf ein Bierchen. Dies war in letzter Zeit allerdings sehr häufig vorgekommen. Gute Nebenjobs gab es momentan leider nicht mehr viele. Seit die Arbeitslosenzahlen beständig stiegen, hatte ihn sein Glück gänzlich verlassen.

Mike und Olaf kannten sich noch aus Kindheitstagen. Die zwei wurden von den Leuten gemeinhin als Sonnenscheinbrigade beschimpft. Zu oft traf man sie an sonnigen Tagen auf den Parkbänken der Stadt an. Das ließ die zwei aber vollkommen kalt. Warum arbeiten, wenn es auch anders ging? Das Leben konnte so schön sein, wenn man es nur zuließ. Die anderen buckelten bis zum Umfallen und hatten schlussendlich im Grab auch nichts mehr davon, das war die

Philosophie von Olaf. Im letzten Hemd waren bekanntlich keine Taschen. Bis zur Rente hatten sie noch ein paar Jahre vor sich.

Sie öffneten gerade die nächsten Bierflaschen, als Ingolf auf die beiden zulief. Er war ein gut gekleideter Mann, der immer die neuste Mode trug. Ingolf kehrt bei gemeinsamen Treffen immer den Geschäftsmann heraus. Er war groß, blond, ein Frauentyp und hatte immer jede Menge Geld zur Verfügung. Zumindest wusste er, wie man es schnell beschaffen konnte. Von regelmäßiger Arbeit hielt er ebenso wenig wie sie. Seine anderweitigen Jobs brachten ihm aber genug ein, um davon gut zu leben. Kleinigkeiten kamen für ihn nicht in Frage. Es mussten schon Sachen sein, die man leicht und lukrativ verkaufen konnte. Antiquitäten lohnten sich immer, war seine Devise. Stets darauf bedacht, nicht die kriminelle Linie zu überschreiten, war er bis jetzt sehr gut durchs Leben gekommen.

Er schaute von oben auf Olaf und Mike herunter. „Schönen Tag euch zwei. Alles okay soweit?"

„Wie immer Ingolf. Das weißt du doch. Was gibt es Neues bei dir?" Ingolf setzte sich zu dem Duo auf die Bank. „Seid ihr nüchtern, oder soll ich morgen wieder vorbeikommen?"

Die zwei sahen Ingolf fragend an. Es war, als könnten sie mit der Frage nichts anfangen. „Was willst du denn von uns? Wir sind immer nüchtern."

„Ich habe Arbeit für euch, eine kleine Sache hier in Freiberg. Es gibt dafür Geld bar auf die Hand." Dabei rieb er Daumen und Zeigefinger in einer bekannten Geste zusammen.

„Da sind wir doch gern dabei", ergriff Mike gleich das Wort. „Wann geht es los? Was müssen wir machen? Erzähl mal, ist es gefährlich? Wir haben keine Lust, wieder in den Knast einzuwandern."

„Alles der Reihe nach“, beschwichtigte Ingolf.

„Wie viel springt eigentlich für uns raus?“, brachte Olaf die wichtigste Frage ein. Er war darauf bedacht, halbwegs sachlich zu bleiben.

Mike sprang indes aufgeregt auf und stellte seine Bierflasche neben der Bank ab.

Olaf trank vermeintlich gelangweilt weiter. „Für ein Äppel und ein Ei mache ich nicht mit“, betonte Olaf. „Da muss schon ein bisschen was für uns drin sein.“

Er hatte keine Lust, sich für ein paar Euros die Hände schmutzig zu machen. Trotz seines Lebensstils hatte er Prinzipien, an die er sich hielt. Gelangweilt drehte er deswegen Ingolf und Mike den Rücken zu. Im gleichen Moment leerte er sein Bier in einem Zug.

„Es lohnt sich auf jeden Fall für euch, das reicht für viele Bierchen. Versprochen. Sonst hätte ich euch doch nicht gefragt“, untermalte Ingolf.

„Du hast uns immer noch nichts darüber erzählt“, knurrte Mike.

„Morgen früh geht es los“, fiel Ingolf Mike ins Wort. „Ich habe für euch schon alles vorbereitet. Ihr müsst euch überhaupt gar keine Sorgen machen. Das ist ein ganz lockeres Ding.“

„Warum so kurzfristig?“, meinte Olaf. „Wir müssen uns doch erst vorbereiten. Stimmts Mike?“

„Das ist ein ganz einfaches Ding. Wirklich. Es ist eigentlich kaum der Arbeit wert.“ Ingolf blieb ganz sachlich.

„Um was geht es denn nun?“, wollte Mike Müller endlich erfahren. „Wieso rückst du nicht mit der Sprache raus? Wie viel Mal muss ich den noch nachfragen?“

Ingolf legte beruhigend die Hand auf Mikes Schulter. „Einer meiner Kunden hat die sogenannte Lade der Freiberger Tischlerinnung im Stadt- und Bergbaumuseum entdeckt. Egal was es kostet, er will sie unbedingt haben. Versteht ihr? Wir reden hier von dem Museum am Untermarkt. Das ist praktisch komplett ohne Sicherheitstechnik. Da gibt es noch nicht einmal richtige Kameras. Nur so uraltes Zeugs aus den frühen Neunzigern."

„Was ist denn eine Lade?", wollte Mike wissen.

Olaf winkte ab. „Bestimmt ein alter Schrank mit großen Türen."

„Eine Lade? Was soll daran so interessant sein?", Mike fragte sich, weshalb jemand so ein komisches Ding haben wollte. „Die kannst du dir doch auf jedem Flohmarkt beschaffen. Wozu brauchst du dann uns dafür?"

„Außerdem bin ich noch nie in ein Museum eingestiegen", erwiderte Olaf. „Ich wüsste gar nicht, auf was ich da achten soll."

Ingolf zeigte nur wenig Interesse an dem Gemaule der beiden. „Die Hauptsache ist doch, der Auftraggeber bezahlt ordentlich. Oder seid ihr andere Meinung?" Ingolf schaute die beiden fragend an, bekam aber keine Antwort. „Hört einfach mal zu. Das ist wirklich kein großes Ding. Ich war schon vor Ort und habe mich umgesehen. Unabhängig davon habe ich bereits einen Weg gefunden, auf dem ihr ungesehen ins Museum kommt. Praktisch hab ich schon die ganze Drecksarbeit für euch erledigt. Ihr braucht euch nur um den Transport zu kümmern. Mehr nicht. Wenn ihr euch beeilt, ist die Sache in einer halben Stunde geschafft. Oder benötigt ihr für läppische dreißig Minuten zehn Tage Vorbereitung?"

„Ist ja schon gut, Ingolf. Erzähle weiter!", drängelte Mike.

„Was ist das für ein Gang?", wollte Olaf wissen.

„Da ist ein altes Gewölbe unter Tage, das keiner mehr kennt", beantwortet Ingolf die Frage.

„Doch nicht etwa ein Stollen, wo wir auf alle Vieren kriechen müssen?" Mit zusammengekniffenen Augen sah Olaf Ingolf ungläubig an.

„Quatsch Olaf, so was würde ich euch nicht antun. Ich weiß doch, dass ihr nicht mehr die Jüngsten seid. Der Gang ist in einem alten Keller versteckt. Da war schon jahrelang kein Mensch mehr. Das ist ein ganz sicheres Ding." Ingolf betonte nochmals: „Es sind keine Leute anwesend, die dumme Fragen stellen. Ich war schon ein paarmal dort. Da ist niemand, der den Keller aufsucht oder benutzt. Mike, hast du auch noch Fragen oder ist nun alles klar?"

„Naja, Olaf hat schon recht mit seiner Frage. Wie ist der Gang beschaffen? Ein bisschen genauer würde mich das schon interessieren."

Ingolf holte tief Luft. „Also Jungs, der Gang ist nicht sonderlich breit. Ihr müsst hintereinander gehen. Ihr könnt aber aufrecht laufen. Da müsst ihr euch absolut keine Gedanken machen." Ingolf zeigte ihnen mit den Händen, wie schmal der Weg war. „Ich habe die Breite ausgemessen. Ihr könnt die Lade problemlos der Länge nach transportieren."

„Wie sieht denn die Lade aus?" Mike schaute Ingolf fragend an.

Ingolf wurde zunehmend ungeduldig. Er hatte nicht vor, den ganzen Tag im Park mit den beiden Säufern zu verbringen. Für ihn gab es mehr als genug vorzubereiten.

„Es ist einfach eine Holzkiste mit Verzierung. Nicht sehr groß, aber dafür schwer", antwortete Ingolf langsam genervt. „Deswegen brauch ich auch euch zwei. Allein bekomme ich das Ding nie bewegt."

„Und wir sollen nur die Kiste holen?", fragte Olaf neuerlich.

„Absolut richtig. Ihr transportiert nur die Lade durch den Gang, die Kellertreppe hoch und anschließend durch den Hausflur auf die Thielestraße. Dort warte ich mit einem Auto zum Abtransport auf euch."

„Du hast uns immer noch nicht verraten, was dabei für uns herausspringt."

Er überhörte das Gejammer von Olaf. „Wenn ihr schnell seid, ist die Sache in weniger als einer Stunde erledigt", erwiderte Ingolf.

„Von wegen viele Bierchen. Da mache ich nicht mit. N´ paar Hunderter bar auf die Kralle – sonst bin ich raus", schimpfte Olaf vor sich hin. „Für ein Äppel und ein Ei riskiere ich doch nicht meinen Hals. Das kannst du auf jeden Fall vergessen."

Ingolf sah Mike fragend an. „Und was sagst du dazu?"

„Da ist ja auch noch ein gewisses Restrisiko dabei. Irgendwas kann immer schief gehen. Am Ende müssen wir dann den Kopf für alles hinhalten."

Ingolf winkte genervt ab. Sonderlich viel mehr Geld wollte er den beiden für die knappe Stunde Arbeit nicht geben. Letztlich ging es von seinem Anteil ab. Im Prinzip waren die beiden nur einfache Handlanger.

„Wir reden später nochmal über die Kohle. Okay? Habt ihr sonst noch Fragen?" Dabei schaute er von einem zum anderen.

„Von wegen später, wir wollen jetzt wissen, was für uns herausspringt. Du hast doch bestimmt mit deinem Auftraggeber einen Preis ausgemacht." Olaf hatte nicht vor, die Verhandlung auf später zu verschieben.

„Mensch Olaf, nerv mich nicht. Ihr wertet schon ordentliches Geld von mir bekommen. Macht euch da mal keine Sorgen. Es ist ja nicht das erste Mal, dass wir zusammenarbeiten. Bis jetzt haben wir immer eine vernünftige Lösung gefunden."

„Was du unter ordentlich verstehst, sind mit Sicherheit nur Peanuts." Olaf gab Mike einen Schups. „Sagt doch auch mal was dazu. Das Hin und Her mit den Kröten nervt mich."

„Ihr macht euren Job und ich verspreche euch, dass es keine Probleme gibt. Alles andere ist meine Sache. Mit dem Tunnel wird das fast wie ein Spaziergang."

„Spazierst du auch für uns in den Knast, wenn etwas schiefgeht?" Olaf sah Ingolf misstrauisch an.

„Ich sagte euch doch, das Ding ist hundertprozentig sicher. Da wird nichts passieren."

Mittlerweile waren alle Bänke entlang des Brunnens besetzt. Kinder tobten wild umher. Ein kleines Mädchen kreischte besonders laut, während es von einem älteren Jungen verfolgt wurde.

Ingolf holte tief Luft. „Wenn die Gören nicht bald still sind, drehe ich noch durch." Er konnte Kinder nicht leiden – gleich gar nicht, wenn sie wild herumtollten und durcheinanderschrien. Er wusste schon, warum er keine Familie gegründet hatte. „Die Bälger rauben einen den letzten Nerv." Er konzentrierte sich wieder auf Mike und Olaf. „Also ihr beiden, hört gut zu: Ich habe vor einem halben Monat Volker Meier einen Angestellten des Museums kennengelernt. Ich brauche ihn für meinen Plan und hatte nicht damit gerechnet, dass er mir so schnell zusagt. Erst gab er sich als netter junger Mann. Etwas später kam er mit der Sprache heraus."

„Spann uns doch nicht so auf die Folter, Was wollte der von dir?“ Mike zeigte zunehmend Interesse an der Geschichte.

„Er brauchte dringend Geld und wollte mich anpumpen. Als er mir von seinem Hobby erzählte, habe ich abgelehnt, ihm etwas zu leihen. Er hat gesagt, ich soll es mir noch mal überlegen. Er würde mich auch am Gewinn beteiligen. Ich könnte auf jeden Fall schnell sehr reich werden.“

„Da bist du bestimmt weich geworden und hast ihn ein paar Scheinchen zugesteckt?“, unkte Olaf.

„Doch nicht für Pferdewetten. Ich bin ja nicht blöd. Da kannst du ganz schnell ein paar Tausender loswerden.“ Ingolf sah die beiden fragend an. „Wart ihr schon mal auf einer Pferderennbahn? Da geht es um viel Kohle. Man muss genau über die Pferde und Jockeys Bescheid wissen. Das ist eine Welt für sich.“

„Und? Hast du?“

„Sehe ich so dumm aus, mein Geld zum Fenster rauszuschmeißen?“ Ingolf hatte klare Prioritäten, für was er seinen Zaster ausgab.

„Hätte ja sein können“, ergänzte Mike.

„Mir war aber klar, dass ich Volker für den Raub brauche. Er arbeitet im Museum und kommt an die Schlüssel für jede Tür heran. So kann er, wenn seine Chefin nicht anwesend ist, überall ein- und ausgehen. Einen solchen Job erledigt man am besten, wenn jemand Bekanntes im Museum arbeitet. Dass er Geldschulden hat, macht die Sache umso einfacher für uns.“

„Sag bloß, das hat der dir erzählt“, meinte Olaf.

„Und der macht einfach so mit?“, fügte Mike hinzu.

„Nachdem wir erst einmal über das Geld geredet hatten, ging es relativ schnell. Er war sehr erleichtert über das Angebot und erzählte mir, dass er von diversen Männern bedroht werden würde. Sie haben ihm noch eine Woche gegeben, sonst brechen sie ihm die Finger. Ich will gar nicht wissen, bei wem der alles Wettschulden hat. Das klingt stark nach Mafia."

„Mit wem hat der sich denn genau eingelassen?", wollte Olaf wissen.

Ingolf hob dir Schulter: „Keine Ahnung woher die Schläger kommen. Mit denen ist auf jeden Fall nicht zu spaßen. Das hat Volker eingesehen. Entsprechend hat der mir seine Hilfe sofort zugesagt. Falls ich ein Teil seiner Schulden bezahle, macht er alles, was ich von ihm verlange. Er hilft euch, die Lade aus dem Museum zu tragen. Der Transport ist, wie schon gesagt, ziemlich einfach. Es geht einen schmalen Tunnel entlang und eine kleine Treppe hinauf. Das war es dann auch."

„Gibt es keinen anderen Weg, die Kiste zu transportieren? Ich mag keine engen Räume." Olaf zeigte sich nach wie vor nicht überzeugt.

„Ich sagte dir doch, es gibt keinen anderen. Über den Museumseingang können wir sie auf jeden Fall nicht karren. Da sieht uns jeder. Die Notausgänge sind zudem alarmgesichert und die Fenster haben schwere Gitter. Obwohl die Sicherheitstechnik aus den Neunzigern ist, ist es eben doch ein Museum."

„Wie habt ihr diesen Gang dann gefunden? Die Geschichte klingt irgendwie mysteriös."

„Lässt du mich mal ausreden, sonst sitzen wir morgen noch hier. Volker hat die versteckte Tür per Zufall entdeckt. Der Zugang befindet die sich hinter einem alten und schweren Schrank, den schon seit etlichen Jahrzehnten keiner mehr bewegt hat. Er hat das Ungetüm verrückt und den Eingang zu einem Stollen gefunden, der in den Untergrund von Freiberg führt. Ich bin durch den Tunnel bis zum Ende gelaufen und hab herausgefunden, wo man schließlich wieder an die Oberfläche kommt. Wir haben an der anderen Seite des Gangs den Eingang freigelegt. Mit einem Dietrich habe ich die Kellertür aufbekommen. Der Sache konnten wir aber immer nur dann nachgehen, wenn seine Chefin nicht anwesend war."

„Und warum habt ihr nicht gleich die Kiste mitgenommen?", wollte Mike wissen.

„Klugscheißer", knurrte Ingolf. „Die ist viel zu schwer, um sie mit zwei Leuten zu transportieren. Die muss man mit einer Karre oder was Ähnlichem befördern. Außerdem hatten wir Probleme den Ausgang zugänglich zu machen. So etwas braucht Vorbereitungszeit. Das darf man nicht übers Knie brechen. Davon versteht ihr beiden aber nichts. Lass das mal alles meine Sorge sein."

„Es klingt so, als hättest du dir tatsächlich Gedanken gemacht."

„Das habe ich auch. Ohne Volker hätten wir gar keine Chance, unbemerkt zu der Lade zukommen. Er geht schon früh ins Museum und bereitete alles für uns vor. Glaubt mir, es gibt keinen anderen Weg, die Lade zu transportieren." Ingolf sah beide daraufhin fragend an: „Habt ihr noch was auf dem Herzen?"

Mike sprang von der Bank auf. „Kann man sich auch wirklich auf den Heini verlassen? Der hat doch bloß Eurozeichen im Auge."

„Ingolf, was hast du den für einen Eindruck von dem Zocker", wollte Olaf zugleich wissen.

„So genau kenne ich den Typ auch nicht. Es ist das erste Mal, dass er für mich arbeitet. Ich weiß nur, dass er Geld braucht und das dringend. Jetzt setzt dich endlich, Mike. Und mach nicht so einen Lärm", fauchte Ingolf. „Ich sagte doch schon, auf Volker ist Verlass. Also haben wir jetzt alles geklärt? Seid aber pünktlich und vor allem nüchtern!" Ingolf ermahnte sie mit ernster Stimme.

Empört sprang Olaf von der Bank auf. „Morgens trinken wir nie Bier, sehen wir aus wie Alkoholiker?"

Ingolf schmunzelte: „Ich habe Euch lange nicht gesehen und kenne eure Gewohnheiten nicht. Hört jetzt gut zu. Die Lade ist sehr schwer. Sie stammt aus dem Jahr 1659 und besteht aus dickem Holz und Metall. Die müsst ihr vorsichtig transportieren. Jede Schramme mindert den Wert."

„Wie viel wird denn die Kiste überhaupt Wert sein?", wollte Mike wissen.

Ingolf starrte ihn böse an und sprach weiter. „Was interessiert dich das? Vergesst leiber die Taschenlampen nicht und setzt euch eine Mütze auf."

„Wozu denn das?", schimpfte Olaf. „Es ist doch kein Winter."

„Der Stollen ist niedrig, damit ihr euch nicht am Kopf stoßt."

Olaf schüttelt den Kopf. „An was du alles denkst."

Ingolf musterte die beiden mit einem Stirnrunzeln. Er war sich nicht mehr sicher, ob er die Richtigen für den Transport ausgesucht hatte. Nun war es aber zu spät. Sein Auftraggeber erwartete die Lade in den nächsten Tagen. In der kurzen Zeit würde er keinen Ersatz für die beiden Trunkenbolde finden.

Ingolf stand von der Bank auf und flüsterte: „Also ihr zwei, hört auf mit dem Saufen, damit ihr morgen einen klaren Kopf habt. Um sieben treffen wir uns vor der Haustür auf der Thielestraße. Da gebe ich euch den Kellerschlüssel und ihr könnt euch in Ruhe umsehen."

„Und anschließend?", fragte Olaf wissbegierig.

„Um acht macht Volker die versteckte Tür im Museum auf. Er hilft euch, die Lade zu transportieren. Er hat sich den Gang und den Keller ebenso schon ein paar Mal angesehen. Ihr habt mehr als genug Zeit, bis das Museum öffnet. Bis 9.00 Uhr sollte alles erledigt sein. Volker muss am Ende den Schrank wieder vor die Tür schieben und das Gebäude verlassen, ohne dass ihn jemand sieht."

„Wie sollen wir das Ding denn überhaupt bewegt bekommen?", stellte Olaf die nächste Frage.

„Wie ihr die Lade transportiert, ist eure Sache. Wie gesagt, ich habe schon mehr als genug vorgearbeitet. Jetzt seid ihr dran." Ingolf wurde langsam sauer. „Was ist nun?"

„Ich weiß nicht. Das ist mir alles irgendwie zu kurzfristig. Man kann sich nur schlecht darauf vorbereiten." Mike hatte Bedenken.

Ingolf riss der Geduldsfaden. Er winkte genervt ab und ging ohne Gruß in Richtung Stadtzentrum davon. Er hatte lange genug mit den zwei Säufern geredet. Wenn sie nicht wollten, musste er sich etwas anderes einfallen lassen. Im Zweifel hatte er keine andere Wahl, als die Sache selbst in die Hand zu nehmen.

Mike und rief im nach: „Sei doch nicht gleich eingeschnappt und komm zurück. Das war doch gar nicht so gemeint."

Ingolf atmete erleichtert auf und ging zurück. „Euer hin und her habe ich satt. Entweder ein ja oder nein will ich von euch hören. Geht das mit uns klar?"

„Es ist bestimmt eine Knochenarbeit – mein armes Kreuz." Olaf stand gekrümmt von der Bank auf. „Für ein paar große Scheine geht es meinem Kreuz mit Sicherheit besser."

„Ja dafür bin ich auch", stimmte Mike gleich ein.

„Habt euch nicht so. Ihr bekommt bereits genug Kohle. Und Geld bedeutet für euch viele Bierchen und ein paar unbeschwerte Tage."

„Ja, ich mach mit. Du hast Recht. Die Kröten kann ich gut gebrauchen." Mike nahm einen tiefen Schluck aus der letzten Bierflasche.

Gleichzeitig nickte Olaf Ingolf zu. „Abgemacht Chef!"

„Also, alles klar? Dann sind wir uns endlich einig. Bis morgen." Ingolf verabschiedet sich von den beiden mit Handschlag. „Sauft nicht mehr so viel. Ihr müsst morgen einen klaren Kopf haben."

„Nein, nein. Das machen wir nicht", erwiderten beide. „Du kannst dich auf uns verlassen."

„Wir gehen auch gleich nach Hause", meinte Olaf.

Er sammelte noch schnell die Bierflaschen ein, bevor es losging. Zugleich fing es zu regnen an. So schwankten sie beide los.

„Stell dir den Wecker!", rief Mike seinem Kumpel nach.

„Ja, ja, ich werde es schon nicht verschlafen" entgegnete sein Saufkumpan lallend.

III

Emma ging der Keller von Hanneliese nicht mehr aus dem Kopf. Warum der Gang freigelegt worden war, verstand sie nicht. Von Arbeitern oder einer Instandsetzung war nichts zu sehen gewesen. Dass da bestimmt eine Schweinerei dahinterstecken würde, davon war sie felsenfest überzeugt. Unruhig lief sie hin und her und hatte dabei Hannelieses Anwesenheit ganz vergessen. Noch immer befand sie sich im Wohnzimmer ihrer Freundin.

„Setz dich doch nochmal hin und renne nicht wie ein aufgescheuchtes Huhn umher“, schimpfte Hanneliese. „Was geht dir denn eigentlich durch den Kopf? Wieso bist du so aufgedreht? So kenne ich dich gar nicht.“

„Ach, nichts weiter.“ Dabei winkte Emma ab. Sie wickelte provokativ die schmutzige Schürze ein und säuberte die verstaubten Schuhe. „Das war ein langer und harter Tag. Ich will nur noch nach Hause in mein Bett.“

„Wir haben es doch gut geschafft. Es war zwar viel zu tun, dank dir hat alles geklappt. Nun muss ich am nächsten Dienstag nur noch den kleinen Container füllen. Das kann ich auch alleine, Emma. Da benötige ich dich nicht. Vielen Dank noch mal für deine Hilfe. Unser nächstes Kaffeetrinken geht auf jeden Fall auf meine Rechnung. Das hast du dir redlich verdient.“

„Ach komm. Das ist doch nicht nötig. Ich hab das gerne für dich getan. Ich brauche auch mal deine Hilfe bei meiner Entrümplung.“ Emma verabschiedete sich von ihrer Freundin.

Im Gehen sah sie den Kellerschlüssel auf der Kommode liegen. Da hatte Emma plötzlich eine Idee. Sie packte den Schlüssel schnell ein. Wenn Hanneliese nicht wissen wollte, was es mit dem Loch in der Wand auf sich hatte, war das ihre Sache. Sie wollte es auf jeden Fall. Diese seltsame Öffnung in der Mauer beschäftigte Emma nach wie vor. Zudem war der Keller mittlerweile aufgeräumt. Hanneliese würde, bis der Container da war, nicht mehr in das Untergeschoss gehen. Den Unrat hatten sie beide im Hausflur in einer Ecke gestellt. Den Schlüssel würde sie in der Zwischenzeit unter Garantie nicht vermissen – so hoffte Emma zumindest.

Müde lief sie in Richtung Wernerstraße. Die Straßen waren wenig frequentiert. Ihre Gedanken schweiften in die sechziger Jahre zurück, als sie grade geheiratet hatte und ihre Tochter kurz darauf geboren wurde. Sie wohnten damals auch in einem alten Mietshaus wie Hanneliese. Wie waren sie zu jener Zeit froh gewesen, endlich eine Wohnung zu bekommen. Ihr Mann hatte ehrenamtlich beim Wohnbezirksausschuss geholfen. Dadurch wurden sie auf der Wohnungswarteliste weit vorgeschoben.

Zwei Jahre später kam ihr Junge zur Welt. Ihr Mann war in jenen Tagen unglaublich stolz, endlich einen Stammhalter zu haben. Sie hatten zwar kein Bad, die Toilette befand sich eine halbe Treppe tiefer und die Ofenheizung reichte kaum aus, das Wohnzimmer warm zu bekommen. Als kleine Familie waren sie jedoch glücklich und zufrieden gewesen.

Sie hatten damals noch keinen richtigen Kühlschrank. Da wurden die Lebensmittel noch in den Kellern untergebracht. Es ging für sie in jener Zeit fast täglich in das Untergeschoss. Holz und Kohle wurden ebenso beständig gebraucht wie andere Dinge des Alltags. Die Kellerzugänge wurden jeden Monat gereinigt. Es war nie so schmutzig wie bei Hanneliese in der heutigen Zeit. Wie die Zeiten sich doch änderten. Heutzutage war der Keller kaum mehr als ein Platz für Sperrmüll und Unrat.

Emma wollte an diesem Abend zeitig ins Bett gehen, um morgen gut ausgeschlafen zu sein. Ein heißer Tee und zwei kleine Schnitten waren ihre Abendspeise. Generell aß sie so spät eher selten etwas. Das hatte sie sich schon vor Jahren abgewöhnt. Im Bett fand sie jedoch keine Ruhe. Nach zwei Stunden stand sie auf, um sich neuerlich einen Tee aufzubrühen.

Ihr gingen so viele Gedanken durch den Kopf, dass es ihr schwerfiel, Schlaf zu finden. Vielleicht würde sie mit dem Lavendeltee endlich einschlummern können. Emma schlürfte wieder ins Bett. Die Müdigkeit wollte aber nicht kommen. Sie wälzte sich nur unruhig hin und her. Kaum hatte sie die Augen geschlossen, sah sie die Maueröffnung vor sich. Es war, als würde der Gang sie anlocken. Das Geheimnis dahinter ließ sie einfach nicht zur Ruhe kommen.

Emma traf die Entscheidung, dass sie baldigst nachschauen sollte. Schon allein wegen ihres Seelenfrieden willens. Zugleich überlegte sie, ob sie Hanneliese von ihrer Idee erzählen sollte. Dann hätte sie ihr aber sagen müssen, dass sie den Schlüssel mitgenommen hatte. Emma hörte innerlich bereits Hanneliese schimpfen. Sollte sie wirklich gegen den Wunsch ihrer Freundin handeln? Da sie aber schon den Schlüssel entwendet hatte, war der Entschluss bereits gefallen.

Trotz dieser Einsicht konnte sie die weitere Nacht kaum schlafen. So stand Emma sehr zeitig auf, was sonst nicht ihrer Art entsprach. Sie frühstückte schnell und eilte anschließend zu Hannelieses Haus zurück. Die Haustür war jedoch zu. Damit hatte Emma nicht gerechnet. Einzig der Kellerschlüssel befand sich in ihrem Besitz. So kam sie leider nicht sehr weit.

Emma stemmte ihre Hände in die Hüften. Was nun, überlegte sie sich. Ihr sollte schnell etwas einfallen. Würde sie bei ihrer Freundin klingeln, hätte sie keine Erklärung, was sie schon so zeitig hier wollte. Ewig vor dem Haus herumstehen, bis jemand das Haus verließ, war jedoch genauso sinnlos. Zudem lag die Nachtfrische noch immer auf dem Straßenpflaster.

Emma drückte auf einen Klingelknopf. Anschließend rief sie: „Hallo? Ja, hier ist die Post. Darf ich ins Haus? Habe ein kleines Paket.“

„Dann klingeln sie doch beim Adressaten", knurrte böse eine Männerstimme. „Da ist niemand da", betonte Emma freundlich.

Schon wurde die Tür geöffnet. Wie leichtgläubig die Leute doch waren. Emma eilte auf die Kellertür zu und schloss mit dem entwendeten Schlüssel auf. Im Anschluss stieg sie die steile Treppe hinab. Sie hielt sich am Geländer fest und ging Stufe für Stufe hinunter. Auf halber Höhe machte sie eine Pause. Gestern ging es wesentlich besser, da hatte sie noch Hannelieses Arm als Stütze zur Verfügung gehabt. Schritt für Schritt stieg sie die restliche Treppe hinab. Die groben Steine an den Wänden und auf dem Boden machten es Emma schwer, Halt zu finden und vorwärtszukommen. Mit einer Hand hielt sie die Taschenlampe und mit der anderen stützte sie sich an der Wand ab.

Endlich hatte sie die letzte Stufe erreicht. Sie leuchtete den Kellergang entlang. Nirgends war etwas zu sehen. Das Gewölbe lag dunkel und so gruselig vor ihr, wie sie es gestern verlassen hatte.

„Ich habe keine Angst. Es sind nur paar Meter in einem schaurigen alten Gemäuer", murmelte sie leise zu sich selbst.

Sie war fast am Eingang des Stollens, als sie von oberhalb der Treppe Stimmen hörte. Entsetzt blieb sie wie angewurzelt stehen. Hatte jemand mitbekommen, dass sie gerade hier einbrach? Möglicherweise hatte ein Hausbewohner die Polizei gerufen? Hätte sie doch nur auf Hanneliese gehört. Jetzt war es zu spät. Man hatte sie erwischt.

Ihr tat bereits das Bein weh, von der schlechten Treppe. So etwas konnte nur ihr passieren. Auf was ließ sich hier nur ein? Sie sollte sich schnellstens verstecken. Vielleicht sah sie dann keiner. Eventuell war es nur ein anderer Bewohner des Hauses, der hier etwas im Keller suchte. Wahrscheinlich würde er schon in ein paar Sekunden verschwunden sein.

Emma suchte sich hastig ein Versteck. Sie lief schnell ein paar Schritte in Richtung Luftschutzkeller und fand am Ende eine Nische. Sie hatte Glück. Der Schlupfwinkel war gerade so tief, dass sie sich gut darin verbergen konnte. Außer Männerstimmen, die näher kamen, konnte sie nichts ausmachen. Zu schwach beleuchtet war der Keller. Die Taschenlampe einzuschalten, verbot sich von selbst.

Emma schmiegte sich ganz fest an die Nischenwand. Die feuchten Steine an ihren Rücken ließ Emma frösteln. Verzweifelt trat sie von einem Bein auf das andere um den Schmerz darin etwas zu mildern. Sie konnte nur hoffen, dass es nicht allzu lange dauern würde. Ewig hielt sie die Position nicht aus.

Die Stimmen wurden immer lauter. Mittlerweile war Emma in der Lage, sie zu verstehen. Die Männer standen noch auf der Treppe. Sie war sich sicher, dass es keine Bewohner waren, die in ihren Keller wollten. Das waren schimpfende Männerstimmen und die hatten nur ein Ziel – den aufgebrochenen Gang.

IIII

Olaf und Mike waren überpünktlich vor dem verabredeten Haus eingetroffen. Von dem Lieferwagen und Ingolf war jedoch weit und breit keine Spur zu finden. Hatten sie sich vielleicht in der Zeit geirrt? Es waren noch gut zehn Minuten bis zur Verabredung. Die Haustür war allerdings bereits angelehnt.

„Wenn das nicht schon Ingolf war …“, meinte Olaf.

Mike nickte, „Ich sagte dir doch: Auf Ingolf ist Verlass. Es war ausgemacht, dass Ingolf sich um die Eingangstür kümmert. Also los, wir fangen schon immer an. Wir halten uns einfach an den Plan. Ingolf hat ja gesagt: Da kann nichts schiefgehen."

Olaf hielt Mike am Arm fest. „Da ist jemand im Keller. Die Tür war nicht zugeschlossen und es brennt Licht, davon war gestern nicht die Rede."

„Von wegen Licht. Soll das ein Witz sein? Eher eine Funzel, das kommt der Sache viel näher", schimpfte Mike. „Wenn Ingolf die Haustür für uns geöffnet hat, wird er auch schon im Keller gewesen sein. Mach dir keine Gedanken."

„Und wo ist der Transporter, den er mitbringen wollte?", meinte Olaf. Er blieb auf der oberen Stufe stehen. „Pass auf, die Treppe ist steil und nicht sehr vertrauenserweckend. Da kann man sich schnell den Hals brechen." Er mahnte zur Vorsicht. Trotzdem klemmte er sich die Transportkarre unter den Arm und lief hinter Mike die Stufen hinab.

„Das fängt ja schon gut an." Er klammerte sich ans Geländer und stieg Stufe für Stufe die Treppe langsam hinunter. „Ich habe kein gutes Gefühl, wer weiß, was da unten auf uns zukommt? Da kann alles Mögliche passieren. Vielleicht sind da unten so große Ratten." Olaf zeigte mit den Händen die Größe einer Katze und grinste.

„Fängst du schon wieder damit an? So große Ratten gibt es gar nicht. Ich habe dir doch schon die Karre abgenommen. Was willst du sonst von mir? Soll ich etwa alles alleine machen?", schimpfte Mike. „Wir waren uns doch einig mitzumachen. Was fängst du jetzt mit Diskutieren an? Warum hast du nicht gleich nein gesagt, als Ingolf dich gefragt hat?"

„Mich hat an der ganzen Sache, nur das schnelle Geld gereizt. Das soll ja nicht länger als eine Stunde dauern. Wehe, wir bekommen nicht die versprochene Belohnung. Ich schwöre dir, Ingolf kann sich dann warm anziehen. Da verstehe ich keinen Spaß."

„Mensch Olaf, jammere doch nicht schon wieder." Mike sah ihn böse an. „Jetzt ist es zu spät, um zu kneifen. Gestern warst du noch Feuer und Flamme für den Plan. Auf den Heimweg hattest du große Pläne geschmiedet, was du alles mit dem Geld anfangen willst. Jetzt lass uns das endlich durchziehen. Ich lade dich auch hinterher auf ein Bierchen ein."

Olaf versuchte jedoch, sich ein letztes Mal davor zu drücken. „Sieh dir mal die steile Treppe an. Wer weiß, wie lange wir durch den Stollen irren müssen. Das sieht aus wie in einem alten Schloss oder in einem Bergwerk."

Mike wurde sauer: „Die Truhe ist für mich bestimmt viel zu schwer, um sie alleine zu transportieren, meine ich. Du musst mir helfen! Ich bin auf das Geld angewiesen. Nun komm schon du Angsthase, wir haben keine Zeit mehr zum Diskutieren."

Statt einer Antwort lief Olaf los. Damit war diese Diskussion beendet. „Vielleicht wartet dieser Volker Meier hier schon irgendwo auf uns?"

„Quatsch, der ist bestimmt noch im Museum", entgegnete Mike. Der soll uns nur die Tür öffnen und ein wenig beim Transport helfen. So war es zumindest ausgemacht. Ich hoffe, dass das auch so klappt. Also los jetzt …"

„Weißt du, wo der Eingang ist?" Olaf leuchtete mit der Taschenlampe den Gang entlang. „Hier sieht alles gleich aus. Außerdem erkennt man bei dem schwachen Licht kaum etwas. Hätten die nicht wenigstens ein paar Lampen mehr einbauen können? Verdammt, lass uns erst mal den Stollen suchen. Ich will hier nicht die ganze Zeit mit der Sackkarre herumirren."

„Keine Ahnung, wo es hier entlang geht. Lauf einfach nur immer geradeaus. Das muss irgendwo da hinten sein", meinte Mike. „So groß wird der Keller schon nicht sein. Wir müssen endlich weiter. Dieser Volker wartet längst auf uns."

„Treib mich doch nicht so an." Olaf stellte seine Transportkarre an der Treppe ab. Sie liefen den Kellergang suchend entlang. „Wir müssen ja erst einmal den Eingang finden."

Olaf sah sich um und leuchtete mit seiner Taschenlampe in jeden Verschlag hinein. Erschrocken fuhr er zusammen, als er eine alte Frau in einer Nische stehen sah.

„He Oma, was suchst du denn hier im Keller?" Er stand mit in den Hüften gestemmten Händen vor der verängstigten Frau.

V

Emma steckte noch immer in der Nische. Sie hörte die Männer mit schweren Schritten näherkommen. Ihr Herz wummerte vor Angst. So ein Gefühl hatte sie schon lange nicht mehr verspürt. Dafür war sie definitiv zu alt. Was hatte sie sich nur eingeredet, das Geheimnis des Mauerdurchbruchs enträtseln zu wollen. Sie war keine Miss Marple.

Hoffentlich sehen die mich nicht, ging es ihr durch den Sinn. Was soll ich denen sagen, warum ich in der Nische stehe. Ach ich weiß, ich habe ja den Schlüssel, fiel ihr ein. Sie könnte behaupten, dass sie hier wohnen würde. Sie konnte sagen, dass sie etwas gesucht hatte. Was es war, brauchte sie denen nicht auf der Nase zu binden. Erleichtert, dass sie eine Ausrede gefunden hatte, lehnte Emma sich wieder an die nasse Wand.

Plötzlich traf sie der Kegel einer Taschenlampe. Schmerzhaft stach das grelle Licht in ihren Augen. Sie hatte die ganze Zeit über im dämmrigen Dunkel der Nische gehockt. Die Lampe blendete sie nun extrem.

„Lassen Sie das. Hören Sie auf, mir ins Gesicht zu leuchten!“, forderte sie die Männer auf. „So etwas gehört sich nicht.“

Während noch farbige Punkte vor ihren Augen tanzten, trat sie unbeholfen aus der Nische hervor. Trotz ihrer zuvor ausgedachten Geschichte fühlte Emma sich sehr unwohl. Sie zitterte vor Angst.

„Na Oma, was machen wir denn hier?“, vernahm sie die flegelhafte Stimme einer der Männer.

„Ich habe gestern meinen Keller entrümpelt und wollte nur noch schnell was suchen.“

„Ist das nicht ein bisschen früh für dich?“

„Eine alte Frau braucht nicht mehr so viel Schlaf, wie ihr jungen Burschen“, erwiderte Emma. „Wer sind Sie denn eigentlich? Ich habe Sie hier noch nie gesehen.“

„Dasselbe kann ich Sie auch fragen“, entgegnete der Mann.

„Ich wohne hier und war in meiner Kellerbox. Das sagte ich bereits“, erwiderte Emma leise.

Die beiden Männer schauten sich fragend an.

„Na dann gehen Sie wieder in ihre Wohnung, ehe Sie sich erkälten“, sagte der eine der beiden.

„Sie zittern ja, gute Frau. Ist Ihnen vielleicht kalt? Dann sollten Sie wirklich schnell ins Warme. Bevor Ihnen noch etwas passiert“, gab der Zweite von sich. Dabei zeigte er mit einer Hand den Gang entlang in

Richtung des Ausgangs. „Und laufen sie langsam – nicht, dass Sie noch stürzen."

Emma nahm allen Mut zusammen. Das Zittern hatte zum Glück nachgelassen. Die Männer wollten gerade weiterlaufen, als die Seniorin sie ansprach.

„Darf ich endlich erfahren, was Sie hier wollen? Ich kenne Sie nicht und habe Sie auch noch nie in dem Haus gesehen."

Empört ging sie auf die beiden zu. Angriff war noch immer die beste Verteidigung – auch wenn die Angst groß war. Mit einer Hand stützte sie sich sicherheitshalber an der Wand ab.

„Wir sind Handwerker, Oma. Sonst hätten wir doch keine Schlüssel", antwortet der kleine dicke Mann. „Das Kellergewölbe sollen wir in Ordnung bringen. Irgendwo ist angeblich eine Mauer eingestürzt. Wir sind hier, damit niemandem etwas passiert." Der Sprecher grinste sie dabei unverschämt an.

Der ungepflegte große Mann nickte zur Bestätigung mit seinem Kopf. Emma ging gar nicht darauf ein. Das waren nur zwei normale Unholde. Sie hatte nun keine Angst mehr. Mutig stellte sie sich vor die beiden Männer.

„Der Eingang ist doch nicht von alleine eingestürzt. Denken Sie, Sie können mich veräppeln?"

„Wie kommen sie denn auf solch eine verrückte Idee? Wer soll denn Interesse daran haben, hier ein Loch in die Wand zu schlagen? Das macht doch überhaupt keinen Sinn", antwortete der Größere der beiden.

Sie spürte genau, dass die zwei nur Lügen von sich gaben. „Es ergibt keinen Sinn."

„Bitte was?"

„Es heißt richtig: Es ergibt keinen Sinn. Sie sagten: Es macht keinen Sinn. Das ist aber grammatikalisch falsch. Einen Sinn kann man nur geben und nicht machen", berichtigte Emma ihn. „Und wo ist überhaupt Ihr Handwerkszeug? Oder wollen Sie den Eingang etwa mit der bloßen Hand zumauern?"

„Wir machen uns erst mal einen Überblick, was wir an Werkzeug und Baumaterial brauchen", erwiderte der kleine Dicke.

„Sie gucken zu viele Krimis, gute Frau", entgegnete der Große. „Wir müssen nun weiterarbeiten. Zeit ist Geld, wie Sie sich vielleicht vorstellen können. In der Baubranche wird man nicht fürs Herumstehen bezahlt."

„Gehen Sie vorsichtig die Treppe hoch. Nicht dass Ihnen noch etwas passiert. Sie sind nicht mehr die Jüngste", meinte abermals der Kleinere. „Haben Sie denn keine Kinder, die für Sie in den ungemütlichen Keller gehen könnten?"

Emma war empört. „Das geht Sie gar nichts an."

Der kleine Dick legte seine Hand auf Emmas Arm. „Schon gut Oma. Das war doch nicht böse gemeint."

Sie schaute die beiden Männer finster an und kochte vor Wut. „Ich bin nicht eure Oma. Schämen würde ich mich bei solchen Enkeln. Sie haben schlichtweg keinen Respekt vor älteren Damen."

Emma schüttelte ihren Kopf und lief Richtung Treppe. Die Männer schienen zu denken, dass sie senil wäre. Aber nicht mit ihr – diese Flegel. Allerdings lief sie nicht die Stufen hinauf. Den Rotzlöffeln würde sie es zeigen – von wegen Oma, ärgerte sie sich. Stattdessen wartete sie eine Weile, um dann wieder zurück zu dem Durchbruch zu schleichen.

Die neugierige Seniorin hörte, wie sich die Schritte und Stimmen im Gang entfernten. Kurz darauf ging sie ein paar Meter in den Stollen und blieb stehen. Die Männer waren verschwunden, von wegen Handwerker. Ohne Handwerkszeug, nur einen Stoffbeutel – sie war alt aber nicht senil. Ihr war klar, dass hier etwas faul zu sein schien. So beschloss Emma, den beiden Männern hinterherzuschleichen. Es interessierte sie ungemein, herauszufinden, was hier gespielt wurde.

Noch dunkler, kälter und grusliger als der Keller lag der Gang vor ihr. In einigen Abständen hatten die Männer Kerzen aufgestellt. Wenigstens war sie so nicht genötigt, in völliger Finsternis durch die Dunkelheit zu schleichen. Ihre Taschenlampe anzuschalten traute sie sich nicht. Den Schein hätte man schon von sehr weit gesehen. Ihren Atem anhaltend spähte sie in den Stollen hinein. Etwas hören konnte sie jedoch nicht. Es war, als wäre sie hier unten komplett allein.

Emma schritt langsam aus. Innerlich hatte sie sich einen Ruck geben müssen, um loszulaufen. Gleichzeitig stützte sie sich an den Wänden ab, um nicht das Gleichgewicht zu verlieren. Anfänglich noch gemauert, änderte sich die Beschaffenheit ziemlich schnell zu unbehauenem Felsen. Ihre Hände waren bereits nach kurzer Zeit kalt, schmutzig und nass.

Warum haben die früher solche Stollen unter Freiberg gegraben, ging es ihr durch den Kopf. Es sah nicht danach aus, als ob sie hier Erz abgebaut hätten. Welche Funktion konnte das Gewölbe aber sonst gehabt haben? Hatte das alles mit dem Bunker und der NS-Zeit zu tun?

Nach fünf Minuten änderte sich nichts an der Situation. Noch immer stolperte sie mehr schlecht als recht über den unebenen Boden. Vereinzelt standen kleine Kerzen am Rand. Von den beiden ungehobelten Burschen war weiterhin nichts auszumachen. Emma fühlte sich plötzlich unwohl und empfand Angst. Es war eine natürliche Abneigung gegen diesen Stollen. Menschen sollten sich schlichtweg nicht darin aufhalten.

Zunehmend wurde ihr klar, dass es besser war, zurückzugehen, bevor ihr noch etwas zustoßen würde. Mehr als einmal wäre sie beinahe gestolpert. Geröll und Unrat bedeckte allerorten den Boden. Sollte ihr hier etwas passieren, konnte sie lange auf Hilfe warten. Auch ängstigte sie die Aussicht, neuerlich den Möchtegern-Handwerkern zu begegnen. Was sollte sie ihnen dann als Ausrede für ihre Anwesenheit erzählen? Es war auf jeden Fall besser, zurückzulaufen und die Polizei zu verständigen. Dies hätte sie von Anfang an tun sollen.

So tastete sie sich langsam an den Wänden entlang. Hoffentlich kam sie schnell genug aus dem Keller heraus. Ihr Bein schmerzte immer stärker. Emma war froh, als sie den Ausgang ein paar Meter vor sich sah. Erschöpft lehnte sie sich an die Wand und schloss kurz die Augen.

Die schmutzigen Hände wischte sie sich an der Schürze ab. Überhaupt war ihre Kleidung mittlerweile verdreckt und die Schuhe voller Schlamm. Ob sie diese je wieder sauber bekam? Schon nach kurzer Zeit fühlte sich die Seniorin etwas besser. Der enge Stollen und die muffige Luft hatten ihr sehr zu schaffen gemacht. Hoffentlich kam sie nun die steile Treppe ohne Schwierigkeiten nach oben.

Emma lief langsam weiter und stützte sich an den Holzlatten der Kellerboxen ab. Sie drehte sich ab und zu um. Hoffentlich kamen die Männer nicht so schnell zurück. Plötzlich entdeckte sie eine Sackkarre. Sie blieb wie angewurzelt stehen. Als sie vorhin die Treppe heruntergestiegen war, befand sich die Karre noch nicht hier. Das konnten nur die beiden Typen gewesen sein. Wozu brauchen die Flegel aber eine Karre?

Sie hatte nichts Schweres gesehen, was mit einer Karre zu transportieren gewesen wäre.

Aus Richtung Luftschutzkeller vernahm sie unvermittelt ein Geräusch. Erschrocken wendete Emma sich herum.

VI

Mike und Olaf lachten laut auf. Sie traten in den Gang hinein. Alles war so, wie Ingolf es ihnen beschrieben hatte. Bis jetzt lief die ganze Sache problemlos ab. Einzig das Fehlen ihres Auftraggebers irritierte die beiden. Davon ließen sie sich jedoch nicht stören.

„Die Frau war aber nicht gut drauf", meinte Mike.

„Eventuell hat sie nur schlecht geschlafen", warf Olaf ein. „Die Enkel können mir vielleicht leidtun, bei so einer aufdringlichen Oma. Wenn die jeden so angeht wie uns …"

Mike lachte. „Aber Mut hatte sie, uns beiden so entgegenzutreten." Er leuchtete mit der Taschenlampe den Stollen entlang. „Sei vorsichtig Olaf. Das ist alles noch viel schlimmer, wie ich es mir vorgestellt habe. Ingolf hat uns zwar gewarnt, dass der Boden feucht ist. Das hier ist jedoch eine einzige Schlammpiste. Das wird ein ganz schönes Gebuckel werden."

„Wie ich es mir gedacht habe. Wir müssen ab und zu eine Kerze hinstellen. Ich hoffe doch, du hast sie nicht vergessen", fragte Olaf Mike.

„Ich doch nicht", antwortete Mike beleidigt. „Was denkst du von mir? Dass ich ein Anfänger bin?"

Er holte einen kleinen Beutel mit Kerzen aus der Jackentasche. Im Abstand von ein paar Metern entzündete er immer wieder eine Kerze.

Auf dem Rückweg würde er sie wieder einsammeln. Vorsichtig schlichen sie den engen Gang entlang.

„Das wird aber schwierig werden, die Kiste durch den Stollen zu transportieren“, meinte Olaf.

„Mit der Karre werden wir das schon schaffen. Mach dir da keine Gedanken. Ich hab schon ganz andere Sachen durch die Gegend gefahren. Da bin ich Profi drin.“

„So eine Kälte aber auch. Sind wir vielleicht bald da? Ich hätte nicht gedacht, dass es hier unten so ausschaut.“

„Ingolf hat gesagt, er hätte alles genau ausgemessen.“ Mike war sich ziemlich sicher. „Es kann nicht mehr so weit sein. Irgendwo da vorn oder so.“

Olaf blieb plötzlich ruckartig stehen. „Hier geht es nicht weiter. Da ist eine Treppe.“

„Dann sind wir richtig.“

Olaf stieg langsam ein paar Stufen hinauf.

„Klopf dreimal kurz an die Tür“, mahnte Mike. „Das ist das vereinbarte Zeichen. Auf der anderen Seite müsste dieser Volker auf uns warten. Wehe der ist nicht da und ich bin diesen ganzen Weg umsonst entlang gestolpert.“

„Was ist, wenn eine andere Person öffnet?“, jammerte Olaf.

„Wir sind doch Handwerker. Wie viele Male muss ich dir das noch sagen. Die Tür steht nicht auf unserem Bauplan. Deswegen mussten wir nachschauen. Klopf jetzt einfach an, sonst stehen wir morgen noch hier herum und frieren uns den Arsch ab.“

„Ist schon gut. Ich mach ja schon.“ Olaf nahm sich endlich ein Herz.

Gespannt warteten sie auf eine Reaktion. Als auch nach etlichen Sekunden noch nichts geschah, wurden sie ungeduldig. War das auch die richtige Tür? Stimmte die Zeit? War es überhaupt der ausgemachte Tag? Olaf und Mike sahen sich verwirrt an.

„Los, klopf noch einmal. Vielleicht hat er uns auf der anderen Seite nicht gehört."

Diesmal erklang das verabredete Zeichen. Volker klopfte viermal gegen die Tür. Es war alles in Ordnung. Grell blendete das Licht, als der Türflügel herum schwang. Dahinter wurden sie von Volker erwartet.

Mike sah sich den Mann genauer an. Er war ein großer schlanker Mann, mit im Nacken zusammengebundenen Haaren. Ungebügelte verschlissene Sachen, die nicht mehr ganz sauber waren, spannten sich über seinen hageren Körper. Im Gesicht zierten ihn etliche rote Flecken. Er wirkte insgesamt sehr aufgeregt und fahrig. Genauso ein Wirrkopf hatte ihnen gerade noch gefehlt.

„Hat euch Ingolf geschickt?" Volker sah die beiden skeptisch an. „Ihr wollt die Truhe tragen? Ernsthaft?"

„Ja, wer sonst", knurrte Mike. „Oder hast du mit noch anderen einen Deal?"

„Ein wenig spät kommt ihr aber schon. Eigentlich war eine andere Zeit ausgemacht. Wir müssen uns jetzt beeilen. Meine Chefin kommt gleich." Volker trieb sie zur Eile an. „Ich warte schon seit mindestens einer halben Stunde hier. Ich wäre beinahe wieder gegangen."

„Es ging nicht schneller. Wir wurden aufgehalten", erwiderte Mike.

Volker winkte ungeduldig ab. „Ausreden! Los jetzt. Wenn ich euch helfen soll, das Ding zu transportieren, muss es jetzt geschehen. Falls meine Chefin vor Zehn kommt, dann sind wir aufgeflogen."

„Wo müssen wir denn hin? Sag bitte nicht, dass sie irgendwo oben ist", Olaf schwante schon Übles.

„Nein, die ist gleich da hinten."

Volker führte sie ein paar Meter durch das Museum. Mike war schon einmal als Kind hier gewesen. Allerdings war das bereits viele Jahre her. Mit ausgeschaltetem Licht und ohne Menschen wirkten die Räume seltsam entrückt. Für die einzelnen Objekte in den Vitrinen hatten sie keine Augen. Eigentlich wollten sie den Job nur so schnell wie möglich hinten sich bringen.

Für etliche Sekunden blieben alle drei Männer vor der Innungslade stehen. Ihnen zeigte sich eine reich verzierte und durch die vielen Jahre abgedunkelte Holzlade. Beschläge, feine Zimmermannsarbeiten und kunstvolle Intarsien rundeten das Bild ab. Das war definitiv nicht nur ein einfacher Holzkasten.

„Also … und jetzt?", ergriff Mike als erstes das Wort.

„Na, ihr müsst sie nun wegtransportieren", stellte Volker das Offensichtliche fest.

„Dafür sind wir hier. Sollen wir die tragen?" Olaf war verwirrt.

„Das ist mir doch egal, wie ihr das Ding wegbekommt. Hauptsache ihr beeilt euch damit. Also los jetzt oder wollt ihr, dass ich das mache?"

„Nein, dafür sind wir ja da. Hast du aber keine Sackkarre für uns?", fragte Mike.

„Es war ausgemacht, dass ihr eine mitbringt." Volker wurde zunehmend ungehalten.

„Siehst du, das hab ich dir doch gesagt", Olaf spielte sich oberlehrerhaft auf. „Genau deswegen hab ich eine dabei. Ich wusste, dass das passiert."

„Warum hast du sie dann im Keller zurückgelassen? Wenn dir klar war, dass wir eine brauchen, hättest du sie ja gleich mitbringen können."

Mike und Olaf lieferten sich ein kurzes Streitgespräch wegen der Sackkarre.

„Verdammt, dafür haben wir keine Zeit", wurde Volker noch ungeduldiger. „Eine Karre habe ich leider nicht hier. Wir müssen eure nehmen. So wie es auch ausgemacht war. Und kommt ja nicht auf die Idee, zurückzulaufen und eine zu holen. Das geht nicht. Die Zeit wird knapp."

„Was willst du stattdessen machen?" Mike hatte keine Ahnung, auf was das hinauslaufen sollte.

VII

„Ich hole die Karre und ihr bleibt solange hier. Beziehungsweise könnte ihr die Lade schon immer in den Stollen tragen. Die Treppe runter bekommt ihr sie eh nicht gerollt." Volker zwängte sich zwischen den beiden Typen hindurch.

Dass er gezwungen war, mit solchen Dilettanten zusammenzuarbeiten, damit hatte er nicht gerechnet. Überhaupt hatte der Plan viel einfacher geklungen, als Ingolf ihn überredet hatte. Wenn er nicht so sehr auf das Geld angewiesen gewesen wäre, hätte er bei der Sache nie mitgemacht. So war er nun auf Gedeih und Verderb diesen beiden Schwachköpfen ausgeliefert. Das konnte nur schiefgehen.

„Weißt du denn überhaupt, wo du hin must?", fragte Olaf ihn.

„Na logisch. Mit Ingolf bin ich den Gang schon ein paar Mal entlang gegangen. Da macht dir mal keine Sorgen. Ich kenne den Stollen und außerdem bin ich wesentlich schneller als ihr." Volker schaute die beiden hämisch an. „Sorgt nur dafür, dass dann alles bereit ist."

Mit den Worten verschwand Volker in der Tür, die in die Tiefen des Stollens führte. Wie ausgemacht brannten aller paar Meter kleine Kerzen auf dem Boden, um den Weg zu beleuchten. So hatte er keine Probleme, den Gang in relativ kurzer Zeit bis zu seinem Ende zu laufen. Ein paar Augenblicke später stand er im Keller des Wohnhauses, das er bereits vor Tagen ausgekundschaftet hatte. Es überrascht Volker, dass es bis jetzt so reibungslos verlaufen war.

Irgendwo hier musste sich doch die Sackkarre befinden. Zumindest hoffte er darauf, dass die beiden Typen keinen Mist erzählt hatten. Der Keller war jedoch genauso schlecht beleuchtet wie der Gang zuvor. Erschrocken blieb er stehen, als ihn eine Stimme aus dem Zwielicht ansprach.

„Wer sind Sie denn und was wollen Sie hier?"

Wie vom Donner gerührt sackte sein Herz in die Hose. Damit hatte er hier am allerwenigsten gerechnet. Hatten die beiden nicht gesagt, in dem Keller wäre niemand? Wie konnte es also sein, dass ihn hier jemand ertappt hatte. Nun war alles vorbei. Sie würden auffliegen. Wahrscheinlich war bereits die Polizei hierher unterwegs. Er würde ins Gefängnis kommen. Auf keinen Fall hätte er diesen Job annehmen sollen. Das war ein Riesenfehler gewesen.

Nachdem Volker sich vom ersten Schrecken erholt hatte, begriff er langsam die Situation. Eine alte Frau hielt die Karre fest in ihren Händen. Es erweckte aber nicht den Anschein, als ob die Oma die Polizei gerufen hätte. Vielmehr schien es eher eine zufällige Begegnung zu sein. Auf den sich langsam legenden Schock begann Volker, wütend auf die Frau zu werden.

„Was machen Sie mit meiner Karre?", fauchte er die Oma zornig an?

Er hatte es eilig und die Alte kam im falschen Augenblick.

„Da kann ich Sie das Gleiche fragen. Was wollen Sie eigentlich mit der Karre im Keller? Vor allem will ich aber wissen, wer Sie sind. Sie habe ich hier noch nie gesehen. Wo kommen Sie überhaupt her? Und wo sind die anderen beiden?"

Volker überhörte ihre Frage und griff nach der Karre. Die Alte hatte niemanden verständigt. Davon war er fest überzeugt. Außerdem war er es leid, sich ständig von Frauen herumkommandieren zu lassen. Was bildete sich die alte Schachtel nur ein? Die Alte sah ihn herausfordernd an.

„Die gehört Ihnen doch gar nicht. Wieso kommen sie aus dem Gang? Wo führt der hin und wo endetet er?", fragend sah sie ihn.

Langsam ging ihm die alte Schreckschraube auf die Nerven. Was nahm sich die Oma heraus, ihn hier solange aufzuhalten. Er hatte es eilig. Es würde nicht mehr lange dauern, bis seine Chefin im Museum erschien.

„Ich habe keine Zeit für Ihr Gelaber. Her mit der Karre! Aber dalli!" Entgegen seiner Erwartung sah sie ihn frech an und ließ sich nicht einschüchtern.

Mit beiden Händen zog sie die Karre vor ihrer Brust und hielt sie krampfhaft fest. „Ich will jetzt endlich wissen, wer Sie sind", harkte sie nochmals nach. „Oder gehören sie zu den zwei Handwerkern, die in den Gang verschwunden sind? Was machen die beiden da eigentlich?"

Volker hob die Schultern. „Die Karre gehört mir", behauptete er. „Und von irgendwelchen Arbeitern weiß ich nichts. Ich hab keine

Ahnung, was Sie von mir wollen. Gehen Sie doch jemand anderem auf die Nerven."

Sie schüttelte jedoch nur ihren Kopf und hielt die Sackkarre weiterhin krampfhaft fest.

Schließlich riss Volker der Geduldsfaden. Er zerrte ihr die Karre aus der Hand und schimpfte: „Neugierige alte Schachtel." Anschließend schubste er die erschrockene Frau weg.

Sie wollte sich noch festhalten, griff aber ins Leere. Die Frau konnte sich nicht mehr auf den Füßen halten. Volker sah sie noch zu Boden fallen. Dabei dachte er bei sich: So geht es eben neugierigen, sturen Omas. Sie hatte es definitiv so verdient. Ohne sich um sie zu kümmern, eilte er zurück zu den beiden Männern im Museum. Der Rückweg kam ihm dabei wesentlich länger vor.

„Du warst wohl erst noch Kaffeetrinken", schimpfte Mike „Erst maulst du uns an, dass wir uns eher bei dir hätten melden sollen. Selbst bummelst du aber herum. Wir warten schon eine gefühlte Ewigkeit auf dich."

Volker glaubte ihnen kein Wort. Olaf stand im Schein der Kerzen mit rotem Gesicht am Fuß der Treppe, die ins Museum führte. Wahrscheinlich hatten es die beiden gerade eben erst geschafft, die Truhe bis hier herunter zu tragen. Fit sahen sie auf jeden Fall nicht mehr aus.

„Du willst uns doch nicht weiß machen, dass du so viel Zeit für den Gang gebraucht. Was ist passiert?"

„Kein Kommentar", knurrte Volker. „Nichts, was euch interessieren sollte. Können wir jetzt vielleicht endlich mal loslegen? Wir haben nicht ewig Zeit."

Mike nahm Volker währenddessen die Karre ab. Sie luden anschließend unbeholfen die Lade auf und fuhren langsam den Gang entlang. Es war für sie sehr umständlich, die schwere Truhe den engen Stollen entlangzuschieben. Der Schacht war stellenweise gerade einmal so breit wie die Lade. Volker schob und Mike musste rückwärtslaufen, um sie festzuhalten. Olaf sammelte zwischenzeitlich die Kerzen wieder ein und leuchtete mit der Taschenlampe den Gang ab. Trotz der Schinderei kamen sie relativ problemlos voran. Erneut wirkte der Hinweg auf Volker wesentlich kürzer.

Kaum hatten sie den Keller erreicht, blieb Olaf wie angewurzelt stehen. Beinahe wäre dabei die Sackkarre mit der Lade umgefallen. Nur mit Mühe hielt Volker sie in Balance.

„Pass doch auf. Verdammt."

„Warst du das etwa?", Mike sah Volker vorwurfsvoll an. „Hast du deswegen solange gebraucht?"

Erschrocken rief Olaf: „Was ist denn mit der Oma passiert?"

„Die alte Frau wollte mir die Karre nicht geben. Dumme Fragen hat sie mir stattdessen gestellt." Volker winkte nur ab. „Selbst schuld, sag ich nur."

„Was hast du denn mit der Oma gemacht?" Olaf beugte sich über die Seniorin, die am Boden lag. „Die sieht tot aus."

„Ach Quatsch!", sagte Volker. „Die erholt sich bald wieder. Mehr als eine Beule wird sie schon nicht davontragen. Die ist noch zäh. Das sieht man doch."

„Na ich weiß nicht", entgegnete Olaf. „Die alte Frau sieht nicht gut aus."

„Was schnüffelt die Alte hier im Keller herum?“ Volker versuchte, von der Tat abzulenken. „Hättet ihr beiden nicht dafür sorgen sollen, dass hier alles frei ist. Stattdessen läuft mir hier eine Zeugin über den Weg. Das ist alles eure schuld! Was ist, wenn die alte Schachtel uns an die Polizei verrät?“

„Die ist doch senil. Als würde die noch wissen, was es gestern Abend zum Essen gegeben hat.“ Olaf gab sich ziemlich überzeugend. „Da mache ich mir keine Gedanken.“

„Sollten wir uns nicht um sie kümmern?“ Mike hatte zunehmend Mitleid mit der Alten.

Volker zeigte jedoch auf seiner Uhr: „Ingolf wartet. Ihre Angehörigen werden sie außerdem bestimmt finden. Das ist nicht unser Bier.“ Er wollte so schnell wie möglich den Keller verlassen. „Leute, ich muss schnellstens zurück ins Museum. Vergesst das nicht. Für so etwas haben wir keine Zeit. Lasst sie einfach liegen.“

Mike schüttelt allerdings nur fassungslos den Kopf. „Wir sind Einbrecher aber keine Mörder.“

Der Museumsangestellte ließ sich nicht einschüchtern. Stattdessen trieb er die beiden zu mehr Eile an. Widerwillig ließen sie die Frau liegen und stiegen die Treppe hinauf. Es war für sie sehr beschwerlich, die Lade hochzuzerren. Mike und Olaf schoben, während Volker die Karre mit der Kiste mit aller Kraft die Treppe hochzog.

„Die verdammte Treppe nimmt kein Ende“, maulte Olaf außer Atem.

Dabei drehte er sich immer wieder nach der am Boden Liegenden um. Er wäre am liebsten wieder zurück, um der alten Frau zu helfen. Nach einer gefühlten Ewigkeit der Plagerei hatten sie die Haustür erreicht, ohne dass ihnen jemand Weiteres begegnet war.

Ingolf schimpfte dabei bereits von weitem: „Ich dachte schon, ihr wolltet im Keller übernachten."

Zu viert war die Lade schnell aufgeladen. Zum Glück war zu dieser frühen Stunde ebenso niemand auf der Straße zu sehen. Wenigsten gab es keine weiteren Zeugen der Aktion.

Volker klopfte Ingolf auf die Schulter. „Alles erledigt. Gute Fahrt nach Dresden. Mike, Olaf, macht´s gut."

Er hatte es eilig, von hier zu verschwinden. Sein schöner Zeitplan war ordentlich aus den Fugen geraten. Eigentlich hätte er schon längst wieder im Museum sein sollen. Davor galt es allerdings noch, etwas zu erledigen. Volker öffnete die Lade, um etwas herauszuholen, das er zuvor darin verstaut hatte. Mit seinem Rucksack in der Hand verschwand er nun ohne ein Wort des Abschieds in Richtung eines uralten Volkswagens.

Innerhalb kürzester Zeit verstaute er die Tasche im Kofferraum der alten Schrottkiste. Genau genommen war das noch nicht einmal sein Auto. Er hatte es sich nur für diesen Tag von einem Bekannten geborgt. Für seine Zwecke reichte das jedoch aus.

Noch während die drei andere ihm verwirrt nachsahen, hatte er alles erledigt. Volker hatte die Haustür aufgelassen, damit er schnell durch den Gang wieder ins Museum kam. Hinter sich schob er alle Türen zu und wischte mit einem Tuch über die Türklinken. Dass er nirgendwo seine Spuren hinterlassen sollte, war ihm vollkommen klar.

Er nahm seine Taschenlampe aus dem Rucksack und stürmte eiligst die Kellertreppe hinab. Die alte Frau lag immer noch ohnmächtig vor den Treppenstufen. „Daran bist du selbst schuld. Was bist du auch so neugierig", sprach er zu der am Boden Liegenden. Zu einer Antwort war sie allerdings nicht in der Lage.

So schnell Volker konnte, lief er an den Kellerboxen entlang und in den Stollen hinein. Der Schein der Lampe leuchtete das alte Gemäuer weithin aus. Dass es so etwas überhaupt unterhalb von Freiberg gab, fand er unglaublich faszinierend. So erreichte er kurze Zeit später das Museum. Hatte er es rechtzeitig geschafft?

Nervös schaute Volker immer wieder in Richtung Tür. Volker hoffte, dass die Chefin nicht eher kam als sonst. Fast hatte er alles geschafft. Er schob den Schrank vor die Tür und entfernte die Schleifspuren am Boden. Nur noch wenige Minuten, dann musste er das Museum öffnen. Im Erdgeschoss angekommen, stellte er fest, dass er nach wie vor allein war. Alles hatte genau so geklappt, wie er es sich vorgestellt hatte. Zumindest fast alles.

„Ich glaube, heute ist mein Glückstag." Volker pfiff ein lustiges Lied, während er sich daran machte, schnell das Museum zu verlassen. Er überlegte, wie er sich verhalten sollte, wenn die Chefin merkt, dass die Truhe und der Humpen verschwunden waren.

VIII

Ingolf saß in dem organisierten Transporter bereit. Immer wieder sah er auf seine Uhr. Dabei wurde ihm zunehmend unbehaglicher zumute. Warum kamen die nicht? Er stand nun schon seit einiger Zeit im Parkverbot. Dabei musste doch alles schnell gehen! Das hatte er den beiden klipp und klar gesagt. Was war daran so schwer zu verstehen? Die Polizei oder das Ordnungsamt war zum Glück noch nicht vorbeigefahren. Allerdings fiel er bestimmt den Anwohnern auf. Nicht, dass noch ein übervorsichtiger Rentner sich das Nummernschild notierte. Es war wohl doch ein Fehler gewesen, die zwei für den Diebstahl zu überreden, ging es Ingolf durch den Kopf. Natürlich wären Profis für den Job wesentlich teurer gewesen. Im Gegensatz dazu hätte dann aber alles reibungslos funktioniert.

Erleichtert atmete Ingolf auf, als sich die Haustür öffnete. „Na endlich!“ Ingolf sprang aus dem Auto. „Wo wart ihr so lange?“

„Na wohl schon?“, entgegnete Mike knapp.

„Und hat alles geklappt?“, fragte Ingolf Olaf.

Sie luden schnell die Lade auf und erzählten Ingolf, was im Keller geschehen war. „Volker hat eine Oma niedergeschlagen, die gerade im Keller war.“ Olaf sah man das schlechte Gewissen bei diesen Worten an.

„Volker meinte, sie hat nur eine Beule und kommt bald wieder zu sich.“ Mike wiederholte das zuvor Gesagte.

„Und was denkt ihr?“ Ingolf sah beide fragend an.

„Die Oma sah nicht gut aus. Stimmt’s, Olaf?“

Dieser nickte Ingolf nur zu.

Währenddessen war Volker zwischen sie getreten, um einen Gegenstand aus der Truhe zu nehmen. Mit Verblüffen stellte Ingolf fest, dass es sich dabei um einen abgewetzten alten Rucksack handelte. Was hatte der spielsüchtige Taugenichts damit vor? Ohne ein Wort zu verlieren, verschwand Volker in Richtung eines Autos.

„Wir wussten nicht, was wir machen sollten. Du hast uns doch gesagt, wir sollen uns beeilen“, ergänzte Mike weiterhin und lenkte von dem Geschehen ab. „Die hätten wir nicht so liegen lassen sollen.“ Olaf griff sich an den Kopf und zeigte Ingolf, an welcher Stelle die Frau seiner Meinung nach eine Wunde erhalten hatte. „Wie soll sie jetzt alleine die steile Treppe hochsteigen?“

„Und nun?“ Ingolf wusste nicht, auf was die beiden hinauswollten.

„Was hättest du denn an unsere Stelle gemacht?", wollte Mike wissen?

„Sie wohnt bestimmt in dem Haus. Sonst hätte sie keinen Schlüssel für den Keller." Ingolf musste die zwei beruhigen. „Da wird es schon wen geben, der sich um sie sorgt. Zu so einer Oma gehört auch immer ein Opa. Macht euch mal keine Gedanken."

Er sah es den beiden aber an, wie sehr sie über die Ereignisse grübelten. Ingolf wurde jedoch langsam ungeduldig. Letztlich wollte er endlich nach Dresden fahren. Sie standen bereits viel zu lange hier herum. Es wurde zunehmend gefährlicher für sie.

„Ich kümmere mich um die Frau, wenn ich aus Dresden zurück bin. Okay? Wir müssen hier aber so schnell wie möglich weg. Ist nun alles klar ihr zwei, oder wollt ihr hier anwurzeln?"

Währenddessen war Ingolf in den Lieferwagen eingestiegen, um endlich losfahren zu können. Noch hatte er niemand anderes auf der kleinen Nebenstraße gesehen. Dies würde aber nicht für immer so bleiben. Volker war wie verabredet in dem Haus verschwunden. Es war ausgemacht, dass er alles hinter sich aufräumen würde, so dass es keine weiteren Beweise geben würde. Wenn nur endlich die beiden Säufer mit dem Gezeter aufhörten.

Ingolf hob genervt die Hände vom Lenkrad. „Hallo, ich stehe hier im Parkverbot. Können wie jetzt so langsam mal losfahren?"

„Alles klar, Ingolf. Wir haben nur überlegt, ob wir der Oma vielleicht nicht doch helfen sollten."

„Ihr wollt doch nicht ernsthaft noch mal in den Keller gehen?"

„Nee, nee, Ingolf. Wir dachten nur laut", erwiderte Olaf.

„Überlasst das Denken bitte mir. Können wir jetzt nach Dresden fahren? Der Auftraggeber wartet schon auf uns."

Widerwillig nahmen sie im Transporter Platz, so dass die Fahrt endlich losgehen konnte. Schon nach ein paar Minuten änderte sich das Thema des Gesprächs in eine andere Richtung.

„Warum ist der Tischlermeister so scharf auf die Lade?“, wollte Mike wissen. „Das ist doch nur eine alte Holzkiste. Ich kann mir nicht vorstellen, dass die viel wert ist. Wenn der so viel Euros springen lässt, macht man sich automatisch Gedanken. Verzierte Holzkisten gibt es doch viele. Die muss man nicht aus einem Museum stehlen.“

„Was sagst du dazu, Ingolf. Du hast doch mit ihm gesprochen?“, ergänzte Olaf.

„Mike, Olaf, es ist mir vollkommen egal, warum der die Lade haben will. Er hat bei mir etwas bestellt und bezahlt. Alles andere geht mich nichts an. So ist das Geschäft nun einmal. Ihr beide solltet das am besten wissen. Schließlich bezahle ich euch auch nicht fürs dumme Fragen stellen.

„Du musst es ja wissen“ Mike sah Ingolf von der Seite her leicht spöttisch an. „Wie viele illegale Geschäfte hast du denn schon durchgezogen?“

„Das werde ich dir gerade auf die Nase binden“, fauchte Ingolf. „Ich habe euch nur für den Transport mitgenommen, weil ihr die Schnauze halten könnt. Jetzt stellt ihr mir aber auch noch blöde Fragen. Das hätte ich von euch nicht erwartet. Ich habe euch scheinbar falsch eingeschätzt“, betonte Ingolf.

„Aber Ingolf, sag so etwas nicht. Du kennst dich doch auf uns hundertprozentig verlassen. Wir sind Profis.“

Ingolf hob seine Schultern und sah Mike kurz zweifelnd an.

„Dann überlegt euch vorneweg, was ihr von mir wissen wollt. Das sind Sachen, die gehen nur mich etwas an. Verstanden? Du kennst doch das Sprichwort: Was du nicht weißt, macht dich nicht …"

„Ich hab schon begriffen", unterbrach Olaf Volkers Ausführungen.

Schweigend saßen sie in der Folge nebeneinander, während es im rasanten Tempo nach Dresden ging. Ingolf pfiff auf die Geschwindigkeitsbegrenzungen. Er wollte seinen Auftrag so schnell wie irgend möglich zu Ende bringen.

„He Ingolf, du bist bei Rot über die Kreuzung", schimpfte Mike plötzlich los.

„Mir geht gerade was anderes durch den Kopf. Ich habe gar nicht die Ampel gesehen." Ingolf fuhr nach der Kreuzung rechts ran.

„Wir wollen nach Dresden und nicht auf den Friedhof", maulte Mike.

„Was geht dir denn durch den Kopf, wenn ich fragen darf?", ergänzte Olaf sofort.

„Ich dachte gerade an den Diebstahl im Museum und an Volker. Mir kommen langsam Zweifel, ob der Volker der Richtige war für den Job. Ich sagte ja bereits, so genau kenne ich ihn nicht. Aber glaub mir Olaf, er war der einzige, der schnell und ohne großen Aufwand an die Lade kommen konnte."

„So ein harter Kerl, wie er sich gibt, war der aber nicht." Olaf fasste seine Meinung zusammen.

Mike nickte Ingolf zu: „So einen Eindruck hatte ich ebenso von Volker. Ein ganz schöner Dummschwätzer. Du hast ihn doch aber bestimmt überprüft, ehe du ihm den Auftrag gegeben hast?"

„Ich hatte nicht viel Zeit, mich zu entscheiden."

„Der Tischlermeister drohte, einen anderen dafür zu engagieren. Ich musste schnell handeln."

Ingolf fuhr weiter Richtung Dresden. Er holte tief Luft und erzählte den beiden, warum er an Volker zweifelt. „In der nächsten Zeit wird der Raub wahrscheinlich viel in den Zeitungen, im Radio und überhaupt in Freiberg die Runde machen. Der Diebstahl ist bestimmt schon längst entdeckt. Da wird die Kripo mit Sicherheit nicht lange auf sich warten lassen. Hoffentlich lässt Volker sich nichts anmerken."

„Du hast recht. Immerhin ist er als Angestellter im Museum automatisch verdächtig", bemerkte Mike treffend.

„Was meinst du, wie lange der dichthält?", fragte Olaf nach.

„Der wird sein Maul schon halten. Er ist froh, dass er wieder Kohle für seine Pferdewetten und für die ganzen Schulden hat." Volker war sich jedoch alles andere als sicher mit dieser Aussage.

Mike starrte aus dem Autofenster auf die vorbeiziehende Landschaft. „Und was macht er dann, wenn das Geld neuerlich verzockt ist, Ingolf?"

„Na was schon - abermals Schulden."

VIIII

Hanneliese suchte den Kellerschlüssel in der gesamten Wohnung. Sie hatte ihn doch gestern noch gehabt. Überall schaute sie in ihren Zimmern nach. Nirgendwo war er zu finden. Erschöpft fiel sie schließlich in einen ihrer Sessel. Vielleich hatte sie ihn im Keller vergessen? Emma hatte sie am Tag zuvor mit dem aufgebrochen Gang vollkommen durcheinandergebracht.

Hanneliese nahm sich vor, direkt nachschauen zu gehen. Zuerst war sie jahrelang nicht in dem Keller gewesen – nun jedoch gleich an zwei Tagen hintereinander. Sie hatte nur wenig Lust darauf, bei der schlechten Treppe und Beleuchtung erneut in das dunkle Loch hinabzusteigen. Ihr war allerdings klar, dass sie keine andere Wahl hatte. Vielleicht hatte sie Glück und der Schlüssel steckte noch oben an der Kellertür. Sie wollte sowieso nachsehen, ob der bestellte Container eventuell schon da war. Manchmal brachte die Stadt diesen ein paar Tage vor dem Termin.

Hanneliese zog ihre Jacke über und die festen dunkelbraunen Halbschuhe an, die noch von gestern im Flur standen. Anschließend ging sie in Richtung Keller. Zu ihrer Freude sah sie bereits von weitem den Schlüssel an der Zugangstür.

„Hanneliese, du wirst alt", sagte sie zu sich selbst. Sie wollte gerade die Kellertür abschließen. Zu ihrer Überraschung bemerkte sie einen schwachen Lichtschein von unten. War da wer im Keller? Oder hatte sie gestern tatsächlich das Licht angelassen? Sie schaute sich suchend im Hausflur um, ob jemand von den Hausbewohnern vorbeikam. Waren eventuell doch Handwerker im Haus? Vielleicht hatte sie auch mit ihrer Aufräumaktion die Nachbarn animiert, selbst ausmisten zu wollen.

„Hallo ist da Jemand?", fragte Hanneliese ängstlich die Treppe hinab. Als keine Antwort kam, rief sie lauter in den Keller: „Hallo? Hallo!"

„Ja ich, hier, Hilfe. Hilfe!" Erklang plötzlich eine schwache Antwort.

Die Stimme kam ihr irgendwie bekannt vor. „Emma bist du das?" Sie war sich überhaupt nicht sicher.

„Ich liege hier unten und kann nicht aufstehen." Hanneliese hörte ein dünnes Rufen von unten rufen.

Fast war es zu leise, um überhaupt gehört zu werden. Trotzdem war sie sich sicher, dass es Emmas Stimme war. Was aber wollte ihre Freundin in dem Keller, überlegte sie. Neuerlich machte Hanneliese sich an den beschwerlichen Abstieg die steilen Stufen hinab. Eigentlich hatte sie sich vorgenommen, nicht so schnell wieder nach da unten zu gehen.

Am unteren Ende der Treppe entdeckte sie eine Person zusammengekauert auf dem schmutzigen Fußboden hocken. Die Schürze kannte Hanneliese doch. Sie erblickte ihre Freundin auf dem Boden.

„Emma bist du das wirklich? Oh mein Gott. Was machst du hier? Geht es dir gut?", fragte Hanneliese ganz krank vor Sorge.

Fassungslos stürmte Hanneliese zu ihrer Freundin. Sie verstand die Welt nicht mehr. Wie war es nur möglich, Emma in diesem Zustand und zu dieser Zeit hier vorzufinden?

„Ich habe starke Kopfschmerzen und will nur noch so schnell wie möglich nach Hause." Emmas Stimme klang mehr als nur dünn.

„Natürlich, auf jeden Fall. Versuch doch erst einmal aufzustehen. Was machst du nur hier Emma? Wie kommst du hierher? Was ist passiert?", überschüttet sie ihre Freundin mit weiteren Fragen.

„Du bist mir doch nicht böse Hanneliese, oder? Ich weiß einfach nicht mehr, wie ich in den Keller gekommen bin. Ich weiß überhaupt nicht, was geschehen ist."

Emma lag noch immer wie ein Häufchen Unglück auf dem dreckigen Boden. Sie zeigte auf ihren Kopf. Ihre Haare waren vom Blut ganz Rot und sie war sichtlich durcheinander.

„Das ist eine üble Platzwunde. Es sieht schlimm aus." Hanneliese bewegte vorsichtig den Kopf ihrer Freundin. „Tut dir außer dem Kopf noch etwas anderes weh?"

„Nein, aber es dreht sich alles wie auf einem Karussell", jammerte die Freundin.

„Damit ist nicht zu spaßen. Das sollten wir nicht auf die leichte Schulter nehmen. Ich hole gleich einen Doktor. Du bleibst derweil hier ruhig sitzen, bis ich wiederkomme." Sie schaute besorgt auf Emmas Kopf. „Es blutet auch schon nicht mehr so sehr schlimm. Das wird alles wieder gut. Mach dir keine Gedanken."

Emma nahm Hannelieses Hand: „Woher hast du gewusst, dass ich hier liege?"

„Das war reiner Zufall. Mein Kellerschlüssel war verschwunden. Ich hab überall nach ihm gesucht. Als ich jede Möglichkeit in der Wohnung durchhatte, blieb mir nur noch der Keller. Schließlich habe ich den Schlüssel und dich hier gefunden. Sie sah ihre Freundin fragend an. Hast du ihn vielleicht gestern mitgenommen? Darüber reden wir aber erst später, wenn es dir besser geht. Ich komme gleich wieder. Versuch bitte ja nicht, aufzustehen."

Hanneliese stieg ein paar Stufen die Treppe empor und schaute noch einmal auf ihre Freundin zurück.

„Ich habe Angst, hier alleine zu sitzen", jammerte Emma.

Sie strich sich währenddessen eine Strähne aus dem Gesicht. Erschrocken blickte sie auf ihre vollgebluteten Finger. Man merkte, wie verwirrt sie noch war.

Hanneliese rief ihr zu: „Ich beeile mich, Emma. Versprochen!"

Sie eilte indes, so schnell sie konnte, die Kellertreppe hoch. In ihrer Wohnung war sie in der Lage, einen Arzt zu anrufen. Nach kurzer Zeit Stand sie wieder vor der Verletzten. Zugleich hatte sie ein Erste-Hilfe-Set mitgebracht. Die verunglückte Freundin zeigte Hanneliese ihre blutigen Hände.

„Mach die keine Sorgen, Emma. Ich glaube, dass das wirklich nur eine Platzwunde ist“, beruhigte sie die Verletzte am Boden. „Der Arzt kommt gleich. Ich habe dir inzwischen eine Decke mitgebracht, damit es dir nicht zu kalt wird.“

Sie griff in die Tasche mit den Mullbinden und Wattetupfern. Obwohl sie sah, dass es Emma wehtat, presste sie die Mullbinden in die Wunde. Da noch immer Blut daraus hervortrat, war es wichtig, die Blutung zu stoppen. Zumindest war es das Einzige, das Hanneliese in dem Moment unternehmen konnte. Zugleich redete sie beruhigend auf Emma ein. Ihr zu helfen, den Schock zu überwinden, war das Zweite, was sie erledigen konnte, bis die Ärzte da waren.

Dankbar wickelte sich Emma so gut es ging in die Decke ein. Bereits zu dem Zeitpunkt spürte Hanneliese, dass es der Freundin besser ging. Vielleicht war sie schon in diesem Augenblick über dem Berg. Trotzdem sollte ein Arzt sie sich unbedingt ansehen.

„Ich bin gleich wieder da. Der Doktor weiß doch nicht, wo der Keller ist. Es ist besser, wenn ich vor das Haus gehe, um dem Doktor den Weg in das Untergeschoss zu zeigen.“

Beiläufig schüttelte Emma daraufhin ihren Kopf. Hanneliese war sich unsicher, ob sie die Freundin allein lassen sollte. Wäre sie in einer ähnlichen Situation, würde sie sich wahrscheinlich unglaublich ängstigen. Hanneliese schaute auf ihrer Uhr: Am Telefon hatten sie gesagt, sie würden nur fünf Minuten benötigen. In dem Moment hörte sie von oberhalb der Treppe Männerstimmen. Schnell lief sie den Leuten entgegen. Außer Atem erreichte sie die Kellertür.

„Herr Doktor, gut dass sie so schnell gekommen sind. Meine Freundin liegt im Keller, sie ist gestürzt. Es geht ihr überhaupt nicht gut."

„Wir sind Rettungssanitäter gute Frau. Wenn das Unfallopfer schlimm verletzt ist, rufen wir über Funk einen Notarzt."

„Zeigen Sie uns bitte zuerst, wo wir hinmüssen. Wie ist es denn passiert?"

Die zwei Sanitäter liefen ihr hinterher. „So genau weiß ich es auch nicht, junger Mann. Ich habe meine Freundin eben erst gefunden. Sie ist durch den Sturz vollkommen durcheinander. Gehen Sie bitte vorsichtig die Stufen hinab." Hanneliese zeigte auf die steile Treppe. „Es geht ziemlich uneben und gefährlich nach unten."

Der große blonde Notfallsanitäter betonte ernst: „Wenn Sie wüssten, in was für schmutzigen Winkeln und Ecken wir bereits Unfallopfer versorgt haben. Machen Sie sich also bitte keine Gedanken."

Die Männer knieten sich vor Emma hin. Der kleine untersetzte Sanitäter öffnete eine große Tasche mit allerlei medizinischer Ausrüstung. Er redete ruhig auf die Verletzte ein und untersuchte sie vorsichtig aber professionell.

„Sie weiß nicht mehr, wie sie in den Keller gekommen ist." Hanneliese plapperte unentwegt vor Aufregung auf den blonden Rettungssanitäter ein. „Wir haben am Vortag meinen Keller entrümpelt. Ich wollte endlich mal aufräumen. Das war aber gestern. Ich kann mir nicht erklären, wie sie heute hierhergekommen ist."

„Wissen Sie denn wie Sie heißen?", stellte der Mediziner eine Frage an die Verletzte.

„Emma, Emma ist mein Name, Herr Doktor."

„Okay, das ist schon einmal gut. Ich bin aber kein Doktor. Und ist Ihnen bekannt, was heute für ein Tag ist?"

„Ja, heute ist Dienstag. Nein warten Sie. Es ist Mittwoch. Oder vielleicht doch Freitag? Ach Gott. Ich kann mich einfach nicht erinnern."

„Frau Emma, das sieht nicht gut aus. Sie müssen auf jeden Fall mit in die Notaufnahme kommen. Ihre Wunde muss genäht werden und ihren Kopf sollte sich auf jeden Fall ein Spezialist anschauen."

„Wissen Sie wirklich nicht, wie das passiert ist?", ergriff der zweite Sanitäter das Wort.

„Nein", Emma wirkte zunehmend gereizter. Ich will hier ganz schnell raus." Offensichtlich hatte sie die Fragerei satt. „Ich weiß nicht mehr, was ich hier wollte. Wie oft soll ich das denn noch sagen? Aber von alleine bin ich nicht gestürzt. Da bin ich mir sicher. So wacklig bin ich nun auch wieder nicht auf meinen Beinen. Sag es doch dem Doktor, Hanneliese. Sag ihm, dass ich noch rüstig bin."

Emma entfernte daraufhin ihre Decke. Sie war drauf und dran, allein aufzustehen. Ihre Beine gaben jedoch nach und sie rutschte wieder auf den Steinboden zurück.

„Nun mal ganz ruhig mit den wilden Pferden. Sie müssen gründlich untersucht werden. Das ist bei so einem Sturz wichtig. Da beißt die Maus keine Faden ab. Ich kann nicht ausschließen, dass Sie innere Verletzungen haben. Sie können ja noch nicht einmal von allein aufstehen. Eine Gehirnerschütterung haben Sie definitiv davongetragen. Damit ist nicht zu spaßen. Erst recht nicht in Ihrem Alter. Von dem zu niedrigen Blutdruck will ich gar nicht erst anfangen."

„Ihre Freundin kann ja mitfahren, wenn Sie alleine Angst haben", fügte der andere Sanitäter an. „Es ist vielleicht besser, wenn Sie jemanden bei sich haben."

Hanneliese bestätigte Emma, bei ihr zu bleiben, bis alle Untersuchungen abgeschlossen waren. Dafür waren sie schließlich Freundinnen. Die Unfallsanitäter versprachen, gleich wieder zurückzukommen. Sie wollten nur eine Trage holen, um sie aus dem Keller zu transportieren. In ihrem Zustand würde sie wahrscheinlich nicht aus eigener Kraft aus dem Keller kommen.

Hanneliese bedankte sich bei dem Sanitäter. Sie war froh, dass ihrer Freundin geholfen wurde. Emma fühlte sich schlapp, zudem hatte sie Schmerzen in den Beinen. Sie griff nach Hannelieses Hand.

„Du bleibst doch bei mir, bis die Männer wiederkommen?"

„Na klar, ich lass dich doch nicht mit deinen Verletzungen allein."

Erschrocken fuhren die zwei Frauen zusammen, als Geräusche aus einer vollkommen anderen Richtung erklangen. Statt vom Kellereingang erscholl ein Gepolter von der entgegengesetzten Seite. Unvermittelt tauchten Zwei Männer aus dem Zugang zum Luftschutzkeller auf. Woher um alles in der Welt kamen die her?

„Entschuldigen Sie bitte meine Damen, wir wollten Sie nicht erschrecken", sprach der kleinere Mann sie an. „Wir sind beide von der Polizei und hätten ein paar Fragen an Sie."

Netterweise hielt der Sprecher seine Taschenlampe zum Boden hinab, um sie nicht zu blenden. Die Beamten sahen die verletzte Frau. Bedeutungsschwangere Blicke wurden in dem Moment ausgetauscht. Es war, als würden die beiden Männer nur mit ihren Augen kommunizieren.

„Hanneliese stellte sich schützend vor ihre Freundin. „Kann ich Ihren Ausweis sehen? Behaupten, dass man von der Polizei ist, kann heutzutage jeder."

Die beiden Herren zeigten der resoluten Frau ihre Dienstausweise. Anschließend lächelte Otto Stern Hanneliese freundlich an. Er steckte seine Papiere wieder ein und fragte sie nach ihren Namen.

„Mein Name ist Hanneliese Schmidt. Ich wohne in diesem Haus und das ist Emma, meine Freundin." Sie verwies auf das Häufchen Unglück, was auf dem Boden saß. „Sie müssen entschuldigen, aber wir haben nicht mit der Polizei hier im Keller gerechnet und dann noch aus dem Gang da hinten."

„Sie kennen den Stollen, Frau Schmidt?", zeigte sich der Polizist sogleich hellhörig.

Hanneliese nickte mit dem Kopf in Richtung des Gangs und des Steinhaufens, der danebenlag. „Der Zugang wurde erst vor kurzem freigelegt, vermute ich zumindest", bemerkte sie. „Ich war gestern seit langer Zeit wieder mal in meinen Keller. Deswegen kann ich das Ihnen erst für den gestrigen Tag bestätigten. Anderen Mietern ist das jedenfalls noch nicht aufgefallen. Sowas spricht sich schnell im Haus herum, Herr Kommissar. Das hätte ich mit Sicherheit gehört."

Otto Stern zeigte mit der Taschenlampe den Gang entlang. „Das ist richtig. Wer hier vorne seine Box hat, geht nicht nach da hinten. Es sei denn, die Person hat was beobachtet."

Hanneliese nickte eifrig, „Da haben sie vollkommen Recht, Herr Kommissar."

„Sie haben also etwas bemerkt, Frau Schmidt?", fragte der Kriminalbeamte.

„Na ja, Herr Kommissar, ich nicht, aber Emma bestimmt." Sie verwies dabei auf ihre Freundin, die noch immer auf dem Boden saß.

Kurz wendete der Polizist sich Emma zu. Bereits nach ein paar gesprochenen Worten richtete er sich erneut auf.

„Wie kommen Sie denn darauf? Haben Sie irgendwelche Hinweise oder Beweise, die Sie uns gerne mitteilen möchten?"

„Sieht man das denn nicht?", zeige Hanneliese sich überrascht. „Irgendetwas ist doch sicherlich vorgefallen. Sie tauchen hier unvermittelt auf, während meine Freundin mit einer Platzwunde am Boden liegt. Da braucht man keinen Abschluss in Kriminalistik, um eins und eins zusammen zu zählen. Das muss doch irgendwie zusammenhängen."

Walter Vogel meinte hingegen: „Von der Frau werden wir keine Antwort bekommen, Otto. Sie muss erst mal einem Arzt vorgestellt werden."

Emma war beleidigt: „Ich kann Ihnen sehr wohl antworten. Was wollen Sie denn wissen?"

„Das frage ich Sie gleich. Im Moment habe ich ein anderes Problem. Wir müssen erst einmal sehen, in was für einem Haus und auf was für einer Straße wir herausgekommen sind." Otto Stern verschwand über die Kellertreppe nach draußen.

Walter Vogel hockte sich indes vor Emma. „Wie geht es Ihnen? Was ist denn überhaupt passiert?"

„Das weiß ich nicht. Mir brummt der Schädel." Sie hob leicht die Hand und zeigte auf ihren Kopf.

„Wissen Sie, in welchem Keller wir jetzt sind?"

„Na wo schon? Im Keller meiner Freundin natürlich."

„Wir sind auf der Burgstraße, Ecke Thielestraße", ergänzte Hanneliese.

Otto Stern nahm das Handy aus der Tasche und rief irgendwen an. Sie konnte nicht verstehen wen. In der Zwischenzeit fragte Hanneliese sich, wo die beiden Sanitäter blieben. Es konnte wohl kaum so lange dauern, die Trage zu holen. Oder hatten die Mediziner sie einfach vergessen?

„Ich muss erst mal nach den Rettungshelfern sehen, Herr Kommissar. Die wollten nur die Trage holen und gleich wiederkommen. Emma muss endlich aus diesem kalten und muffigen Loch heraus."

„Nur eine Frage noch, gute Frau. Die Sanitäter sind bestimmt schon unterwegs. „Frau Schmidt, wissen Sie, was Ihre Bekannte in Ihrem Keller wollte?“, sprach Kommissar Stern sie an, während er das Handy gegen den Oberkörper presste. Offensichtlich wartete er auf einen Teilnehmer am anderen Ende.

Hanneliese hob die Schulter. „Das möchte ich auch gern erfahren.“

„Wenn der Krankenwagen Ihre Bekannte ins Krankenhaus gebracht hat, möchte ich Sie unbedingt sprechen.“

„Ich fahre selbstverständlich mit in die Notaufnahme, Herr Kommissar. Meine Freundin lasse ich doch nicht mit ihren Schmerzen alleine. Darf ich fragen, um was es hier überhaupt geht? Sie haben mir immer noch nicht gesagt, was Sie hier machen. Meinen Sie nicht, dass Sie mir eine Antwort schuldig sind, junge Mann?“ Hanneliese wurde langsam ungeduldig.

„Wir verfolgen eine Spur, Frau Schmidt. Mehr können wir im Moment nicht sagen. Auf jeden Fall ist es wichtig, eine Aussage von Ihnen zu bekommen. Je eher desto besser.“

„Das geht aber nicht. Emma muss ins Krankenhaus.“

„Wir müssen Sie aber sprechen Frau Schmidt. Sie und ihre Bekannte sind die einzigen Zeugen, die uns eventuell weiterhelfen können."

„Ich war doch gar nicht dabei, als das mit meiner Freundin passiert ist, Herr Kommissar. Oder hängt das mit dem aufgebrochenen Gang zusammen?" Hanneliese sah die zwei Männer fragend an. „Ich hatte Sie doch vorhin danach gefragt, Herr Kommissar?"

„Und ich habe Ihnen gesagt, dass wir erst am Anfang unserer Ermittlung stehen."

Beleidigt drehte Hanneliese den Polizeibeamten den Rücken zu und kümmerte sich wieder um Emma. „Wenn Sie noch Fragen haben, meine Herren, dann kommen Sie morgen zu mir. Ich hab jetzt erst einmal etwas Wichtigeres zu tun. Ich fahre mit meiner Freundin ins Krankenhaus. Mein Name ist Hanneliese Schmidt. Ich wohne hier im Haus. Wenn Sie den Keller verlassen, dann schließen Sie bitte die Tür ab und bringen den Schlüssel morgen mit."

Zum Glück kamen die Sanitäter mit der Trage gerade eben wieder in den Keller hinab.

„Wo waren sie denn? Ich dachte schon, Sie haben uns vergessen."

„Nein, das haben wir nicht", lächelte der Rettungsassistent. Ein Container-Auto hatte uns den Weg zum Krankenwagen versperrt."

So war Hanneliese nicht mehr genötigt, sich mit der Polizei zu unterhalten. Innerhalb kürzester Zeit lag Emma auf der Trage und wurde vorsichtig aus dem Keller befördert. Die Rettungskräfte hatten dabei einige Mühe, die Trage die steile Treppe hochzuwuchten.

Die beiden Kommissare verließen ebenfalls den Keller. Offensichtlich schienen sie auf jemanden zu warten. Dies war Hanneliese in dem Moment jedoch vollkommen egal. Sie stieg mit in den

Krankenwagen ein, um mit ihrer Freundin ins Klinikum zu fahren. Bereits wenige Minuten später erreichte das Auto das Kreiskrankenhaus in Freiberg.

Die Sanitäter trugen Emma in die Unfallstation. Hanneliese musste im Warteraum ausharren, bis ihre Freundin untersucht wurde. Sie lehnte sich an die harte Stuhllehne und grübelte. Was wollte die Polizei bei ihr im Keller? Ob das mit dem aufgebrochenen Gang zusammenhing? Was war geschehen, dass es der Kriminalpolizei bedurfte? Hanneliese rutschte auf dem Stuhl hin und her. In dem Moment kam jemand vom Krankenhauspersonal auf sie zu.

„Sind Sie die Begleitung von unserem Unfallopfer?"

„Ja, Herr Doktor." Hanneliese sprang von ihrem Stuhl auf. „Was ist mit Emma?"

„An und für sich ist soweit alles in Ordnung. Neben der Platzwunde hat die Patientin eine leichte Gehirnerschütterung. Ihre Freundin muss aber ein paar Tage zur Überwachung bei uns bleiben. Vor allem muss das Bein noch geröntgt werden. Ihre Freundin klagt über Schmerzen. Wir legen die Patientin innerhalb der nächsten Minuten auf Station. Dort können Sie ihre Bekannte besuchen. Es wäre schön, wenn Sie Waschzeug ein Nachthemd und die Krankenkarte Ihrer Freundin holen können. Falls sie Angehörige hat, würde ich Sie bitten, diese zu benachrichtigen."

Sie nickte dem davoneilenden Arzt hinterher.

X

Irene Kleinschmidt betrat ihr Museum wie immer kurz vor zehn. Zumindest betrachtete sie es als Solches – ihr eigenes. Es war nun schon seit einigen Jahren ihr „Baby“.

Sie unternahm wie stets als erstes ihren Rundgang, ob alles in Ordnung war. Herr Meier, einer der Angestellten war neuerlich zu spät. Obwohl er keine Familie und auch sonst kaum Pflichten hatte, kam er selten pünktlich – wie Irene dies hasste. Sie hörte die Eingangstür ins Schloss fallen. Das konnte nur Volker sein.

„Herr Meier, wann kann ich es mal erleben, dass Sie ohne Verspätung kommen?“

„Entschuldigung, Frau Kleinschmidt Ich habe verschlafen.“

Irene schüttelte ihren Kopf. „Das wievielte Mal in diesen Monat ist das, Herr Meier?“

„Es wird nicht wieder vorkommen. Tut mir leid.“

Er sah jedoch nicht so aus, als würde er es tatsächlich bedauern. Eher im Gegenteil, ein dreckiges Grinsen lag im Gesicht des Kollegen. Sie lief wieder in den ersten Stock und merkte, dass irgendetwas anders war als sonst. Irene ging in Richtung Fenster und blieb erschrocken stehen. Sie griff sich ans Herz und schnappte nach Luft.

Die Lade stand sonst immer unter dem Fenster und jetzt war da nur noch ein leerer Fleck. Wie konnte das sein? Es war ein wertvolles Stück. Entsetzt rief sie nach Volker Meier. Wo blieb dieser unzuverlässige Mann nur wieder? Irene steuerte auf den Stuhl zu, der in der Nähe stand und musste sich erst einmal fassen.

Das konnte doch nicht sein. Gestern war die Lade noch auf ihrem Platz. Davon war sie felsenfest überzeugt. Nun befand sich jedoch nur noch die Beschreibung an der Wand. Irene kannte den Text fast auswendig. Nach Abschluss von Restaurationsarbeiten zeigte sich die Lade nun wieder in ihrem ursprünglichen Zustand, ein reichhaltiges Beispiel deutscher Fassadenmalerei. Sie war eine stolze Eigenständigkeit der Freiberger Tischlerinnung aus dem 17. Jahrhundert und nun war sie verschwunden.

Volker Meier hatte es endlich geschafft, den Weg zu ihr zu finden. Er lief Richtung Fenster, wo seine Chefin saß. Wenig intelligent zeigte er auf den leeren Fleck auf dem Boden. „Wo ist denn die Lade?"

Sie hob die Schultern. „Das möchte ich auch gern wissen, Herr Meier. Sagen Sie mir bitte, dass ich einen Termin vergessen habe. Die Lade ist bestimmt noch einmal beim Restaurator."

„Nicht, dass ich wüsste", nahm Volker ihr jegliche Hoffnung.

In dem Moment kam ihr ein noch viel schlimmerer Verdacht. Irene rannte an den Vitrinen im ersten Stock vorbei, um zu sehen, was noch fehlen könnte. Hatten die Diebe eventuell noch mehr mitgehen lassen? Was fehlte im Museum?

Irene merkte, dass sie nicht sehr überlegt vorging. Zuerst war es wichtig, die Polizei zu verständigen. Gerade als sie anrufen wollte, bemerkte sie, dass auch das Paket fehlte, was sich ein Museum aus Annaberg ausleihen wollte. Gestern hatte sie es selbst verpackt und für den Kurierdienst bereitgelegt. Da sie heute Morgen die Erste gewesen war, konnte das Paket noch nicht abgeholt worden sein. Es musste also ebenso gestohlen sein.

„Es ist ein Alptraum, dass zwei so wertvolle Stücke verschwunden sind, Herr Meier. In dem Paket war der Deckelhumpen der Freiberger Knappschaft. Er war einer der bedeutendsten Silberarbeiten im gesamten Stadt- und Bergbaumuseum Freiberg. Und nun ist er auch weg."

Sichtlich mitgenommen erledigte sie das Telefonat mit der Polizeiwache. Obwohl sie eher zusammenhangslos und wirr sprach, erkannten die Beamten die Dringlichkeit der Situation. Die Polizeibeamtin versprach ihr innerhalb der nächsten paar Minuten Hilfe.

Nach dem Gespräch lief Irene aufgeregt zum Eingang. Anschließend kontrolliert sie, ob alle Fenster geschlossen waren. Die drei Notausgänge zeigten sich zudem ebenso abgesperrt. Nirgends entdeckte sie die kleinste Spur eines Einbruchs. Wie konnte es aber sonst geschehen, dass zwei so wichtige Exponate aus dem Museum verschwunden waren? Dass sie sich in Luft aufgelöst hatten, ging wohl kaum.

Erschöpft setzte sie sich hinter die Kasse und überlegte, was sie als Nächstes unternehmen sollte. Es war für sie offensichtlich, das Museum heute zu schließen. Aber was dann? Wen sollte sie sonst noch anrufen – das Rathaus, die Altertumsbehörde?

„Haben Sie vielleicht irgendwelche Spuren oder Hinweise entdeckt?", fragte sie Volker.

„Ich? Nein, wie könnte ich. Sie waren doch zuerst da, Frau Kleinschmidt. Wenn Ihnen nichts aufgefallen ist."

„Nein, ich ..."

Irene hob die Schulter und ging ziellos im Museum umher. Mehr und mehr wurde ihr klar, dass es nichts brachte, wie ein aufgescheuchtes Huhn umherzulaufen.

„Sie warten hier auf die Polizei und ich gehe durch die Räume, um genau zu bestimmen, ob noch was fehlt."

„Alles klar.“ Volker lief zum Eingang und öffnet die Tür. „Ich sehe mal nach, ob die Polizei bereits da ist.“

„Die melden sich schon, wenn sie kommen. Oder warten Sie, gehen Sie lieber nach links und sehen dort nach, ob was fehlt. Die Polizei will bestimmt wissen, was alles gestohlen wurde. Würden Sie das übernehmen?“

In den Moment klopfte es lautstark am Museumseingang. Irene zuckte bei dem lauten Geräusch zusammen. Ihre Nerven waren von der ganzen Sache bis aufs Äußerste gespannt. Sie sollte sich dringend beruhigen, wollte sie den Tag überstehen.

„Ich öffne selbst, Herr Meier.“

Zwei Herren in zivil standen vor der Tür. „Wir haben die Information, dass im Museum etwas gestohlen wurde.“

Sie stellte sich als Leiterin des Bergbaumuseums vor und forderte die Herren auf, einzutreten. Die beiden Polizisten schritten durch die Glastür zur Kasse hin. Die Museumsleiterin lief ihnen hinterher.

„Ich bin Otto Stern und das ist mein Kollege Walter Vogel.“ Die Herren zogen jeweils ihren Ausweis hervor.

„Ich bin Frau Kleinschmidt und wie gesagt: die Leiterin des Hauses.“ Sie blickte kurz auf die Dienstausweise und nickte den Herren zu.

„Wir sind Kommissare für Einbruchsdelikte, was wurde gestohlen?“, fragte Otto Stern. „Wann war der Einbruch?“

„Wie viele Mitarbeiter sind im Museum tätig?“ Walter Vogel zog ein Notizheft und einen Kuli aus der Tasche. Zugleich sah er die Museumschefin fragend an.

„Haben Sie schon einen Verdacht?“, war es erneut Otto Stern, der das Wort ergriff.

Irene schwirrte der Kopf, sie hielt sich am Geländer fest und wurde ganz weiß im Gesicht. „Nicht alles auf einmal, meine Herren. Ich bin noch gar nicht über den Einbruch hinweg. Ich muss das alles erst einmal langsam sacken lassen. Das ist einfach zu viel für mich."

„Ist Ihnen nicht gut, Frau Kleinschmidt?" Walter Vogel führt die Museumschefin zu einem Stuhl. „Nur die Ruhe. Lassen Sie sich alle Zeit der Welt. Nun erzählen Sie der Reihe nach, wie Sie den Diebstahl entdeckt haben."

Irene berichtete den Kriminalkommissaren, was sich heute Morgen alles zugetragen hatte. „Ich bemerkte bei näherer Betrachtung, dass die Tischlerlade fehlte. Ich hatte mich noch gar nicht von dem Schreck erholt, da sah ich, dass auch der Humpen verschwunden war."

„Wie viel Notausgänge hat das Museum?"

„Drei, Herr Kommissar." Sie erklärte den beiden Beamten, wo sich die Notausgänge befanden."

„Und wo waren der Humpen und die Lade?"

„Im ersten Stock." Irene zitterte am ganzen Körper vor Aufregung.

„Bleiben Sie entspannt, Frau Kleinschmidt." Der Polizeibeamte strich ihr beruhigend über den Arm. „Da sind doch nur ein paar Fragen, die Sie uns beantworten müssen. Nicht, dass Sie uns währenddessen vom Stuhl fallen." Walter Vogel sah die Anspannung in Irenes Gesicht. „Wollen Sie vielleicht eine Pause einlegen, Frau Kleinschmidt?"

„Nein, nein, fragen Sie ruhig. Mir liegt die Aufklärung auch am Herzen. Die Lade ist eines der wichtigen Exponate hier im Haus. Es ist ein Desaster, dass sie verschwunden ist."

Otto Stern erkundigte sich nach den Fenstern.

„Die sind alle vergittert", antwortete Irene, „und intakt." Langsam hatte sie sich wieder beruhigt und holte tief Luft. „Die Tür neben dem Haupteingang ist auch immer verschlossen." Irene Kleinschmidt erzählte dem Kommissar, dass sie vor Antritt ihrer Arbeit immer einen Rundgang durch das Museum unternahm. „Das ist so ein Ritual von mir. Da habe ich festgestellt, dass die Lade der Freiberger Tischlerinnung und der Deckelhumpen der Freiberger Knappschaft nicht mehr da waren."

„Wann haben Sie die beiden Sachen zum letzten Mal gesehen?"

Irene quälte das schlechte Gewissen. Sie rutschte auf ihrem Stuhl hin und her. „Gestern habe ich um 17:00 Uhr das Museum geschlossen, da stand alles noch an seinem Platz."

„Zeigen Sie uns bitte, wo sich die Lade und der Humpen befunden haben."

Otto Stein lief auf Walter Vogel zu. „Ich habe mich schon informiert, wo die Lade stand. Laut Beschreibung ist die Truhe groß und schwer. Die ist nicht so leicht zu transportieren, Walter. Da mussten mindestens zwei Leute ran. Eher noch drei. Für einen wäre es definitiv viel zu schwer gewesen."

„Du hast recht Otto. Wir warten aber lieber auf die Ergebnisse der KTU."

„Wo aber der Humpen stand, weiß ich nicht. Da müssen Sie uns helfen, Frau Kleinschmidt?", ergänzte Otto Stern zu dem Gesagten.

„Fassen Sie aber nichts mehr an, wegen der Spurensicherung", betonte Walter.

Kommissar Vogel, sah die Museumschefin fragend an. „Wo hat nun der Humpen gestanden?"

In dem Augenblick klingelte es an der Museumstür. Irene zuckte unvermeidlich zusammen.

„Wer wird denn das sein?“, murmelte sie eher zu sich selbst, denn zu den Kommissaren. „Ich warte zwar auf den Boten von Annaberg. Der soll aber erst später hier eintreffen.“

„Das wird wohl die SpuSi sein“, antwortete Walter Vogel.

Otto Stern ging zur Tür und ließ die Kollegen rein. Er schloss den Eingang sofort wieder zu und gab Volker den Schlüssel.

„Wissen sie schon wie die Lade verschwunden ist?“, wollte Volker wissen.

„Alles der Reihe nach, Herr Meier. Die Spurensicherung wird jetzt mit der Arbeit beginnen.“

„Okay. Ach und noch eine Frage, Herr Kommissar.“ Volker tat sich sehr wichtig „Was machen wir, wenn Touristen kommen?“

„Sie können erst wieder öffnen, wenn die KTU ihre Arbeit erledigt hat.“

Volker lief daraufhin zur Kasse und holte ein Schild mit der Aufschrift: „Heute geschlossen“, hervor.

Die Männer von der Spurensicherung sahen sich in der Zwischenzeit im Eingangsbereich um. „Wo sollen wir anfangen Otto?“

Die beiden Männer kamen in Zivil. Sie trugen mehrere kleine silberne Koffer und steuerten gleich auf Otto Stern zu. Der Schmächtigere hatte lustige blaue Augen, eine Halbglatze, Jeans und eine Blouson-Jacke an. Der zweite Mann, war groß und hatte volles Haar. Er trug eine Hornbrille und wirkte sehr ernst.

„Zuerst hier unten dann die obere Etage“, erwiderte Otto. „Im ersten Stock liegt der primäre Tatort. Ich habe die erste und zweite Etage bereits kontrolliert. Nirgendwo sind mir Einbruchsspuren aufgefallen.“

Die beiden Herren streiften ihre weißen Overalls über und lauschten Ottos Erläuterungen.

„Gibt es sonst noch etwas, was wir beachten müssen, Otto?"

„Ja, überprüft die Türen. Irgendwo müssen die Täter ja rein und raus sein. Die Fenster sind alle vergittert, da können sie nicht eingedrungen sein. Mein erster Eindruck: Da hatte jemand einen Schlüssel für den Haupteingang." Otto Stern lief in Richtung Treppe. „Wenn ihr noch Fragen habt, ich bin im Obergeschoss." Er eilte wieder die Treppe zu seinem Kollegen hinauf.

„Otto geht unten alles klar?"

„Ja, Walter, das war die Spurensicherung. Sie fangen unten an und dann kommen sie in die erste Etage. Ich habe sie schon informiert, um was es geht."

„Kann ich Sie weiter befragen, Frau Kleinschmidt?", setzt Walter an das vorhergehende Gespräch an.

Irene seufzte und nickte dem Kommissar zu. Gemeinsam standen sie vor dem leeren Platz, wo sich sonst der Humpen befand.

„Ich hatte den Deckelhumpen der Freiberger Bergknappschaft für eine Ausstellung mit den dazugehörigen Papieren bereitgestellt. Eigentlich konnte doch niemand wissen, was sich in dem verpackten Paket befand." Die Museumschefin hob verzweifelt die Hände. „Aufgerissen wurde das Paket auch nicht, sonst müssten doch hier Papierfetzen liegen."

Der Polizeibeamte sah die Leiterin des Hauses fragend an. „War der Freiberger Deckelhumpen sehr wertvoll? Ich kann hier nichts nachlesen?"

„Ja natürlich, Herr Kommissar. Das Objekt stammte aus der Zeit nach 1681 von Meister Andreas Müller. Das Stück wurde bei Bergaufzügen mitgeführt. Er besteht aus einer hervorragenden Goldschmiedearbeit. So etwas ist unersetzlich." Sie schüttelt immer wieder ihren Kopf. „Wer kann das nur gewesen sein?"

„Da hätte ich noch einige Fragen zu Ihrem Angestellten, Volker Meier. Hat er von dem Deckelhumpen gewusst? Ich meine, dass das Objekt nach Annaberg zu einer Ausstellung soll?"

Irene schaute den Kriminalkommissar nachdenklich an. „Ja, auf jeden Fall. Ich hatte ihn darum gebeten, was anderes in die Vitrine zu stellen."

„Hat er einen Schlüssel für das Museum, auch Nebentüren sind wichtig."

„Herr Meier und ich haben jeweils einen Schlüssel für den Haupteingang." Sie forderte die beiden Kommissare auf, mit ins Büro zu kommen. „Für die Notausgänge hängen die Schlüssel hier im Büro." Irene zeigte auf einen verschlossenen kleinen Schrank, der an der Wand hing.

„Und der Schlüssel dafür?"

„Der Schlüssel für den Schrank befindet sich bei mir im Schreibtisch."

„Im Prinzip kommt also jeder im Haus daran, der weiß, wo sich die Schlüssel befinden. Frau Kleinschmidt, ist Ihr Büro überhaupt immer abgeschlossen? Zum Beispiel, wenn sie eine Führung begleiten oder sie mal nicht im Haus sind?"

Verlegen senkte sie den Blick. „Nicht immer, Herr Kommissar."

„Sicher ist auf jeden Fall etwas anders. Da könnte wohl jederzeit eine fremde Person unbemerkt das Büro betreten?“, wollte Otto Stern erfahren.

Die Museumschefin schüttelt empört den Kopf.

„Können zum Beispiel Handwerker oder Reinigungskräfte einen Schlüssel nachgemacht haben? Überlegen Sie, wer im Museum war.“

„Das war aber das erste Mal, dass bei uns etwas gestohlen wurde, Herr Kommissar. Darüber habe ich mir überhaupt noch keine Gedanken gemacht.“

„Das war nicht meine Frage, Frau Kleinschmidt.“ Sein Blick blieb wie gebannt auf Irenes Gesicht haften.

„Sie haben ja Recht, das war leichtsinnig von mir.“ Flüsternd gab sie die Verfehlung zu.

„Walter, komm mal bitte mit Frau Kleinschmidt her. Ich habe hier etwas Eigenartiges entdeckt. Und bringe den Herrn Meier gleich mit, der sitzt auf der Treppe.“ Otto Stern rief quer durch das Museum nach seinem Kollegen.

Irene folgte dem Kommissar ins Erdgeschoss. Sie fragte sich, was der Polizist gefunden hatte. War er am Ende sogar auf eine Spur der Lade gestoßen. Vielleicht schaffte es die Kriminalpolizei, das wertvolle Museumsstück noch heute zurückzuholen. Als die drei den Saal durchschritten, zeigte Otto Stern auf eine Tür und den beiseitegeschobenen Schrank. Er hatte Handschuhe übergezogen, falls Fingerabdrücke an dem Schrank waren. Walter Vogel rief zugleich nach seinen Kollegen von der Spurensicherung.

„Ich bin jetzt schon zum dritten Mal an dem Schrank vorbeigegangen. Eigentlich hätte es mir schon beim ersten Mal auffallen müssen.“ Er verwies dabei auf schwache Kratzspuren am Fußboden. „Jemand hat versucht, sie zu entfernen. Warum war mir das nicht schon eher aufgefallen?"

„Ich habe gar nicht gewusst, dass hier eine Tür ist." Irene Kleinschmidt war entsetzt. „Die sehe ich heute das erste Mal und ich bin schon viele Jahre Leiterin des Museums."

Der Kommissar sah Volker an. „Und Sie, Herr Meier? Wussten Sie von der Tür?"

„Woher denn, wer schaut schon hinter jeden Schrank?", verteidigte sich Volker und hob die Schultern. „Die Tür ist mir noch nie aufgefallen. Das können Sie mir glauben."

„Haben Sie denn einen Schlüssel für diese Tür?", frage Walter Vogel die Museumsdirektorin.

„Kommen sie mit ins Büro, meine Herren. Wenn, dann müsste sich dieser mit im Schlüsselkasten befinden." Sie lief voran, die drei Männer folgten ihr.

„Da bitte", sie zeigte auf einen kleinen Kasten an der Wand. „Ob da einer zu dieser Tür gehört, weiß ich leider nicht. Das müssen Sie selbst herausfinden."

„Und Sie Herr Meier?"

Volker zuckte nur mit den Schultern „Keine Ahnung. Wie Frau Kleinschmidt schon sagte, im Büro hängen Schlüssel. Für welche Türen die aber sind, weiß ich auch nicht. Woher denn? Ich bin hier nur ein kleiner Angestellter. Der Schlüsselkasten ist immer abgeschlossen. Wo der Schlüssel für den Kasten ist, weiß ich auch nicht. Jedenfalls habe ich keinen Schlüssel genommen", betonte Volker.

Kommissar Otto Stern zog neuerlich Sicherheitshandschuhe an und ließ sich den Schlüssel für den Kasten geben. Er schloss ihn auf und schaute mit der Museumsdirektorin alle Schlüssel einzeln durch.

„Den großen alten Schlüssel wollte ich schon lange entsorgen." Irene zeigte auf einen betagten angerosteten Schlüssel. „Der passte sonst nirgendwo. Das habe ich schon vor Jahren ausprobiert." Sie griff nach dem Schlüssel und fuhr erschrocken zurück, als Kommissar Otto Stern ihre Hand festhielt.

„Halt, Frau Kleinschmidt! Fassen Sie den Schlüssel nicht an. Da könnten Fingerabdrücke darauf sein."

Der Polizeibeamte nahm vorsichtigen den großen Schlüssel und lief zu der Tür, die hinter dem Schrank versteckt lag. Die Spurensicherung war gerade mit der vorläufigen Untersuchung des Rahmens fertig.

„Ich kann mir nicht vorstellen, dass er dafür gedacht ist." Irene zeigte sich äußerst verhalten. „Das wäre ein riesiger Zufall."

„Aber er passt", stellte der Kommissar mit einigem Triumph in der Stimme fest. „So können die Diebe eingedrungen sein."

Wer hat dann aber den Schrank zurückgeschoben?", erwiderte die Museumschefin entsetzt.

Eine Antwort blieben die Polizisten ihr schuldig. Stattdessen schloss der Kriminalkommissar mit einer energischen Bewegung die Tür auf. Er freute sich offensichtlich über seinen schnellen Erfolg. I-rene und Volker sahen sich verblüfft an. Damit hätte keiner von beiden gerechnet.

"Hat jemand eine Taschenlampe?", erkundigte sich der Polizist.

„Ja", sagte der große Mitarbeiter der Spurensicherung und reichte sie Otto. „Übrigens haben wir noch keine Spuren gefunden. Es scheint alles sauber zu sein."

„Ihr bekommt gleich zwei Schlüssel, die könnt ihr nach Fingerabdrücken untersuchen." Otto zog den Schlüssel von der Tür neben dem Schrank ab und reichte ihn den Männern. „Ich denke, die hat jemand nachgemacht. Überprüft mal, ob ihr Spuren von Abdruckmasse findet. Danach könnt ihr die Fingerabdrücke von Frau Kleinschmidt und Volker Meier nehmen."

„Damit seid ihr die nächste Zeit beschäftigt", meinte Walter.

„Und wir sind dann mal weg", lachte Otto. „Wir müssen nach da unten."

XI

Otto zog die Tür auf und leuchtet die steile Treppe hinunter.

„Wo geht's denn hier weiter?", wollte Walter Vogel wissen.

„Das werden wir gleich herausfinden", flüsterte Otto. „Vorsichtig Walter, die Stufen sind nass. Das ist eine verdammte Höhle hier."

Otto ging langsam voran und stützte sich an den Wänden ab.

„Glaubst du, dass hier jemand die schwere Lade durch den Gang geschleppt hat? Auf der Treppe kann man sich ja den Hals brechen."

Sie blieben auf der letzten Stufe stehen und leuchteten mit der Taschenlampe den Schacht entlang.

„Nee Otto, alleine hat das keiner geschafft. Das müssen mehrere gewesen sein. Mindestens zwei schätze ich – eher noch vier."

Sie hörten von hinten die Museumschefin jammern: „Hoffentlich geschieht den Herren nichts. Da unten in dem dunklen Gang kann alles Mögliche passieren."

„Sie bleiben solange im Büro, bis wir uns wieder bei Ihnen melden." Der Nachdruck in seiner Stimme machte Irene Kleinschmidt klar, dass er keine Widerrede duldet.

„Hier ist es nass, finster und der Gang ist kaum begehbar", schimpfte Otto. „Da kann man sich glatt seine alten Knochen brechen. Aber schau mal die Spuren im Dreck. Die stammen doch von einer Sackkarre. Oder etwa nicht? Vielleicht auch ein Handkarren."

„Da hast du vollkommen recht. Das sind nur zwei Reifen, die parallel laufen. Ich wüsste nicht, was das sonst sein könnte. Eventuell noch ein Trolley oder so etwas. So groß wie die Lade aber zu sein scheint, kann das eher nicht sein."

„Hier haben die Diebe die Lade auf jeden Fall herausgebracht. Da bin ich mir hundertprozentig sicher."

„Die Aktion war aber bestimmt nicht einfach", meinte Walter. Er zeigte auf den Steinfußboden. „Hier sind noch mehr Rillen."

„Das sind noch ganz frische Abdrücke, Walter."

„Da muss die Spurensicherung ran." Walter zog sein Handy aus der Tasche, um die Herren der SpuSi anzurufen. Enttäuscht steckte er sein Mobiltelefon wieder ein. „Kein Netz."

„Den können wir auch später noch Bescheid sagen. Komm weiter!"

„Wenn ich nur schon hier raus wäre", knurrte Walter.

Die beiden Kommissare liefen am Rand des langen Ganges entlang, um nicht die Spuren zu verwischen. Otto blieb auf einmal stehen und hob seinen Kopf. Er zeigte mit seiner Hand den Stollen entlang.

„Gib mir mal die Taschenlampe. Da vorn ist Licht oder täusche ich mich da?"

„Sei vorsichtig! Vielleicht sind die Täter noch da", flüsterte Walter.

„Ach komm schon, das glaubst du doch selbst nicht."

„Wir werden ja gleich sehen, was da los ist."

Plötzlich standen sie in einem kellerartigen Gewölbe. Die Kommissare schauten sich erstaunt um.

„Weißt du, wo wir hier gelandet sind?"

„Nein, aber wir werden es gleich feststellen."

Er knipste die Taschenlampe aus und schlich vorsichtig an den Kellerboxen vorbei. Eine einzelne schwache Lampe reichte aus, um wenigstens die Umrisse zu erkennen. Walter lief drei Schritte hinter Otto.

XII

Ingolf, Olaf und Mike waren in Dresden angekommen.

„Weißt du genau, wo dein Auftraggeber wohnt?"

„Na klar, wir sind gleich da", antwortete Ingolf.

Mike schaute durch die schmutzige Autoscheibe. Nur im Schneckentempo ging es auf die Ampel zu.

„Hier ist mehr Betrieb auf der Straße als in Freiberg, da muss ich langsamer fahren", betonte Ingolf. „Wir wollen doch nicht wegen zu schnellem Fahren von der Polizei gestoppt werden." Er grinste Mike und Olaf von der Seite her an. „Meistens kontrollieren die dann noch die Ladung. Wir dürfen aber unter keinen Umständen auffallen."

„Worüber du dir Gedanken machst", merkte Olaf an.

Ingolf zeigte nach einiger Zeit auf ein großes Haus. „Wir sind angekommen. Hier wohnt der Tischlermeister, mein Auftraggeber. Im Untergeschoss hat er seine Werkstatt."

Sie stiegen aus dem Auto und liefen auf die Werkstatt zu.

„Hört mal ihr beiden. Ihr haltet eure Schnauze. Ich rede! Verstanden?"

Mike verzog das Gesicht. „Ist schon klar, Boss. Mach mal nicht so einen Stress."

Ein alter Mann riss die Ladentür auf und schaute zu den Männern hinüber.

„Hallo Herr Fichtner, wir bringen die Lade, die Sie bestellt haben."

Norbert Fichtner rannte ihnen erfreut entgegen. „Wo ist sie?", rief er aufgeregt und rieb sich die Hände. „So schnell habe ich die Lade gar nicht erwartet. Das ist toll, dass Sie schon da sind."

Ingolf zeigte auf den Transporter, den er vor der Werkstatt geparkt hatte. Der Tischlermeister ging an den beiden vorbei in Richtung Auto. Er war sichtlich aufgekratzt. Nervös fuhr er sich durch das schüttere Haar.

„Der hat es aber eilig, die Kiste zu bekommen", bemerkte Olaf leise.

„Sie machen mir eine große Freude mit der Lieferung, meine Herren. Sie wissen ja nicht, wie lange ich schon auf diesen Moment gewartet habe. Ach ist das großartig. Dass ich es endlich geschafft habe. Das ist wie Weihnachten und Ostern zusammen."

Mike und Olaf halfen dem Tischlermeister beim Transport der Lade. „Kommen Sie schnell in meiner Werkstatt. Es braucht doch nicht jeder zu sehen, was Sie mir liefern." Norbert Fichtner rieb sich immer wieder die Hände. „Endlich ist sie mein." Ein paar Mal rannte er um die Lade herum.

Mike tippte mit dem Zeigefinger an seinen Kopf. Er flüsterte Ingolf hämisch zu. „Hat der nicht mehr alle beisammen? So toll ist die Kiste nun auch wieder nicht."

„Für ihn offensichtlich schon. Sonst hätte er sie nicht bei mir bestellt."

„Nur wegen den paar Eisenbeschlägen?“, flüsterte Olaf.

Ingolf schickte Olaf und Mike mit den Worten: „Geht schon immer zum Auto“, aus der Werkstatt. „Ich komme gleich nach, wenn ich das Geschäft abgeschlossen habe.“

Ingolf wartete, bis sie die Werkstätte verlassen hatten.

„Na Herr Fichtner, und nun zum finanziellen Teil.“ Ingolf rieb seinen Daumen und den Zeigefinger und grinste den Tischlermeister vielsagend an.

Der Schreinermeister griff in die Schublade eines alten Schreibtischs. Hervor holte der Mann einen großen braunen Umschlag, der prall gefüllt war.

Mit den Worten: „Wir haben uns nie gesehen“, übergab Norbert Fichtner die Bezahlung. „Sagen Sie das auch Ihren Freunden.“

Der Tischlermeister schob Ingolf aus der Werkstatt. Offensichtlich wollte er endlich mit seiner Lade alleine sein. Ingolf war das egal. Er konnte es sogar verstehen. Norbert Fichtner schloss schnell die Tür hinter ihm. Er hing das Schild „Heute geschlossen“ von innen an.

Mike und Olaf warteten bereits im Auto und empfing Ingolf mit den Worten: „Na soweit alles okay mit den Moneten?“

„Alles klar. Was sonst? Mike, ab nach Freiberg.“

„Wie viel hast du denn bekommen?“ Olaf zeigte sich sichtlich neugierig.

„Das werde ich dir gerade auf die Nase binden. Du erhältst die abgemachte Summe. Alles andere geht dir nichts an.“

Auf dem Rückweg hielten sich die drei Männer mit ihren jeweiligen eigenen Gedanken auf. Letztlich war schon alles gesagt und der Job erledigt. Mit einer knappen Verabschiedung schmiss Ingolf seine Helfer aus dem Transporter. Er würde sich andere Helfer suchen müssen. Die Trunkenbolde, kamen für ihn nicht mehr infrage.

Am nächsten Morgen kaufte sich Ingolf eine Freiberger Zeitung. Mal sehen, was sie über den Diebstahl schrieben. Er lief vor Wut rot an, als er las, dass außer der Lade auch noch der Deckelhumpen der Freiberger Bergknappschaft gestohlen worden war. Er zerriss die Zeitung und machte sich auf den Weg zu Mike und Olaf. „Nicht mit mir", schimpfte Ingolf auf den Weg zum Springbrunnen. Von weitem sah er schon die beiden mit etlichen Flaschen Bier auf der Bank sitzen. Empört blieb er vor ihnen stehen.

„He Ingolf, bringst du unser Geld?" Mike zeigte auf den Platz neben sich. „Setzt dich und trink ein Bier mit uns."

Ingolf winkte ab und sah die beiden böse an. „Ihr wollte mich wohl betrügen? Da müsst ihr aber früher aufstehen. So etwas lass ich mir nicht bieten. Wo ist der Deckelhumpen, den ihr habt mitgehen lassen?" Drohend stand er vor Mike und Olaf.

Mike sah Ingolf verdattert an. „Von welchem Deckelhumpen redest du? Wir trinken unser Bier immer nur aus Flaschen."

„Keine Ahnung, was du von uns willst, Ingolf. Wie sieht denn so ein Deckelhumpen aus?", wollte Olaf erfahren.

„Habt ihr ihn wirklich nicht geklaut?" Ingolf war sich plötzlich gar nicht mehr so sicher. Das Verhalten der beiden wirkte überzeugend auf ihn.

„Wir haben kein Humpen mitgehen lassen. Wir wissen ja nicht einmal, was das sein soll. Frag doch den Meier. Der wird es dir bezeugen", schimpfte Olaf.

„Im Museum waren wir nur kurz. Wir haben die Kiste abgeholt – mehr nicht. Volker hat uns die Lade durch die Tür zugeschoben“, entgegnete Mike.

„Zusammen haben wir sie dann durch den Gang gewuchtet“, stimmte Mike zu.

„Anschließend haben wir das Ding ins Auto geladen. Das hast du doch selbst gesehen. Wie hätten wir da noch was anderes mitnehmen sollen?“ Mike spielte den Beleidigten.

„Ja, so war es. Das kann ich beschwören“, meinte Olaf.

„Wo sollten wir diesen Humpen überhaupt versteckt haben?“, empörte sich Mike. „Wir hatten doch gar nichts mit dabei.“

„Aber Volker hatte einen Rucksack. Den hatte er in der Lade verstaut. Kannst du dich erinnern?“

„Dieser Gauner hat bestimmt auf eigene Rechnung geklaut. Wir haben nichts gemerkt. Das musst du uns glauben.“ Mike sagte den Satz mit allem Nachdruck.

„Sollen wir uns den mal zur Brust nehmen?“, schlug Olaf vor. „Der denkt wohl, er kann uns hintergehen.“

„Unternehmt nichts, bevor ich es euch sage“, gab Ingolf bekannt. „Entschuldigt mich jetzt Jungs. Ich werde der Sache nachgehen. Ich konnte es mir auch gar nicht vorstellen, dass ihr dahintersteckt. Sichergehen wollte ich mir aber. Ihr habt absolut Recht. Das kann nur der Meier gewesen sein.“

Ingolf zahlte beide aus und verabschiedet sich. „Versauft nicht alles auf einmal. Und entschuldigt noch mal, dass ich euch in Verdacht hatte.“ Er schlug ihnen beim Gehen freundschaftlich auf die Schulter.

XIII

Die Kommissare Otto Stern und Walter Vogel klingelten am nächsten Morgen bei Hanneliese Schmidt.

„Guten Tag, wir bringen Ihnen Ihren Schlüssel zurück."

„Ich habe schon auf Sie gewartet. Immer herein meine Herren. Wir gehen gleich in die gute Stube. Da können wir in aller Ruhe reden." Hanneliese lief voraus und öffnete die Stubentür. „Nehmen Sie doch bitte Platz, meine Herren." Sie zeigte auf die zwei Stühle am Tisch.

„Danke, Frau Schmidt."

„Wie geht es Ihnen heute und ist ihre Bekannte noch im Krankenhaus?", erkundigte sich Otto.

„Es geht schon, Herr Kommissar. Ich habe mich von dem Schreck gestern ganz gut erholt. Meine Freundin ist allerdings noch immer im Klinikum. Sie ist sehr durcheinander und soll noch ein paar Tage zur Beobachtung bleiben."

„Können wir Ihnen ein paar Fragen stellen?" Walter packte ein Diktiergerät aus und stellte es auf den Tisch.

„Ja", sagte Hanneliese. „Was wollen Sie von mir wissen?" Sie setzte sich auf den Stuhl gegenüber.

„Warum war Ihre Freundin alleine im Keller?"

Hanneliese erzählte ihnen von der Entrümplung des Kellers und von dem Gang, den sie entdeckt hatten. Zugleich berichtete sie von der Tatsache, wie sehr das alles Emma interessierte und dass sie dem allem nachgehen wollten.

„So etwas wie einen mysteriösen Stollen entdeckte man auch nicht alle Tage. Ich habe ihr davon allerdings abgeraten. Sie müssen wissen, Herr Kommissar, Emma ist sehr neugierig. Uns geht das alles nichts an, habe ich ihr gesagt. Sie hat sich aber heimlich meinen Kellerschlüssel genommen. Zumindest geh ich davon aus. Was danach passiert ist, weiß ich leider nicht. Es muss aber etwas Schreckliches gewesen sein."

Frau Schmidt nahm einen kurzen Schluck aus einem Wasserglas, das vor ihr stand. „Ich habe den Schlüssel vermisst. Der Haken, an dem der Schlüssel sonst hing, war leer. Wissen Sie Herr Kommissar, mein Wohnungsschlüssel hängt immer neben dem Kellerschlüssel. Sonst wäre es mir gar nicht aufgefallen."

Hanneliese strich mit der Hand die Tischdecke glatt. „Ich dachte zuerst, der Schlüssel würde sich noch im Keller befinden. Hanneliese, sagte ich zu mir, du bist vergesslich, der Schlüssel steckt bestimmt noch an der Kellertür. Ich bin also in den Keller und hörte jemanden jammern. So schnell ich konnte, bin ich die Kellertreppe hinab gerannt. Da lag dann meine Freundin. Was weiter passiert ist, wissen Sie ja bereits, Herr Kommissar." Hanneliese hob ihre Schultern. „Die arme Emma, hoffentlich erholt sie sich schnell wieder. Sie ist doch meine beste Freundin. Ich weiß gar nicht, was ich ohne sie machen soll. Oh, tut mir leid. Ich schwatze hier einfach munter drauf los. Das wollen Sie bestimmt alles gar nicht von mir wissen."

„Das ist schon okay. Ich wollte Sie nicht unterbrechen, Frau Schmidt. Wir haben ein Dicktiergerät und nehmen ihre Aussage auf." Otto Stern zeigte auf den kleinen schwarzen Kasten, der auf dem Tisch lag.

Hanneliese starrte das kleine Gerät an. „Früher wurde alles immer nur aufgeschrieben. Da gab es solch neumodischen Dinger nicht."

Walter Vogel rückte das Gerät auf der Tischplatte zurecht.

„Was hat sich Ihre Freundin dabei nur gedacht?“ Otto Stern schüttelte seinen Kopf. „Ich meine, in ihrem Alter wegen so einer Sache, alleine in den Keller zu gehen?“

„Man sagt ja, Alter schützt vor Torheit nicht“, fügte Walter an.

„Ich sagte doch bereits, meine Freundin ist sehr neugierig. Was sie sich einmal in ihren Kopf gesetzt hat, zieht sie auch durch. Da kann sie niemand von abbringen.“

Walter ergänzte: „Oder vor Dummheit.“

Otto sah Walter böse an und schüttelt seinen Kopf. „So was kann man sich denken, aber nicht sagen.“

Hanneliese winkte ab. „Sie haben ja Recht, meine Herren. Manchmal denke ich, Emma geht zu weit. Sie muss dann immer ihren Kopf durchsetzen. Anschließend kommt sie in solche Situationen. Sie hat mit Sicherheit etwas beobachtet, was nicht für sie bestimmt war. Damit sie nichts ausplaudert, wurde sie eingeschüchtert. Das denk ich mir zumindest so.“ Sie legte die Hände wieder auf die Tischplatte und strich die Decke abermals glatt.

„Mit Vermutungen können wir leider nichts anfangen, Frau Schmidt.“

„Woher soll ich aber etwas Genaueres wissen, Herr Kommissar? Ich war doch nicht dabei.“

Otto schaltete das Gerät ab. „Okay, wenn wir weitere Fragen haben, kommen wir noch einmal auf Sie zurück.“

Aller drei erhoben sie sich von den Stühlen. Hanneliese Schmidt brachte sie bis an die Tür.

„Sie haben mir noch immer nicht gesagt, meine Herren, um was es sich bei der ganzen Sache handelt. Was ist das für ein Loch in meinem Keller? Wer hat meine Freundin niedergeschlagen? Was ist überhaupt geschehen? Wenn es ein Fall ist, wie Sie sagen, dann ist bestimmt außer dem offenen Gang noch was anderes passiert." Die Frau sah die zwei Männer fragend an.

„Sie wissen doch, Frau Schmidt, wir dürfen mit Ihnen darüber nicht reden. Das sind laufende Ermittlungen."

„Aber irgendetwas ist faul mit dem Gang. Das weiß ich auch ohne eine Antwort von Ihnen. Das finde ich auch ohne Ihre Hilfe heraus."

„Lassen Sie das lieber, Frau Schmidt. Sonst passiert Ihnen auch noch etwas Schlimmes. In unmittelbarer Nähe ist eine schwere Straftat begangen worden. Mehr darf ich Ihnen nicht sagen."

„Okay, das reicht mir erst einmal. Ich gehe jeden Tag ins Krankenhaus zu meiner Freundin. Vielleicht fällt ihr wieder ein, wie es zu dem Sturz kam oder was sie gesehen hat."

„Versuchen sie Ihr Glück, Frau Schmidt. Wir sind über jeden Hinweis dankbar."

Otto Stern und Walter Vogel verabschiedeten sich von Hanneliese.

„Von ihr können wir im Moment nichts mehr erfahren, Walter. Jetzt gehen wir ins Museum. Dieser Volker Meier kommt mir verdächtig vor. Der tut so unschuldig, wie ein Lamm. In den vielen Jahren bei der Kripo habe ich aber schon etliche vermeintlich Unschuldige überführt."

„Keine voreilige Verurteilung", lachte Otto. „So etwas bin ich doch sonst nicht von dir gewohnt."

„Naja, ich schätze ihn glatt wie einen Aal ein. Oder hast du eine andere Meinung?"

„Man kann sich auch täuschen. Du hast aber Recht. Irgendetwas stimmt mit dem Meier nicht. Wir werden ihn gleich befragen. Mal sehen, was er für Ausreden hat."

XIIII

Volker Meier empfing die beiden Polizisten mit einem Lächeln: „Wollen sie zu mir oder zur Chefin?“ Er konnte sich sehr gut vorstellen, warum die Kommissare schon wieder hier waren.

„Ja Herr Meier, wir sind wegen Ihnen da. Hätten Sie vielleicht ein paar Minuten Zeit für uns. Wir wollen mit Ihnen über den Diebstahl sprechen.“

Also doch – lag er mit seiner Annahme richtig. Sie waren wegen ihm hier. Volker hoffte, dass man die Anspannung nicht in seinem Gesicht sehen konnte. Seine Chefin kam in dem Moment gerade die Treppe heruntergelaufen und grüßte knapp.

„Guten Tag, Frau Kleinschmidt.“ Walter Vogel stellte sich ihr in den Weg. „Können wir Ihr Büro benutzen? Wir haben ein paar Fragen an Herrn Meier. Ein ruhiger Raum wäre da von Vorteil.“

„Ja selbstverständlich“, erwiderte Irene. „Nehmen Sie sich, was immer Sie benötigen. Wenn Sie mich benötigen – ich bin an der Kasse.“

Volker ging voran ins Büro und bot den Kommissaren einen Stuhl an. Er musste sich unbedingt zusammenreißen. Etwas wird schief gehen, er ahnte es. Sein Blick zuckte nervös umher und seine Hände waren feucht.

„Darf ich fragen, warum Sie mich sprechen wollen?“, fragte Volker.

„Es handelt sich um den Diebstahl im Museum. Das können Sie sich bestimmt denken.“

„Sie haben doch schon mit mir gesprochen. Ich habe Ihnen alles gesagt, was ich weiß. Ich wüsste nicht, womit ich Ihnen noch helfen kann. Letztlich war ich gar nicht da, als es geschehen ist.“

„Woher wollen Sie überhaupt wissen, wann es passiert ist?"

Volker winkte nervös mit der Hand ab. „Außerdem war Frau Kleinschmidt zuerst im Haus. Sie hat den Diebstahl auch entdeckt. Wie könnte ich Ihnen da helfen?"

„Herr Meier, es sind noch viele Fragen offen."

„Wir sind erst am Anfang dieser Untersuchung."

Volker nickte kurz. „Na dann, fragen Sie ruhig."

„Wir wollen wissen, wo Sie am Morgen des Einbruchs waren?"

„Ich war zu Hause."

„Gibt es dafür Zeugen?"

„Nein, ich wohne allein."

„Sie sind gestern Morgen von einem Zeugen auf der Burgstraße gesehen worden."

Ihm fiel beinahe die Kinnlade herunter, als er das zu hören bekam. „Das kann überhaupt nicht sein. Was ist das für eine absonderliche Unterstellung? Was sollte ich auf der Burgstraße? Ich wohne dort nicht. Da waren überhaupt … Da muss sich Ihr Zeuge irren", behauptete er gespielt selbstsicher.

„Die Beschreibung passt aber ganz genau auf Sie, Herr Meier. Ein schlanker junger Mann mit im Nacken zusammengebundenen Haaren."

„Also, was sagen Sie?" Der Polizist bohrte beharrlich nach.

„Was soll ich schon sagen? Das ist eine Lüge."

„Kommen Sie übermorgen einfach zu einer Gegenüberstellung aufs Revier Beethovenstraße und ziehen Sie die Kleidung wieder an. Dann werden wir ja sehen, ob der Zeuge Sie erkennt oder nicht."

„Kleidung? Was für Klamotten sollen das sein?“, empörte sich Volker. „Die, die Sie am Einbruchstag getragen haben natürlich. Welche sonst? Wir verfolgen jede Spur. Es geht hier immerhin um Diebstahl, Einbruch und Körperverletzung.“

Volker lief erbost hin und her. „Was soll ich denn noch alles gemacht haben?“

„Sie wissen ja selbst, wie wertvoll die gestohlenen Sachen sind. Außerdem sind Ihre Chefin und Sie die Einzigen, die den Schlüssel fürs Museum haben“, behauptet der Kommissar. „Für uns sind Sie damit der Hauptverdächtige.“

„Aber wieso ich?“, empörte sich Volker. „Es kommen auch Handwerker und Lieferanten ins Haus. Erst kürzlich wurde eine neue Vitrine geliefert.“

„Der Dieb wusste im Museum genau Bescheid“, erwiderte der Beamte. „Verwertbare Einbruchspuren außer dem verschobenen Schrank gibt es nicht. Das war auf jeden Fall ein Inside-Job. Eine andere Erklärung gibt es nicht.“

Volker wischte sich seine feuchten Hände an der Hose ab und schaute die Kommissare herausfordernd an. „Was soll ich mit der Lade und den Humpen anfangen? Soll ich mir das Zeug zuhause auf den Kaminsims stellen?“

„Sie kennen ganz genau den Wert der Lade und des Humpens, Herr Meier“, behauptete der Polizeibeamte.

„Aber die Sachen lassen sich nicht so einfach verkaufen.“

„Das Sagen Sie, Herr Meier. Auf dem Schwarzmarkt sind die gestohlenen Gegenstände viel Geld wert. Das ist bestimmt für Sie ein Leichtes, das Zeug bei irgendwelchen dubiosen Händlern zu veräußern. Sie kennen sich in der Szene mit Sicherheit aus.“

Volker ging darauf gar nicht erst ein. Stattdessen beteuerte er weiterhin seine Unschuld. „Herr Kommissar, bitte glauben Sie mir. Persönlich habe ich absolut kein Interesse an der Lade und den Humpen. Ich sehe sie ja jeden Tag im Museum. Ich würde es niemals übers Herz bringen, sie an den Schwarzmarkt zu verkaufen."

„Das werden wir noch sehen. Denken Sie dran, Sie sind für übermorgen vorgeladen."

Volker wusste, es würde nicht leicht werden. Er hatte aber immer Handschuhe getragen. Und wenn sie doch Abdrücken von ihm fanden, dann stammten diese von seiner Arbeit. Die Polizei konnte ihm nichts nachweisen. Auch wenn sie ihn x-Mal vorladen würden. Davon war er felsenfest überzeugt.

„Herr Meier, wir arbeiten mit dem Zentralen Kriminaldienst zusammen. Die Kommissarin Hoffmann vom Revier Freiberg ist auch an dem Fall beteiligt. Sie wird uns unterstützen und sie ebenso befragen. Haben Sie sonst noch Fragen?"

Volker wollte so schnell wie möglich von den beiden Polizisten weg. Was sollte er mit denen noch bereden?

„Schicken Sie uns noch bitte Frau Kleinschmidt ins Büro. Wir haben auch noch Fragen an Ihre Chefin."

„Und vergessen sie den Termin zur Gegenüberstellung nicht", betonte Walter Vogel.

Volker verschwand so schnell er konnte aus dem Büro. Im Hinausgehen rief er nach seiner Chefin. Sollte diese sich jetzt doch mit den beiden Kommissaren herumärgern. So schnell würde er aber nicht aufgeben. Von wegen Beweise und Zeugen. Es war bestimmt alles nur eine wilde Vermutung. Ihn hatte niemand gesehen. Die Straße war menschenleer gewesen. Davon war er felsenfest überzeugt. Die Polizei sollte ihm erst einmal den Bruch und die Körperverletzung nachweisen.

Volker Meier saß am darauffolgenden Morgen, wie an jedem anderen Tag auch, an der Kasse des Museums. Er hasste sein Leben über alles. Am meisten tat er das, wenn er beim Pferderennen verloren hatte. Es war aber nun einmal sein Hobby und das kostet Geld. Gewonnen hatte er auch schon – oft jedoch mehr eingebüßt. So wie letzte Nacht. Er hatte im Wettbüro auf ein paar Rennen in London gesetzt. Bis auf eine kleine Dreierwette hatte er bei allem danebengetippt.

Die Polizei hatte mittlerweile zum Glück das Museum verlassen. Volker sah nach, ob die Bullen auch wirklich verschwunden waren. Er öffnete die schwere Museumstür und schaute nach rechts und links. Erleichtert schloss er die Tür wieder. Keiner mehr zu sehen. Endlich war der Spuk zu Ende.

Von wegen ihn in Verdacht, er hatte keine Spuren hinterlassen. Davon war er mehr als überzeugt. Die Polizei sollte lieber Überprüfen, wer noch alles einen Schlüssel haben könnte. Schlanke Männer mit im Nacken zusammengebundenen Haaren gab es viele auf der Welt. Die Beschreibung war mehr als nur vage. Er fragte sich, wieso seine Chefin nicht unter Verdacht stand.

Abermals setzte er sich wieder hinter die Kasse. Auf seinem Schreibtisch lag die neueste Ausgabe einer Dresdener Tageszeitung. Besonders wichtig waren für ihn die Ankündigungen des nächste Reiterderbys auf der Pferderennbahn in der Landeshauptstadt. Mit Interesse verfolgte er die Aufzählungen der Startaufstellungen. In erster Linie hatte es ihn das Rennen mit der Nummer vier angetan. Er hatte 2000 Euro auf Sieg für Schwarzen Blitz gesetzt.

Volker war sich sicher, dass es diesmal hundertprozentig klappen würde. An diesem Wochenende musste er auf jeden Fall gewinnen - kostete es, was es wolle. Er hatte letztlich gar keine andere Wahl. Bei verschiedenen Buchmachern stand er bereits mit über 50.000 Euro in der Kreide.

Volker überlegte, wie er schnell zu Geld kommen konnte. Miete hatte er schon seit drei Monaten nicht mehr bezahlt. Wenn es diesmal nicht klappte, würde er wohl bald auf der Straße sitzen. Wer sollte ihn dann aufnehmen? Seine Mutter etwa? Das Geld vom Diebstahl benötigte er für die Schuldner. Vielleicht sollte er aber auch alles auf Schwarzen Blitz setzen. Dann wäre er alle Probleme auf einmal los. Auf der anderen Seite hatte er noch immer den Humpen. Das Ding war jede Menge Geld wert. Zumindest stand das so im Ausstellungskatalog.

Volker klopfte mit der Faust auf den Schreibtisch. Sie hatten ihm mit Gewalt gedroht, wenn er diese Woche nicht zahlte. Eventuell wollte ein Sammler aus dem Erzgebirge den Humpen. Das wäre, ging es Volker durch den Sinn, die Rettung für ihn. Er sprang von seinem Stuhl auf. Nein, es war definitiv noch zu früh, den Humpen zu verkaufen. Die Bullen hatten ihn auf dem Kieker. Das sollte er nicht aus den Augen verlieren.

Der Tag zog sich zäh wie Kaugummi dahin. Endlich aber Feierabend! Er vernahm das Klappern der Schlüssel seiner Vorgesetzten.

„Wollen Sie heute hier übernachten, Herr Meier? Sie stehen doch sonst mindestens zehn Minuten eher vor der Tür, wenn es 17:00 Uhr ist."

„Ich habe gegrübelt, wer wohl den Diebstahl begangen hat", log Volker. „Es könnte doch jemand sein, der früher hier gearbeitet hat und noch ein Schlüssel besitzt. Vielleicht fällt Ihnen eine Person ein, Frau Kleinschmidt?"

„Ich wüsste nicht, wer da in Frage käme."

Volker hob die Schultern. „War auch nur so eine Idee. Na dann gehe ich jetzt, Chefin."

Er nahm gleich zwei Stufen mit einmal auf dem Weg ins Büro, schnappte sich seine Jacke und eilte zum Ausgang. Mit den Worten: „Tschüs bis Morgen", rannte er an seiner Chefin vorbei.

„Schaffen Sie es vielleicht morgen, einmal pünktlich zu sein", rief sie ihm hinterher.

Volker lachte laut auf. „Das bin ich doch immer."

Er überlegte auf dem Heimweg: Was war das denn? Wieso schloss sie heute selbst die Eingangstür ab? Er hatte doch auch einen Schlüssel. Hatte sie etwa einen Verdacht? Misstraute sie ihm nun? Das fehlte Volker gerade noch. Er wollte nur noch schnell nach Hause, um endlich seine Ruhe zu haben. Die Polizei und alle anderen hatten ihn den ganzen Tag über mehr als genug genervt. Dass die Sache mit der Lade so ausarten würde, hätte er nicht gedacht.

Volker schreckte hoch, als er Geräusche an seiner Wohnungstür bemerkte. Wer klingelt da so spät noch? Hoffentlich war es nicht schon wieder die Polizei. Er konnte es nicht leiden, dass sie ihn in Verdacht hatten. Er beschloss, sich nicht zu rühren. Wer auch immer es war, er würde bestimmt schnell wieder abhauen.

Er griff nach der Zeitung und las die Seite mit den Pferderennen. Vielleicht sollte er sich mit Windjäger noch einmal eingehender beschäftigen. Von dem Pferd hatte er bereits einige gute Sachen gehört.

Das konnte doch nicht wahr sein. Die nahmen tatsächlich den Finger nicht von der Klingel.

Angesäuert eilte Volker zur Tür. „Ach du bist es Ingolf. Ich dachte schon, die Polizei würde mich besuchen." Mit einem gezwungenen Lächeln im Gesicht trat Volker einen Schritt zur Seite. „Komm rein Ingolf. Was hast du auf dem Herzen?"

„Das fragst du noch? Du weißt doch genau, um was es geht. Verkauf mich nicht für blöd."

„Hat etwas mit der Lade nicht geklappt? Es lief doch eigentlich alles ziemlich glatt."

Ingolf sah ihn böse an und schubste ihn ins Zimmer. „Wir müssen reden! Was hast du mit dem Deckelhumpen vor? Du hattest keinen Auftrag von mir, das Ding zu klauen. Also, was soll das?"

Volkers Stimme überschlug sich: „Wieso nicht? Den kannst du doch auch deinem Auftragsfuzzi verkaufen."

„Der Fuzzi heißt Norbert Fichtner. Und der hat seine Lade längst erhalten. Er hat kein Interesse an deinem albernen Deckelhumpen."

Danke Ingolf, jetzt habe ich den Namen vom Tischlermeister, ging es Volker durch den Kopf. Damit ließe sich vielleicht etwas anstellen. Er wusste zwar noch nicht was, aber das würde ihm noch einfallen.

Ingolf lief währenddessen im Zimmer unruhig hin und her „Bist du noch bei Sinnen? Die Presse hat bereits darüber berichtet." Er zeigte Volker einen Vogel. „Wie kann man nur so dumm sein, ohne einen Käufer so etwas Wertvolles zu stehlen. Egal wem du das Teil anbietest. Derjenige wird mit Sicherheit umgehend die Behörden verständigen. Ich hoffe, du warst nicht so blöd und hast den Humpen bereits vertickt."

Volker jammerte: „Ich brauche Geld und zwar so schnell wie möglich. Das war der einfachste Weg, um ohne Umwege daran zu kommen. Und nein, ich hab noch keinen Abnehmer. Das ist ja gerade der Mist."

„Du hast doch erst von mir eine große Summe bekommen. Volker, was soll das?"

„Die Kohle musste ich doch wieder abgeben. Du weißt schon warum. Das Geld rinnt mir nur so zwischen den Fingern durch."

„Ein seriöser Sammler kauft aber keine gestohlene Ware. Wie hast du dir das eigentlich gedacht? Wolltest du auf einen Trödelmarkt gehen und das Ding den Leuten anbieten? Am Ende dachtest du wohl, du könntest ihn auf Ebay verkaufen." Ingolf schien sich nicht zu beruhigen.

„Das weiß ich doch alles. Ich habe aber Schulden – auch bei meinem Vermieter. Der versteht keinen Spaß. Der setzt mich ganz schnell auf die Straße. Wo soll ich dann hin? Willst du mich etwa bei dir aufnehmen?"

„Mach ja keinen Scheiß. Sonst sitzt du schneller hinter Gitter, als du denken kannst. Dann brauchst du keine Wohnung und keinen Vermieter mehr."

Volkers Mund verzog sich zu einem flüchtigen Lächeln. „Ich mach das schon. Irgendwie werde ich einen Käufer finden. Mach dir da mal keine Sorgen."

„Verdammt – lass erst einmal Gras über die Sache wachsen, Volker. Dann kannst du den Humpen immer noch verscheuern."

„Du hast gut reden. Ich benötige das Geld jetzt und nicht erst in ein paar Monaten oder Jahren. Dann ist alles längst zu spät. Sonst sitze ich schneller unter der Brücke, als ich bis drei zählen kann. Du hast aber recht. Ich werde mir Geld woanders besorgen", lenkte Volker ein.

seinen Kopf. „Und wieder Schulden machen?“
golf mit einem unguten Gefühl nach Hause ging.
es ihm jedoch vollkommen egal. Er hatte ganz
te sein Leben.

r heute?“
jammerte Emma. „Ich habe nach wie vor solche
atte einen dicken Kopfverband und war kaum
m kann ich mich noch immer an nichts erinnern. Es ist zum Heulen. Ist das schon Demenz? Der Arzt hat mir irgendetwas Lateinisches gesagt. Ich weiß nicht mehr genau, was es war? Es klang aber schlimm.“

Die Frau, die im Nachbarbett lag, ergänzte: „Eine retrograde Amnesie hat der Arzt bei Ihnen gesagt.“

Hanneliese tauschte besorgte Blicke mit Emma aus. Das klang nicht gut. „Ich habe dir deine Sachen mitgebracht, Waschzeug und ein Nachthemd. Außerdem hab ich deine Wohnung gelüftet. Post hattest du keine im Kasten. Benötigst du sonst noch was von daheim? Kann ich dir irgendwas besorgen – etwas zum Essen oder ein Kreuzworträtsel?“

„Nein, Ich liege nur den ganzen Tag im Bett. Wenn du mich wieder besuchen könntest, würde mich das sehr freuen.“

„Na klar doch – sehr gern. Du brauchst dir keine Gedanken machen, hier bist du gut aufgehoben. Emma, ich komme morgen nochmal. Das ist kein Problem. Das mache ich gern für dich.“ Hanneliese streichelt Emmas Hand. „Es wird alles wieder gut. Du bist ja schon über dem Berg."

Emma hielt Hannelieses Hand ganz fest und schaute sie flehend an. „Weißt du schon, wie das passiert ist?", flüsterte sie leise ihre Freundin zu. „Ich zermartere mir ständig den Kopf. Es fällt mir aber nicht ein."

„Ich hab leider keine Ahnung. Die Polizei hat mich deswegen auch schon befragt. Ich glaube, die wissen ebenso wenig. Oder die wollen mir nichts sagen. Ich bin aber an der Sache dran", flüsterte sie zurück. „So schnell gebe ich nicht auf. Ich habe mit meinem Nachbarn aus dem ersten Stock gesprochen. Der kann sich an einen Mann erinnern, mit dem er über den Keller geredet hat. Morgen wollen wir uns nochmal treffen. Da will er mir mehr über den Mann erzählen."

Emma strahlte ihre Freundin an. Es schien ihr Kraft zu geben, dass sich Hanneliese darum kümmerte.

Sie hob die Schultern. „Weißt du Emma, egal wie dein Sturz passiert ist, ich bekomme das heraus. Du wirst es nicht glauben, ich habe das Gefühl, der Kommissar mag mich."

„Die beiden Männer vom Keller?" Emma schien darüber unsicher, wer gemeint war.

„Ja, die waren heute bei mir zu Hause und haben mich befragt. Ich konnte aber nichts Neues sagen. Vielleicht kann ich ihn im Gegenzug ein wenig ausfragen, ob es Neuigkeiten gibt, wenn sie wieder zu mir kommen. Zumindest haben sie gesagt, dass sie nochmal vorbeikommen wollen."

Emma teilte ihre Besorgnis: „Mach ja nichts Unüberlegtes. Ich habe Angst um dich."

„Ich pass schon auf mich auf. Keine Sorgen. Also dann bis morgen Emma. Sei tapfer, du wirst dich bestimmt bald an alles erinnern. Nächste Woche werden wir schon wieder im Café sitzen und über alles lachen."

„Hoffentlich" flüsterte Emma. „Wenn es doch nur schon so weit wäre."

Den Nachhauseweg verbrachte Hanneliese wie in Trance. Wieder und wieder ging sie das Problem in ihrem Kopf durch. Alles wirkte so unglaublich verfahren auf sie. Sie hatte das Gefühl, dass sie den Wald vor lauter Bäumen nicht sah.

„Frau Schmidt, haben Sie einen Moment Zeit?"

Eine Stimme riss sie aus ihren Gedanken, während sie gerade dabei war, die Treppe in ihrem Wohnhaus zu erklimmen. Hanneliese ertappte sich, wie sie leicht zusammenzuckte. Die ganzen Ereignisse nagten zunehmend an ihrem Nervenkostüm.

„Ich wollte mich nochmals für die Einladung bedanken." Ihr Nachbar strahlte sie wie ein Honigkuchenpferd an und roch noch penetranter nach billigem Rasierwasser als gestern. „Mir ist wieder eingefallen, was der Mann von mir wollte. Erst haben wir von alten Zeiten gesprochen. Später wollte er was über unseren Keller wissen." Er hob die Schultern „Das kam mir zwar komisch vor. Ich habe mir aber nichts dabei gedacht. Deswegen habe ich ihn von dem Luftschutzkeller und dem zugemauerten Eingang in den Stollen erzählt."

„Können Sie den Mann beschreiben?" Hanneliese freute sich, endlich einen Hinweis zu erhalten. „Nicht wirklich. Das ist doch schon so lange her. Bei einem Kaffee würde es mir bestimmt wieder einfallen."

Noch immer strahlte er Hanneliese an. „Backen Sie auch wieder so einen schönen Kuchen?"

„Die nächsten Tage habe ich leider keine Zeit. Ich muss mich um meine Freundin kümmern, die mit starken Schmerzen im Krankenhaus liegt. Melden Sie sich bitte bei mir, wenn Ihnen wieder einfällt, wie der Mann ausgesehen hat. Es ist dringend und sehr wichtig für mich. Damit würde Sie mir einen großen Gefallen tun."

Sie verabschiedete sich und ließ den verdutzten Nachbarn stehen.

XVI

Volker meldete sich pünktlich neun Uhr auf dem Polizeirevier Beethovenstraße. Eine junge nette Blondine führte Volker ins Verhörzimmer. Von so einer würde er sich sehr gern einmal abtasten lassen. Sie war direkt sein Typ.

„Hoffmann, Jane Hoffmann – schönen guten Tag. Ich gehöre zum Ermittlerteam, das den Einbruch untersucht."

Volker fiel ihr ins Wort. „Und wo sind die zwei Herren, die mich im Museum befragt haben?"

„Die Kommissare gehen momentan einer Spur nach und kommen etwas später hinzu. Herr Meier, ich hätte gern Ihr Handy. Danach gehen Sie bitte ins Nebenzimmer zur Gegenüberstellung."

Volker zog langsam sein Mobiltelefon aus der Hosentasche und reichte es zähneknirschend der Polizeibeamtin. Er hielt es für keine gute Idee, sein Smartphone abzugeben. Allerdings hatte er auch kaum eine andere Wahl. Zu dem Zeitpunkt sich schon zu wiedersetzen, würde ihn nur verdächtig erscheinen lassen. Besser war es, das Spiel mitzuspielen.

„Warum brauchen Sie mein Handy, Frau Kommissarin? Würden Sie mich bitte aufklären."

„Wir können zurückverfolgen, mit wem sie die letzte Zeit über telefoniert haben."

Volker fiel der Unterkiefer herunter, sein Gesicht rötete sich augenblicklich. Durfte und konnte die Polizei tatsächlich so etwas? Er wollte sein Handy wieder vom Tisch nehmen. Die Kriminalkommissarin war aber schneller.

„Sie bekommen es nach der Gegenüberstellung zurück. Versprochen", erklärte die Kommissarin Volker und führte ihn ins Nebenzimmer. Dort standen schon fünf andere Personen.

„Wieso muss ich mich zu den Vögeln stellen, ich bin doch kein Krimineller!", schimpfte Volker. Er sah die fremden Männer skeptisch an.

„Bleiben Sie ruhig. Dann ist es auch gleich vorbei, Herr Meier. Oder haben Sie ein schlechtes Gewissen?"

Volker fühlte sich zwischen den anderen unwohl. Die Kommissarin verschwand durch eine Tür in ein anderes Zimmer. Eine ganze Zeit lang passierte nichts. Keiner sagte ein Wort. Alle starrten nur dumpf geradeaus. Er fragte sich schon, was das alles sollte. Selten hatte sich Volker derart bedrängt gefühlt.

„Alle Herren bitte seitwärts stellen", erklang unvermittelt eine Stimme aus einem kleinen Lautsprecher in der Ecke.

Erneut geschah eine geraume Weile lang nicht.

„Umdrehen. Bitte einzeln nach vorn treten."

Neuerliches Schweigen. Volker fragte sich, ob überhaupt noch jemand hinter dem Spiegel anwesend war. Wäre er nicht mit den anderen Typen im Raum, hätte er annehmen können, sie ließen ihn hier ganz umsonst herumstehen.

„Okay, Herr Meier, Sie kommen wieder ins Verhörzimmer.“

Volker konnte nur schwer abschätzen, wie lang das alles gedauert hatte.

„Was wollen Sie noch von mir, Frau Kommissarin und wo ist mein Handy?“ Volker starrte sein Gegenüber mit versteinerter Miene an. „Wie lange dauert das aller hier noch? Ich muss ins Museum.“

„Sie können jetzt gehen. Ihr Handy war nicht in der Funkzelle eingeloggt und ihre Anrufe waren für uns nicht relevant.“

Sie schob Volker das Mobiltelefon zu.

„Und noch was, Herr Meier. Freuen Sie sich nicht zu früh. Die Gegenüberstellung hat zwar auch nichts gebracht – das heißt aber nichts. Obwohl der Zeuge Ihre Nummer zweimal gesagt hat, konnte er sich nicht hundertprozentig entscheiden.“

Sie führte Volker zum Ausgang mit den Worten: „Verreisen Sie die nächste Zeit nicht – falls wir noch weitere Fragen an Sie haben.“

„Ich arbeite doch den ganzen Tag im Museum, Frau Kommissarin. Da habe ich keine Zeit, um auf Reisen zu gehen. Ich bin den kompletten Tag über nur auf Arbeit oder Zuhause. Das können Sie mir sehr gern glauben.“

Volker verließ mit einem breiten Grinsen im Gesicht das Polizeirevier. Glück musste man haben. Da lohnt sich seiner Meinung nach heute eine Pferderennwette. Zuerst muss er aber ins Museum seine acht Stunden absitzen. Sonst würde er sich verdächtig machen. Es war gleich Zehn. Seine Chefin muss nichts von seiner Vorladung erfahren.

Kaum war er im Bergbaumuseum, setzte er sich sofort an die Kasse und grübelte. Zum Glück war so früh am Tag noch kein Tourist hier. Morgen oder übermorgen konnte er noch die Wette abschließen, das Rennen lief erst am Wochenende. Er hatte definitiv ein gutes Gefühl.

XVII

Hanneliese lud doch noch ihren Nachbar zu einer Tasse Kaffee und selbstgebackenen Kuchen ein.

„Wir wohnen schon lange in diesem Haus zusammen. Da ist es doch schön, mal einen Kaffee gemeinsam zu trinken."

„Ja, ja, Frau Schmidt. Da haben Sie vollkommen Recht. Ich habe mich sehr über die Einladung gefreut. Wenn man alleine lebt, ist man über jede Abwechslung dankbar."

Hanneliese warf ihm einen schnellen Seitenblick zu und rümpfte ihre Nase. „Sie haben wohl niemanden, der sich um Sie kümmert?", fragte sie nach.

Der Nachbar winkte ab und jammerte von seiner verstorbenen Frau und dass sie ihn alleingelassen hatte. Er schlürfte seinen Kaffee und stopfte ein Stück Kuchen nach dem anderen in sich hinein.

„Das ist schön, dass es Ihnen so schmeckt. Ich verzichte gerne." Hanneliese war sauer. Nicht ein Stück hatte er ihr übriggelassen.

Der unrasierte Nachbar sah Hanneliese strahlend an. „Kann ich noch eine Tasse Kaffee haben, Frau Schmidt?"

Hanneliese schenkte dem Nachbarn noch einmal nach. Sie hätte ihm keine Träne nachgeweint, wenn er endlich wieder gegangen wäre. Allerdings wollte sie noch etwas von ihm erfahren.

„Sie haben mir doch von einem Mann erzählt, der was über unseren Keller wissen wollte?"

„Hab ich das? Ich kann mich gar nicht mehr daran erinnern. Ich bin doch kein verwirrter Opa, der nicht mehr weiß, mit wem er spricht.

Da haben sie sich bestimmt in der Person geirrt. Ich war das auf jeden Fall nicht."

„Ich weiß genau, dass ich mit Ihnen über dieses Thema gesprochen habe."

Empört sah er Hanneliese an. Anschließend verließ er die Wohnung ohne Abschied. Sie schüttelte den Kopf – außer Spesen nichts gewesen. Der kam ihr mit Sicherheit nicht mehr ins Wohnzimmer. So wie er ihren Kuchen reingescheffelt hatte. Nicht einmal bedankt hatte er sich.

Eigentlich hatte sie sich wesentlich mehr von dem Kaffeetrinken erhofft. Enttäuscht lief Sie zum Fenster und atmete die frische Luft tief ein. Dann Plan-B, überlegte Hanneliese sich. Sie holte den Prospekt vom Museum aus der Handtasche hervor. In der Zeitung von heute Morgen stand, dass vor ein paar Tagen im Bergbaumuseum Ausstellungsstücke gestohlen worden waren. Sie interessierte sich allerdings nur für die letzte Zeile von dem Artikel.

Das Diebesgut wurde offensichtlich durch einen Stollen unterhalb von Freiberg abtransportiert. Sie hatte ein gutes Gefühl, einen Schritt weiter gekommen zu sein. Dem Museum sollte sie auf jeden Fall einen Besuch abstatten.

Punkt 10:00 Uhr stand sie vor dem Eingang. Ein junger Mann in schmuddeliger Kleidung kam verschwitzt angerannt und schloss die Eingangstür auf.

„Entschuldigen Sie bitte meine Verspätung. Ich hatte einen wichtigen Arzttermin."

„Das kann ich gut verstehen. Man muss ja heutzutage froh sein, überhaupt noch einen zu bekommen. Sie sehen aber gar nicht krank aus. Oder hängt das etwa mit dem Diebstahl im Museum zusammen?"

Der Kopf des jungen Mannes ruckte plötzlich hoch. „Ich war beim Zahnarzt, zur Kontrolle. Es war eine Wurzelbehandlung. Sehr schmerzhaft – Sie verstehen?“ Er verzog sein Gesicht und zeigte auf den Mund.

„Darf ich Sie was fragen, junger Mann?“

Als Antwort sah der Mann sie jedoch nur kopfschüttelnd an. Als Hanneliese erneut zu einer Frage ansetzte, ergriff er doch noch das Wort.

„Wollen sie mit mir reden oder die Ausstellungsstücke ansehen, gute Frau?“

Hanneliese schimpfte: „Sowas unhöfliches aber auch“, und klemmte sich ihre Handtasche unter den Arm. Anschließend lief sie im Erdgeschoss die Vitrinen ab und entdeckte nichts Ungewöhnliches. Dabei fühlte sie sich von dem unfreundlichen Kerl beobachtet.

Nicht mit mir, dachte sie sich. Ohne weitere Umwege stieg sie die Treppe hinauf in den ersten Stock. Beim Rundgang blieb sie wie angewurzelt stehen. Aha! Hier hatte einmal eine Truhe gestanden. Laut Beschreibung war sie alt und einzigartig. Hanneliese überlegte, ob sie den unhöflichen Mann darüber ausfragen sollte. Sie wollte gerade die Treppe hinunter gehen, da kam ihr eine Frau entgegen.

„Wollen Sie schon gehen oder haben Sie eine Frage?“

„Ich weiß nicht, ob Sie mir meine Frage beantworten können?“ Sie zeigte Richtung Truhe und hob die Schultern.

„Ich bin die Leiterin des Museums Sie können mich alles fragen, was Sie wollen. Das ist schließlich mein Job hier.“

Endlich jemand, der mir Auskunft gibt, freute sich Hanneliese. Sie führte die Leiterin des Museums zu dem leeren Platz, wo eigentlich die Lade stehen müsste.

„Ich habe von dem Diebstahl gelesen.“ Dabei wies Hanneliese auf den freien Platz. „Haben die Räuber diese Lade hier gestohlen? In der Zeitung stand nur etwas von Diebesgut?“

Die Museumschefin hob nur ihre Schultern. „Wir dürfen über laufende Ermittlungen keine Auskunft geben. Es tut mir leid.“

„Diese Antwort kenne ich schon, aber wo ist die Truhe?“

Ein weiteres Schulterzucken antwortete Hanneliese.

„Aha“, platzte es aus ihr heraus. „Da weiß ich jetzt Bescheid. Ich bin zwar alt aber nicht dumm. Die Truhe wurde geklaut.“

Kurze Zeit später verließ sie das Museum. Sie grübelte, ob der Gang in ihrem Keller tatsächlich bis hierher führte. Vor allem war für sie interessant, wo sie hier herauskommen würde. Sollte sie den Stollen selbst einmal entlanggehen? Dann würde sie sehen, wo er endete.

XVIII

Endlich wieder ein freier Tag, jubelte Volker. Er musste nur noch schnell den Humpen aus dem Keller holen. Ihn in der Wohnung zu behalten, hatte er sich nicht getraut. Ganz hinten zwischen alten Lumpen und Sperrmüll befand sich das wertvolle Stück an einem guten Versteck.

Heute wollte er mit dem Bus nach Dresden fahren. Die Adresse von dem Tischlermeister Fichtner hatte er mittlerweile herausbekommen. So unnütz das Internet meistens war, hier hatte es ihm sehr geholfen. Zum Glück stand der Mann in den Gelben Seiten. Da dürfte heute nichts mehr schiefgehen.

Er schaffte es gerade noch auf den Busbahnhof. Der Busfahrer hatte schon den Motor zur Abfahrt nach Dresden gestartet. Er sprang schnell in das Fahrzeug hinein und ließ sich erschöpft in einen Sitz fallen. Den Rucksack mit dem wertvollen Humpen bettete er links von sich. Auf keinen Fall würde er ihn aus der Hand geben – geschweige denn aus den Augen lassen.

Am Dresdner Hauptbahnhof in der Information erfuhr er, mit welcher Straßenbahn er fahren konnte. Beschwingt suchte Volker sich den richtigen Fahrsteig. Schon nach kurzer Zeit fuhr die Bahn ein. Nun hatte er den Rucksack auf dem Schoß. Nicht dass ihm noch jemand das gute Stück stehlen würden. Hier in der Großstadt war alles möglich. Misstrauisch beäugte er die anderen Fahrgäste. Nach fünfzehn Minuten Fahrtzeit erreichte er sein Ziel. Volker betrat die Werkstatt von diesem Herrn Fichtner.

„Hallo Herr Tischlermeister, ich wünsche Ihnen einen wunderschönen guten Tag. Sie kenne mich nicht, aber Ingolf schickt mich. Ich habe einen außergewöhnlich schönen und sehr alten Bierhumpen dabei. Wollen Sie den mir nicht abkaufen?"

Ein stockdünner Mann mit einer Hakennase, stand im Verkaufsraum. Mit einem abschätzigen Blick sah er Volker von oben bis unten an. „Was wollen Sie von mir?", knurrte Norbert Fichtner. „Ich kaufe nichts. Sieht das hier vielleicht wie ein Antikhandel aus?"

Volker traf diese Ablehnung vollkommen unvorbereitet. Er hatte sich die Sache eigentlich ganz anders vorgestellt. „Ich bin aber ein Freund von Ingolf. Verstehen Sie?"

Norbert Fichtner zeigte jedoch nur zur Tür. Mit den Worten: „Bitte gehen Sie jetzt", unterstrich er seine abweisende Haltung.

Volker wollte seine Tasche öffnen, um den Humpen auszupacken.

„Sie können ihren Rucksack zulassen. Ich habe kein Interesse. Ich kenne keinen Ingolf und brauche auch keinen Bierhumpen. Wie kommen Sie auf so eine abwegige Idee? Am Ende ist das Hehlerware, die Sie mir hier andrehen wollen. Mit so etwas will ich nichts zu tun haben."

„Sie haben aber doch auch …", versuchte Volker einen Einwand.

„Da sind Sie bei mir an falscher Stelle. Verlassen Sie sofort meinen Verkaufsraum oder ich rufe die Polizei." Der Tischlermeister schnappte sich den Rucksack vom Tresen und drückte ihn Volker vor die Brust.

„Na, na, na, nicht so schnell mit der Polizei. Sonst erzähle ich den Bullen von der Lade. Damit das klar ist. Blöd bin ich nicht. Ich weiß von Ingolf, dass Sie seit Kurzem eine Innungslade aus dem Freiberger Bergbaumuseum besitzen. Die ist auch nicht gerade aus dem Himmel gefallen."

Volker sah, wie der Tischlermeister plötzlich blass wurde. Jetzt hatte er ihn. Soweit kam es noch, dass ihn so ein dürres Männlein vor die Tür setzte.

„Ich möchte nicht wissen, wie viel Sie dafür geblecht haben", harkte Volker nach. „Da werden Sie doch für den Humpen ein paar Hundert Euros übrighaben?" Volker versuchte, den Schreinermeister erneut zu überzeugen. „Der Deckelhumpen ist auf dem freien Markt ein paar Tausender Wert."

Volker packte den Humpen aus seinem Rucksack aus und stellte ihn vor Norbert Fichtner auf den Tresen. „Sehen Sie doch, Herr Fichtner. Der passt super gut zu der Lade."

Der Tischlermeister lief plötzlich vor Wut rot an. Seine Hakennase trat noch weitaus mehr hervor als ohnehin schon. Unvermittelt nahm sein Gegenüber einen Hammer in die Hand.

„Verschwinde oder ich vergesse mich."

„Was haben Sie denn? Ingolf weiß, dass ich heute bei Ihnen aufkreuze und den Bierhumpen an Sie verkaufe. Es ist alles in bester Ordnung." Sicherheitshalber ging Volker jedoch hinter dem Tresen in Deckung. Der Alte schien zu spinnen. „Was soll das mit dem Hammer? Wollen Sie mich erschlagen?", schrie er den aufgebrachten Mann an.

Der Tischlermeister schaute ihn allerdings nur böse an. „Ich habe die Innungslade nicht mehr. Die ist bei einem Schlosser. Vielleicht kauft der Ihnen den Humpen ab. Ich habe definitiv kein Interesse an dem ollen Stück. Also verschwinden Sie endlich. Suchen Sie sich einen anderen Dummen, der den Bierhumpen haben will. Ich jedenfalls nicht." Er drückte Volker den Bierhumpen in die Hand und zeigte erneut mit Vehemenz auf die Ausgangstür.

Nach ein paar Schritten drehte sich Volker noch einmal um. „Ach, Eine Frage hätte ich noch. Was will denn ein Schlosser mit einer Zimmermanns Lade?"

„Er restauriert die Schlüssel, das Schloss und die Schlossplatte. Das machen nun mal Schlosser und keine Schuster", fauchte er Volker an. Verschwinden Sie jetzt endlich. Ich bin doch kein Auskunftsbüro", schimpfte Norbert Fichtner.

„Kann denn ein Schlosser überhaupt so eine schwierige Sache erledigen?" Volker spielte sich als Experte auf. „Die Lade wurde schon vor Jahren aufgearbeitet." Dies wusste er ganz genau. Zu dem Zeitpunkt hatte er bereits im Museum gearbeitet.

Norbert Fichtner erwidert beleidigt: „Ich gebe doch keinem Laien so ein wertvolles Stück. Da waren noch einige Rostflecke und der Schlüssel passte nicht. Der Schlosser ist ein guter Bekannter, mit dem ich zusammenarbeite. Er ist einer der besten Metallrestauratoren der

Stadt. Die Fragestunde ist aber nun vorbei. Verschwinden Sie endlich aus meiner Werkstatt oder ich vergesse mich."

„Nur noch eine Frage, dann gehe ich sofort." Er wollte sich nicht so schnell einschüchtern lassen. Ein letzter Versuch, dachte Volker, sein Humpen an den sturen Alten zu verkaufen. „Was ist so wertvoll an der Lade, außer dass sie sehr alt ist? Sie sehen nicht wie ein Sammler aus, Herr Fichtner."

Den Tischlermeister packte die blinde Wut. Ohne eine weitere Entgegnung ging auf den Volker los. Dieser wich dem geschwungenen Hammer gerade so aus. Im Gegenzug gab er dem Schreinermeister einen Schubs. Norbert Fichtner verlor dabei das Gleichgewicht. Er fiel mit dem Kopf voran auf ein Ausstellungsstück. Bewegungslos blieb er liegen.

„Verdammt, das fehlt mir gerade noch", schimpfte Volker. „Der wollte mich erschlagen, das war pure Notwehr."

Es gab aber niemanden in dem Raum, der seine Worte hätte hören können. Das hieß aber auch, dass keine Zeugen existierten. Volker packte seinen Bierhumpen schnell ein. Anschließend spähte er durch die Ladentür, ob jemand die Sache beobachtet hatte. Als er sich davon überzeugt hatte, dass dem nicht so war, verließ er die Werkstatt und lief eiligst zur Straßenbahn.

In den nächsten Tagen würde er den Metallrestaurator aufsuchen. So viele wird es davon schon nicht in Dresden geben. Dieser würde bestimmt wissen, warum der Alte so viel Wind um die Lade gemacht hatte. Es interessierte ihn nun brennend, was das mit der Truhe eigentlich sollte. Sein Humpen war wesentlich mehr wert. Wieso musste der Alte aber auch mit dem Hammer auf ihn losgehen? Der Opa war selbst schuld.

Volker hatte Glück. Auf dem Bahnsteig wartete bereits der Zug nach Freiberg. Er würde dennoch erst spät zu Hause ankommen.

Am nächsten Tag konnte Volker seinen Feierabend kaum erwarten. Den ganzen Nachmittag über waren nur Schulklassen und Touristengruppen im Museum gewesen. Dieses ununterbrochene Geschnatter und Geschreie nervte ihn ungemein. Die endlos vielen Fragen und jeder wollte eine Antwort von ihm haben. Wo ihm dabei ganz andere Gedanken im Kopf herumschwirrten. Die Sache von Gestern ging ihm zudem immer noch nicht aus dem Sinn.

Wer könnte ihm den Bierhumpen abkaufen? Wo fand er den Metallrestaurator? Was hatte es mit der Lade auf sich. Gab es da ein Geheimnis, von dem er nichts wusste. Wie kam er schnell zu Geld, um seine Schulden zu begleichen. Vor allem aber: Auf welches Pferd sollte er am Wochenende in Dresden setzen?

Nur noch eine Stunde musste er hier am Empfangstresen aushalten. Die konnte wohl kaum so lang sein. Irene Kleinschmidt stand jedoch plötzlich vor ihm.

„Morgen erscheinen Sie gefälligst zur rechten Zeit. Kann ich mich auf Sie verlassen? Ich selbst komme später, Herr Meier. Ein Zahnarzttermin – Sie verstehen?“ Irene verzog den Mund zu einem flüchtigen Lächeln.

„Geht klar Frau Kleinschmidt, ich bin pünktlich – wie immer.“ Sie schaute Volker skeptisch an. „Da bin ich mir nicht so sicher – bei Ihnen.“

„Ach Frau Kleinschmidt, Sie kennen mich doch. Auf mich ist stets verlass. Ich habe noch eine Frage? Ich habe gehört, das Bergbaumuseum soll erweitert werden. Stimmt das?“

„Ja schon. Die wissen aber noch nicht wann. Ich treffe mich am Montag mit den verantwortlichen Behörden. Dann kann ich Ihnen definitiv mehr sagen."

Er verabschiedete sich von seiner Chefin: „Alles klar, dann bis Morgen. Ich werde auf jeden Fall pünktlich hier sein. Und viel Glück mit dem Zahnarzt."

Volker ahnte nichts Gutes, als er nach Arbeitsende das Polizeiauto vor dem Museum sah. Was wollten die Bullen von ihm? Schnell zu verschwinden, kam für ihn leider nicht mehr in Frage. Sie hatten ihn bereits entdeckt.

„Herr Meier, es sind noch einige Fragen offen."

„Ernsthaft? Schon wieder? Hatten wir das nicht erst? Ich habe heute leider keine Zeit für Sie. Meine Mutter wartet auf mich. Es ist dringend."

„Es dauert nicht lang. Sie können danach immer noch zu ihrer Mutter gehen." Die Kommissarin winkte zum Einsteigen.

„Sie wartet auf mich. Wenn ich nicht pünktlich bin, macht sie sich Sorgen um mich", ereiferte sich Volker. „Das werden Sie doch sicherlich verstehen. Es gibt nun einmal Dinge, die haben eine höhere Priorität."

Mit einem bösen Blick schlug die Polizistin die Autotür zu. „Dann kommen Sie Morgen um acht zu uns. Da ist das Museum noch geschlossen. Oder fällt Ihnen dazu eine weitere Ausrede ein?"

„Nein, nein, ich komme Morgen, Frau Kommissarin. 08:00 Uhr bin ich da. Versprochen", knurrte Volker.

Die Frau wurde ihm immer unsympathischer. Was wollte sie schon wieder von ihm? Die Innungslade, der Sturz der Oma oder den Humpen – hinter was war sie her? Volker war sich aber sicher, dass die

Bullen ihm nichts anhaben konnten. Es gab schlichtweg keine Beweise, die auf ihn deuten würden. Darin war er sich hundertprozentig sicher.

Volker war jetzt sauer, weil er sich eigentlich so auf den Feierabend gefreut hatte. Nun kreisten seine Gedanken wieder nur um seine Probleme. Die Cops müssen ihm aber erst einmal nachweisen, dass er der Täter war. Volker setzte sich am Obermarkt auf eine Bank. Seine Mutter muss noch warten. Er sollte sich lieber genau überlegen, was er morgen aussagen würde. Letztlich grübelte er den ganzen Abend über seine Misere. Spät zu Hause angekommen, schlief erst bei der Morgendämmerung ein. Zum Glück hatte er den Wecker gestellt.

Unausgeschlafen und mit schlechter Laune betrat er 8:00 Uhr abermals das Polizeirevier. Er wurde bereits von einem jungen Mann in Uniform erwartet.

„Bitte nehmen Sie vor der Tür Platz."

Die Polizistin rief ihn kurze Zeit später zu sich ins Büro.

„Guten Morgen, Frau Kommissarin. Sie wollten mich sprechen?"

„Sie hatten ja gestern keine Zeit. Setzen Sie sich, Herr Meier." Sie zeigte auf einen leeren Stuhl. „Bei unseren Untersuchungen fällt immer wieder Ihr Name. Wo waren Sie am Tattag, so gegen 07:00 Uhr, Herr Meier?"

„Na wo schon? Natürlich im Bett. Wir öffnen erst um zehn."

„Haben Sie Zeugen?"

„Nee, ich schlafe leider alleine." Volker lächelte die Kommissarin unverschämt an. „Es sei denn Sie wollen das ändern?"

„Wir waren gestern noch mal im Kellergang. Wissen Sie, was wir da gefunden haben?"

Volker wurde unruhig und trommelte mit den Fingern auf dem Tisch. Kommissar Walter Vogel betrat in dem Moment das Verhörzimmer.

„Es haben sich neue Zeugen gemeldet, Herr Meier.“ Kriminalkommissar Vogel setzte sich neben seine Kollegin. „Man hat mehrere junge Männer in der Nähe des Tatortes gesehen. Die eine Beschreibung des Augenzeugen, passt genau zu Ihnen. Wir sind uns da ziemlich sicher.“

„Das kann nicht sein", fauchte Volker. „Wie ich schon sagte: Um sieben schlief ich noch. Ich stehe vor acht nie auf. Da haben die Zeugen sich wohl getäuscht. Außerdem haben Sie das schon einmal behauptet. Bis heute allerdings, ohne mir diesen Augenzeugen oder Beweise zu zeigen. Ich glaube Ihnen kein Wort.“

„Wir haben sehr wohl Zeugen und jede Menge Beweismittel.“

Volker machte ein empörtes Gesicht und sprang von seinem Stuhl auf. „Das war bestimmt ein Doppelgänger oder einer, der nur ungefähr so aussieht wie ich. Ich habe mit dem Raub nichts zu tun. So glauben Sie mir doch.“

„Herr Meier, hier geht es nicht nur um Raub, sondern auch um schwere Körperverletzung. Sie haben kein richtiges Alibi. Davon abgesehen haben Sie ein Motiv. Also setzten Sie sich wieder hin.“

Volker ließ sich auf seinen Stuhl fallen. Er fühlte sich in die Enge getrieben. Die Kommissarin wurde ihm gegenüber immer unsympathischer. „Wir haben uns Informationen über Sie eingeholt. Außerdem waren wir auch bei Ihrer Mutter.“

Volker fühlte sich zunehmend unwohl und blickte zu Boden. „Warum waren Sie bei meiner Mutter? Was hat sie Ihnen erzählt.“

„Sie hat uns von Ihrer Spiel- und Wettsucht berichtet. Anscheinend haben Sie immer wieder verloren und dabei jede Menge Schulden gemacht. Ihre Mutter gibt Ihnen offensichtlich kein Geld mehr. Also haben Sie sich eine andere Geldquelle gesucht. Ist es nicht so, Herr Meier?"

Die zuvor freundliche Miene der Kommissarin verschwand. Nun sah sie Volker böse an. Ihm musste schnell etwas einfallen, überlegte Volker sich. So hatte er sich das alles nicht vorgestellt.

„Also Herr Meier, was sagen Sie dazu?"

Volker sah zerknirscht zu Boden. „Sie wissen doch schon alles. Warum quälen Sie mich?"

Die beiden Polizisten stürmten abwechselnd mit Fragen auf Volker ein.

„Ich war lange nicht in Dresden, Frau Kommissarin."

Kriminalkommissar Walter sah ihn streng an. „Das sagen Sie."

„Auf der Galopprennbahn darf ich mich nicht mehr sehen lassen - wegen der Schulden." Er fühlte sich immer mehr in die Ecke getrieben.

„Wie wollen Sie denn aus dem Teufelskreis herauskommen? Geben Sie es doch zu. Sie hatten das Täterwissen. Sie arbeiten im Museum und haben genaue Kenntnisse über die Innungslade und den Deckelhumpen. Herr Meier, Sie haben auch ein Motiv – ihre Schulden. Wer wenn nicht Sie kommt für diese Tat in Frage?"

„In diesem Moment, wo Sie gerade bei uns sind, wird bei Ihnen eine Wohnungsdurchsuchung durchgeführt."

Volker sprang empört auf. „Das können Sie ohne meine Erlaubnis nicht machen."

„Doch das können wir, Herr Meier. Die Genehmigung liegt längst vor. Dass Sie von dem Kellergang ins Museum Bescheid wussten, werden wir Ihnen auch noch nachweisen."

„Frau Kommissarin, Sie werden bei mir nichts finden. Ich bin unschuldig. Wirklich."

„Das sagen sie alle", bemerkte Walter Vogel.

„Frau Kleinschmidt und die Aushilfen wissen auch über die Deckelhumpen und die Innungslade Bescheid", verteidigte sich Volker. „Und Handwerker sind auch ab und an da. Da gibt es Dutzende Menschen, die davon wissen."

„Sie haben schon Recht, Herr Meier. Die beiden Damen wurden aber schon überprüft. Sie haben keine Schulden. Und Handwerker haben im Büro keinen Zutritt. Das sieht nicht gut für Sie aus."

Volker hätte sich am liebsten in Luft aufgelöst. Fragen über Fragen und er wusste nicht, was er noch antworten sollte. Hatten die Bullen ihn jetzt etwa am Haken?

„Sie müssen jederzeit erreichbar sein, solange Sie unter Verdacht stehen. Ich will keine Überraschungen erleben. Haben Sie das verstanden? Und ziehen Sie etwas anderes an, wenn Sie ins Museum gehen, Herr Meier. Das war aber nur eine private Feststellung." Jane Hoffmann rümpfte ihre Nase und schaute ihn kopfschüttelnd an.

Volker hob die Schultern. „Ich weiß das selbst, Frau Kommissarin. Die Waschmaschine ist aber kaputt. Wenn ich der Dieb wäre, hätte ich mir wohl schon längst eine Neue gekauft. Dann bräuchte ich auch nicht jeden Euro dreimal umdrehen. Glauben Sie das nicht auch?"

„Wie Sie meinen, Herr Meier. Vergessen Sie nicht: Der Deckelhumpen und die Innungslade sind Meisterstücke und in der Datenbank für gestohlene Kunstwerke gespeichert. Die Sachen lassen sich nicht so schnell verkaufen."

„Glauben Sie mir, Frau Kommissarin", betonte Volker. „Ich bin doch nicht dumm und mache mich auf meiner Arbeitsstelle strafbar. Da würde ich ja alles verlieren."

Sie lächelte Volker kurz an und zeigte auf die Tür. „Dann ist ja alles klar."

Ein junger Mann wartete bereits auf Volker, um ihn zum Ausgang zu geleiten. Morgen würde es ihm bestimmt viel besser gehen. Wenn er den Humpen nur endlich verkauft bekam. Damit wäre ein Großteil seiner Sorgen im Nu erledigt und er könnte sich auf die tatsächlichen Probleme konzentrieren. Zum Beispiel hatte er vor, den Metallrestaurator aufzusuchen. Dieser würde wissen, was der Tischlermeister mit der Lade vorhatte.

Volker sah schon von weitem eine Gruppe Touristen vor dem Eingang des Museums stehen. Obwohl er sich beeilt hatte, war es bereits viel zu spät. Eine ältere Frau zeigte vorwurfsvoll auf ihre Armbanduhr und sah Volker missbilligend an. So eine alte Schreckschraube hatte ihm in dem Moment noch gefehlt.

„Es ist ja gerade erst zehn Uhr, meine Damen und Herren. Ich schließe das Museum sofort auf", beruhigt Volker die schimpfenden Touristen. Dabei verwies er auf sein Gesicht. „Hatte Zahnschmerzen und musste dringend zum Zahnarzt. Entschuldigung Sie bitte, es ging nicht schneller."

Zum Glück hatte die Reiseleiterin im Vorfeld für alle bezahlt. So konnte er die Führung durch das Museum gleich starten. Volker verstaute seinen Rucksack unterhalb der Kasse und schenkte den Touristen sein schönstes Lächeln. „Kommen Sie mir bitte nach, meine

Damen und Herren. Nicht trödeln. Unsere Tour fängt in der ersten Etage an", trieb er die Touristen an.

Umso schneller würden sie wieder verschwinden, überlegte er sich im Stillen. Hoffentlich kam seine Chefin nicht so spät. Er hatte heute keine Lust auf weitere Führungen. Er führte die Touristen mit einem falschen Lächeln durch die Räume und erklärte nur das Nötigste. Zudem war er froh, dass ihn niemand mit Fragen löcherte. Kurz vor dem Ende hörte er die Eingangstür zuschlagen. Schnell eilte Volker die Treppe hinab.

„Na endlich kommen Sie, Frau Kleinschmidt. Da kann ich Mittagessen gehen? Ich fall gleich um vor Hunger."

Seine Chefin sah Volker vorwurfsvoll an. „Herr Meier Sie können direkt nach Hause gehen und sich was Sauberes anziehen. Die Jeans und das Hemd hatten Sie schon die ganze Woche lang an. Nicht nur das beides schmutzig ist. Sie riechen auch ziemlich unangenehm. Hat das denn noch niemand zu Ihnen gesagt?"

„Wer sollte so etwas schon zu mir sagen?", bemerkte Volker bissig.

„Es sind Busse auf den Untermarkt, da waren mit Sicherheit Touristen bei uns? Hat denn da keiner …? Herr Meier, die haben bestimmt einen schönen Eindruck von uns bekommen. Verstehen Sie mich bitte nicht falsch, das ist heute aber die zweite Abmahnung. Wenn das wieder vorkommt, fliegen Sie, Herr Meier. Diesmal meine ich das ernst. Ich lass mir nicht von Ihnen auf der Nase herumtanzen."

„Meine Waschmaschine ist aber kaputt. Der Monteur meinte, die Reparatur wäre sehr teuer. Ich kann mir das einfach nicht leisten."

„Das ist Ihr Problem, Herr Meier. Nach der Mittagspause möchte ich Sie auf jeden Fall mit sauberer Kleidung hier sehen. Es ist mir egal, wie Sie das bewerkstelligen. Treiben Sie es heute nicht auf die Spitze."

„Jawohl, Frau Kleinschmidt“, erwidert Volker kleinlaut.

Anschließend verließ Volker schnellstens das Museum. Irgendwo auf der Burgstraße sollte er sich dringend neue Klamotten kaufen. Sonst dreht die Kleinschmidt noch durch. Dass sie ihn kündigen würde, konnte er sich nicht vorstellen. Es gab abgesehen von ihm niemanden, der fest in dem Museum arbeitet. Außerdem war es nicht unbedingt der Traumjob, auf den sich Dutzende Menschen bewarben. Vor allem nicht, wenn man unter so einem Drachen zu leiden hatte.

Er betrat währenddessen das erstbeste Geschäft und lief schnurstracks in die Herrenabteilung. Zum Glück war mittags nicht viel los. Im Handumdrehen hatte er sich eine Jeans, ein Shirt und ein Hemd zusammengesucht, um direkt in der Kabine zu verschwinden. Volker streifte sich die Klamotten nur schnell drüber, um zu sehen, ob sie passten. Das Aussehen war ihm leidlich egal. Sie saßen alle.

„Die nehme ich!“, legte er einzig die Jeans auf den Ladentisch. Den Rest trug er noch unter seinen dreckigen Klamotten. Volker bezahlte mit seinem letzten Geld. Zum Glück waren es Sonderangebote.

Anschließend ging er schnurstracks nach Hause. Hoffentlich lief ihm heute sein Vermieter nicht über den Weg. Eine neuerliche Diskussion wegen der fehlenden Miete konnte Volker nicht gebrauchen. Alle wollten sie immer nur Geld von ihm. Nie gab es mal jemand, der ihm mal etwas schuldete. Er hasste diese Ungerechtigkeit in der Welt. Im Briefkasten fand er schließlich Post vom Wohnungseigentümer – die allerletzte Mahnung.

„Na Dankeschön!“, schimpfte Volker laut vor sich hin.

Letztlich war das aber nichts Neues. Er legte sie zu den anderen ungeöffneten Briefen auf die Anrichte im Flur. Er würde sie irgendwann einmal zusammen mit den Restlichen lesen – oder wegschmeißen. Allerdings hatte er nicht vor, sich davon den Tag weiter versauen zu lassen. Das hatte die Kleinschmidt und die Bullen von ganz allein geschafft.

Nichts deutete darauf hin, dass die Polizei eine Hausdurchsuchung durchgeführt hatte. War das alles nur ein einziger Schwindel gewesen, um ihn zu einer Aussage zu bewegen? War am Ende gar nichts passiert und die Bullen hatte nicht einmal Beweise gegen ihn in der Hand? Er hatte den Humpen zum Glück nicht in der Wohnung versteckt.

Viel Zeit blieb ihm aber nicht mehr, sich darüber Gedanken zu machen. Es galt, sich schnell noch umzuziehen, was Kleines zu essen und dann wieder in Richtung Museum zu verschwinden. Seine Chefin würde abermals meckern, wenn er auch nur fünf Minuten zu spät käme. Für ihn bestand das Leben nicht nur aus Arbeit – bei der Kleinschmidt aber schon, schimpfte Volker.

Keine Viertelstunde später sah seine Chefin ihn von oben bis unten prüfend an.

„Sie sind ja direkt mal pünktlich", empfing Irene Kleinschmidt Volker. „Ordentlich und sauber sehen Sie auch aus. Es geht doch, wenn man nur will. Schade, dass das so selten bei Ihnen der Fall ist."

Mehr als ein unartikuliertes Gegrummel brachte Volker als Antwort nicht heraus.

„In Fünf Minuten kommen zwanzig Touristen. Sie möchten eine große Führung. Das übernehmen am besten Sie. So gut wie Sie heute aussehen." Mit einem sarkastischen Lachen verließ seine Chefin den Kassenbereich, um in ihrem Büro zu verschwinden.

Dass auch noch! Volker fiel der Unterkiefer herunter. Er hatte auf einen ruhigen Nachmittag gehofft. Erneut eine Herde von dumpfen Touris herumzuführen, sagte ihm ganz und gar nicht zu. Es war natürlich klar, dass sich die Kleinschmidt davor drückte. Wahrscheinlich saß sie in ihrem Büro und surfte wahllos im Internet herum, während er hier ackern musste. Blöde Kuh!

Beim Auftauchen der Gruppe ergab er sich seinem Schicksal. Volker lief auf die Touristen freundlich zu und führte sie durch die Räume. Ihm war keine Frage zu viel und er gab ausführliche Antworten. Seine Chefin schaute ab und zu vorbei und wirkte dabei verblüfft. Wenn es wahrscheinlich nach ihr ging, war er der Dieb und ein Gewalttäter. Selbst wenn sie damit recht hatte, durfte er sich nicht verplappern. Letztlich hatte er auch die Kommissarin überzeugt. Da würde er es bei der Kleinschmidt erst recht schaffen.

„Sie waren heute recht redegewandt, Herr Meier. Das bin ich gar nicht von Ihnen gewöhnt? Machen das etwa die sauberen Sachen? Oder liegt es gar am nahenden Wochenende?“

Volker maulte hingegen nur: „Ich kann es Ihnen wohl nie recht machen?“

„Das nicht. Es ist aber schon 17 Uhr und Sie stehen immer noch hier und träumen? So etwas habe ich bei Ihnen noch nie erlebt.“

„Bin bereits weg Chefin! Dann bis Dienstag“ Volker schnappte sich seinen Rucksack und eilte nach Hause. Er hatte viel vor. Vor allem brauche er jede Menge Geld und das so schnell wie möglich.

Der Sonntag und der Montag waren für ihn längst verplant, da ging es nach Dresden. Zuerst wollte er den Tag auf der Galopprennbahn verbringen. Er hatte einige todsichere Tipps bekommen. Mit denen konnte er auf gar keinen Fall verlieren. Montag war dann schließlich der Restaurator dran.

Allerdings sollte er ja eigentlich nicht die Stadt verlassen. Die Polizei würde ihn doch nicht überwachen lassen? Das hätte er bestimmt gemerkt. Oder? Am besten wäre es, wenn er als Erstes zum Kaufland ginge. Da könnte er Olaf und Mike antreffen. Das war nicht weit vom Park entfernt, in dem die beiden immer ihre Nachmittage verbrachten. Währenddessen konnte er sein Umfeld beobachten, ob ihm einer folgen würden – sicher war sicher.

„Hallo ihr zwei, dachte ich mir doch, dass ihr hier seid", lachte Volker. Er setzte sich mit auf die Bank und schubste Mike freundschaftlich an. „Hast du ein Bierchen für mich? Ich brauch jetzt dringend eines. Die nächste Runde geht dann auf mich. Versprochen!"

Olaf sah Volker von der Seite an. „Wir trinken aber nicht mit jedem. Außerdem kennen wir uns erst seit kurzem. Nur weil wir ein Ding zusammen gedreht haben, bist du noch lange nicht unser Freund."

„Woher weißt du überhaupt, wo wir uns treffen?", fügte Mike an.

„Ingolf hatte da mal etwas erwähnt. Das ist jetzt aber auch egal. Leute wir kennen uns doch. Habt euch nicht so."

„Was bist du eigentlich so nervös?", sprach Olaf ihn an. „Du siehst dich die ganze Zeit um. Ist hier irgendwas?"

„Ne, ne, alles in Ordnung. Die Polizei hat mich nur auf dem Kieker."

„Es läuft doch aber alles super für uns. Oder hast du dich verplappert?" Mike drückte Volker dabei eine Flasche Bier in die Hand. „Komm, setz dich erst mal und beruhige dich."

„Wenn du keine Fehler machst, kommen die nie auf uns. Ingolf hat die Sache gut durchgeplant. Da musst du dir keine Gedanken machen." Olaf schien sich ziemlich sicher.

„Es geht mir ganz schön an die Nieren – so im Nachhinein. Mit der Oma meine ich. Versteht ihr?“, gestand Volker plötzlich ein.

„Ach nee! Wirklich, und ich dachte, du bist so ein harter Hund“, bemerkte Mike.

„Es war nur ein Unfall und keine Absicht“, betonte Volker daraufhin. „Sie hat noch gelebt. Das habt ihr doch auch gesehen. Oder?“

„Wir hatten keine Zeit, uns die Oma anzusehen. Ingolf wartete bereits auf uns. Was hätten wir auch tun sollen? Sehen wir so aus wie Ärzte?“

Ich hätte ihr vielleicht helfen können. Das werde ich aber den Suffköpfen nicht erzählen, dachte sich Volker. Am Ende machten die ihm deswegen noch Vorwürfe.

„Na, wo bleibt die versprochene Runde Bierchen?“, witzelte Olaf.

„Ich gehe ja schon. Keine Eile. Die haben noch lange offen.“

Volker erhob sich von der Bank und ging in Richtung Kaufland. Unruhig beobachtet er die Leute in seiner näheren Umgebung. Der Mann, der an der Nebenkasse Zigaretten kaufte, hatte der nicht gerade noch an der Kreuzung gestanden? Jetzt schaute der Typ zu ihm hinüber. War der eventuell von der Polizei? Volker glaubte, langsam verrückt zu werden. Es konnte jeder sein, der ihn beschattete. Er bezahlte seine Biere und redete sich ein, dass der vielleicht nur auf jemand warten würde. Im Gehen drehte er sich noch paar Mal nach dem Mann um.

Die Situation im Park hatte sich mittlerweile verändert. Es waren Jugendliche mit Hunden und Wein eingetroffen, die auf der Nachbarbank laut krakelten.

Volker drückte Olaf und Mike jeden eine Flasche Bier in die Hand und verabschiedet sich: „Ich habe eine Hundehaarallergie. Abgesehen davon kann ich so jugendliche Rotzer nicht leiden."

Dass er außerdem Angst vor Kötern hatte, musste er den beiden nicht auf die Nase binden. Als Kind wurde er einmal von einem Rottweiler gebissen. Seitdem machte er um jeden Hund einen großen Bogen. Die zwei würden dann nur Witze über ihn reißen.

Volker lief die Fischerstraße entlang und sah schon von weiten seinen Vermieter vor dem Haus stehen. Der fehlte ihm heute gerade noch, schimpfte Volker. Er bog in die Rinnengasse ein. Bloß weg von dem alten Stinkstiefel. Auf dem Obermarkt räumten die Händler in dem Moment ihre Stände ab. Volker kaufte schnell ein paar Äpfel aus zweiter Wahl ein. Anschließend versuchte er, von der Erbischen-Straße kommend ungesehen über die Fischerstraße in seiner Wohnung zu gelangen.

Abermals lag Post in seinem Briefkasten – eine weitere Mahnung und eine Vorladung, am Dienstag 08:00 Uhr bei der Polizei zu erscheinen. Volker schmiss die Zahlungserinnerung auf den Haufen, auf dem schon andere ungeöffnete Briefe lagen.

Was die nur wieder von ihm wollten? Er drehte die Vorladung unschlüssig in seinen Händen hin und her. Danach klemmte er sie hinter den Spiegel. Den Termin durfte er nicht vergessen. Das würde nur weiteren Verdacht auf ihn lenken. Bis jetzt hatte er die Sache relativ gut durchgestanden.

XVIIII

Hanneliese ließ der Gedanke nicht los. Wo war die Tür? Sie hatte im Museum jeden Winkel untersucht und keine Tür gefunden. Zumindest keine, die in den Untergrund führte. Bei den normalen Fluchttüren war damit zu rechnen, dass diese nur auf die Straße oder den Hinterhof hinaus gingen.

Sie würde wohl oder übel durch den Stollen von ihrem Keller ausgehend eine Erkundung unternehmen müssen. Irgendwo würde sie die Tür finden. Davon war Hanneliese felsenfest überzeugt. So schwer konnte es nicht sein. Wenn die Diebe, zumindest laut Zeitung, die Ware durch den Gang transportiert hatten, sollte es ihr gleichfalls gelingen.

Sie zog ihre alten Schuhe und eine abgetragene Jacke an. In die rechte Jackentasche steckte sie das Handy. Die Taschenlampe in der linken vervollständigte ihre Ausrüstung. Vorsichtig lief sie die Kellertreppe hinunter. Es hatte sich nichts im Keller verändert, schimpfte Hanneliese. Immer noch die miese Beleuchtung und die feuchten Stufen. Sie hatte gehofft, dass die Polizei den Vermieter angehalten hätte, hier unten ein wenig aufzuräumen. Pustekuchen.

An der untersten Stufe blieb sie stehen und sah noch den Blutfleck von ihrer Freundin an der Mauer. Hanneliese sagte laut in den Kellergang hinein: „Ich habe zwar Angst Emma. Ich habe dir aber versprochen, der Sache mit deinem Sturz nachzugehen."

Sie nahm ihre Taschenlampe und lief vorsichtig in den Stollen hinein. So schlimm war es überraschenderweise gar nicht. Sie hatte es sich wesentlich übler vorgestellt. Hanneliese blieb plötzlich stehen: Rechts oder links? Der Gang teilte sich. Selbst durch den Taschenlampenstrahl konnte sie nicht erkennen, wo sich eine Tür befand.

Ihr lief es kalt den Rücken hinunter. Sie hörte Stimmen, die aus ihrem Keller kamen. Hoffentlich waren es nicht wieder die Verbrecher. Waren sie erneut unterwegs, um abermals im Museum einzubrechen? Vielleicht hatten die Unholde auch etwas in dem Stollen vergessen. Hanneliese fühlte sich nicht wohl in ihrer Haut. Sie lehnte sich erschöpft an der Steinmauer an.

XX

Volker überlegte, ob er mit der Bahn oder mit dem Bus nach Dresden fahren sollte. Er würde diesmal wohl eher den Bus nehmen. Da hatte er eine bessere Übersicht, ob ihm einer folgte. Der Kommissarin traue er alles zu. Sogar, dass sie ihm jemanden hinterherschicken würde. Allerdings hatte er noch niemanden entdeckt. Das musste aber nichts heißen.

Am Morgen stand er schon zeitig am Busbahnhof. Nervös schaute er sich an der Haltestelle um. Hoffentlich kam der Bus bald. Zurzeit war er der Einzige, der an der Station wartete.

In Dresden angekommen, steuerte Volker direkt auf die Straßenbahnauskunft zu.

„Wo wollen Sie denn hin, junger Mann?" Eine gepflegte ältere Dame sah Volker fragend an.

„Ich suche einen Metallrestaurator in Dresden?"

„Da sind Sie bei uns leider falsch. Wir verkaufen nur Fahrscheine hier. Schauen Sie doch mal bitte ins Telefonbuch. Da werden Sie eher Glück haben."

Die rot lackierten Fingernägel und den dazu passenden Lippenstift standen der Frau sehr gut, stellte Volker fest. Sie reichte ihm freundlich das Buch über den Tresen. Er fand schnell die Adresse, die er suchte und gab das Telefonbuch mit einem Danke zurück.

„Ich hätte noch eine Frage: Welche Straßenbahn fährt zur Neustadt?“

„Die 3, 7 und 8, junger Mann. Sie haben wohl die Adresse gefunden?“

Er lächelte der Dame nickend zu und verabschiedete sich schnell. Kaum an der Haltestelle angekommen, fuhr auch schon die Straßenbahn ein. Erleichtert setzte Volker sich neben einer jungen Frau. „Ist es noch weit bis zur Neustadt?“, probierte Volker, die junge Frau ins Gespräch zu verwickeln.

„Sie sehen es am Bildschirm, wenn Sie aussteigen müssen“, sagte die junge Frau knapp.“ Dabei zeigte sie auf den Monitor, der über ihnen hing.

Er versuchte es nochmals mit einer Frage, bekam aber keine Antwort. Eingebildete Schnepfe, dachte Volker sich. Dresdner hielten sich immer für etwas Besseres. Nach kurzer Zeit hatte er die Neustadt erreicht. Er stand vor einem Haus, das schon lange nicht mehr renoviert worden war. Ein älterer Herr mit einem weißen Haarkranz, buschigen Augenbrauen und blauem DDR-Kittel kam ihm entgegen. Er wischte sich die Hände an einem Handtuch ab und gab Volker die Hand.

„Mir gehört die Werkstatt, was kann ich für Sie tun, junger Mann?“, begrüßte er Volker freundlich.

„Guten Tag, ich soll die Lade vom Tischlermeister abholen.“

„Da kommen Sie leider zu spät, guter Mann. Die hat schon jemand abgeholt.“

„Hä, wieso? War er selbst da?" Volker sah den Restaurator entgeistert an und spielte den Empörten.

„Ja gestern am späten Nachmittag. Er war ein paar Tage im Krankenhaus und konnte sie deshalb nicht eher kommen."

„Ich sollte die Lade eigentlich holen. Das hat er bestimmt wieder vergessen." Volker schüttelte seinen Kopf. „Er ist auch nicht mehr der Jüngste."

„Das ist nicht Ihre Schuld", meinte der Restaurator. „Der Tischlermeister war ganz schön angefressen." Er schaute Volker mitleidig an und legte ihm tröstend die Hand auf die Schulter.

„Wieso angefressen", wollte Volker wissen. Er schob die Hand weg und ging zwei Schritt zurück. „Die Lade war offensichtlich eine Nachbildung. Ihr Freund war eigentlich auf der Suche nach einem Geheimfach", erklärte ihm der Mann.

„Was für ein Geheimfach? Davon hat er mir nichts erzählt." Volker spielte den Ahnungslosen.

„Der Tischlermeister war auf den Inhalt des Geheimfachs aus. Beschimpft hat er mich, als wäre ich noch ein Lehrling. Er meinte, ich hätte keine Ahnung von meinem Handwerk."

„Ich habe ihn gefragt, warum er dann nicht selbst das Geheimfach gefunden hat. Immerhin ist es doch eine Innungslade der Tischlerzunft. Dann sollte wohl ein Tischler auch dazu in der Lage sein."

„Und was hat er darauf geantwortet?", wollte Volker wissen.

Der Restaurator hob gekränkt seine Hände in die Höhe. „Er sprach von einem Geheimmechanismus, den er nicht zerstören wollte. Er hat mir einfach nicht geglaubt, dass es eine Kopie sei. Dabei war es recht offensichtlich. Das verarbeitete Eisen konnte nie und nimmer hunderte

Jahre alt sein. Ich würde sogar behaupten, dass es aus dem zwanzigsten Jahrhundert stammt. Die Qualität war viel zu gut."

Volker unterbrach den Mann bei dem Gejammer um seine Handwerksehre.

„Hat er Ihnen verraten, was in dem Geheimfach Wertvolles drin sein soll?"

„Nein, er hat nur meinen Mitarbeiter angefaucht, er soll ihm die Lade ins Auto transportieren. Ohne das Geheimfach wäre die Lade für ihn nichts wert. Ihr Freund war der Meinung, ich hätte die Lade nicht richtig untersucht und er würde nun zu einem anderen Restaurator gehen."

Der Mann war deswegen sichtlich erschüttert. Er verwies mit dem Zeigefinger auf die Wand hinter sich. Volker sah den Meisterbrief und etliche Urkunden.

Er tröstete den Mann: „Wer weiß warum mein Auftraggeber im Krankenhaus war?" Zugleich zeigte er mit der Hand an die Stirn und lachte: „Nehmen sie sich das nicht so zu Herzen."

Dieser lächelte wieder und schüttelte Volker sein Herz aus, was ihm schon seit Stunden auf der Seele brennt. „Glauben Sie mir, das war das erste Mal, dass man meine Arbeit nicht zu schätzen wusste. So etwas muss ich mir nicht von einem Kollegen gefallen lassen."

„Sie haben ja vollkommen Recht. Als Tischlermeister hätte er es selbst sehen müssen, dass das Holz und die Beschläge nicht so alt sind, wie bei einem Original. Ein Laie bemerkt das nicht, aber ein Fachmann sofort", tröstete er den alten Mann. „Ich habe noch eine Frage: Wissen Sie, wo er die Lade nochmals prüfen lassen wollte?"

„Wie meinen Sie das?", hatte der Restaurator vor, von Volker zu erfahren.

„Ich meine, gibt es hier in der Nähe noch jemanden, der Metallrestaurator ist?“

Der Mann überlegte kurz. „Ich glaube, auf der Rückertstraße. Ob der aber noch seine Werkstatt hat, weiß ich nicht.“ Er hob die Schultern. „Die alten Handwerksmeister sterben aus und junge gibt es nicht mehr viele. In ein paar Jahren wird es vielleicht keinen mehr von uns in Dresden geben. Es ist ein aussterbendes Handwerk.“

Volker verabschiedet sich schnell von dem Restaurator und eilte zur Tür. „Ärgern Sie sich nicht mehr. Es gibt auch nette Kunden.“

„Sie haben Recht, junger Mann.“ Er folgte Volker bis zur Tür, ehe der sie öffnen konnte. Suchend schaute er die Straße entlang: „Wo ist denn Ihr Transporter?“

„Der steht in der nächsten Querstraße. Ich habe vor Ihrem Geschäft keinen Parkplatz gefunden.“ Volker fühlte sich in die Ecke gedrängt. Der alte Mann hatte zum Glück nichts gemerkt.

Er winkte Volker nach: „Auf Wiedersehen und wenn Sie in der Gegend sind, kommen Sie mal vorbei. Mich würde interessieren, ob er die richtige Lade noch bekommen hat.“ Ein paar Schritte lief der Restaurator neben Volker her. „Man munkelt, dass eine Innungslade aus einem Freiberger Museum gestohlen wurde“, flüsterte er ihm zu.

„Davon weiß ich nichts. Das hör ich zum ersten Mal“, meinte Volker. „Das wird bestimmt nicht die Lade sein, die Sie vom Tischlermeister hatten.“ Volker sah den Mann genervt an. „Oder denken Sie, dass in einem Museum eine Kopie steht?“

Der Restaurator schüttelt den Kopf. „Da haben Sie recht. Das glaube ich auch nicht.“

„Da hat jemand Ihre Werkstätte betreten“, bemerkte Volker, um das Thema endlich zu beenden.

Er atmete erleichtert auf, als der Mann schnell zu seiner Werkstatt zurückeilte. Volker sah auf seiner Uhr. Bereits in einer Stunde wollte er auf der Galopprennbahn sein. Darauf freute er sich schon seit Tagen. Durch Zufall hatte er jemanden gefunden, der ihm etwas Geld leihen würde. Damit konnte es nur ein fantastischer Tag werden. Zusammen mit der Kohle von Ingolf hatte er ein ordentliches Sümmchen beisammen.

Das einzige was ihn auf der Rennbahn stört, waren die Weiber mit ihren blöden Kopfbedeckungen. Bunte Hüte, wie zum Fasching mit Blumen oder Federn bedeckt, wirkten ausgesprochen albern auf ihn. Die Frauen bildeten sich damit noch ein, sie wären die Schönsten. So etwas müsste seiner Meinung nach verboten werden. Er fand, Pferdesport war Pferdesport und Modenschau war Modenschau. Das eine hatte nichts mit dem anderen zu tun. Es ging um die Tiere, das Wetten und um die Rennen. Vor allem war es wichtig, auf das richtige Ergebnis zu setzen. Warum sich da manche immer so ausstaffieren mussten, verstand er in keiner Weise.

Pünktlich kurz vor Rennbeginn hatte er es mit viel Glück auf die Galoppbahn geschafft. Volkers Gesicht rötete sich vor Aufregung und Vorfreude. Außerdem war heute sehr viel los auf der Rennbahn. Er rieb sich in Ungeduld die Hände. Dies war heute sein Tag. Als Erstes musste er zum Wettschalter. Dabei hatte er ein außergewöhnlich gutes Gefühl. Es konnte gar nichts schief gehen. Das war ausgeschlossen.

Sieben Pferde waren beim dritten Rennen am Start. Er nahm sich vor, alles auf seinen Favoriten zu setzen. Dieser hatte die letzten Derbys immer gewonnen. Damals hatte er aus Blödheit auf andere Pferde gesetzt. Diesen Fehler würde er nicht noch einmal machen. Volker reichte Geldschein für Geldschein an die Frau im Schalter weiter. Seine Hände waren feucht, als er seinen Schein zurückbekam. Damit würde er endlich den Großteil seiner Schulden zurückzahlen können.

Es ging los. Start. Die Pferde jagten im Galopp über die Bahn. Volker lief unruhig hin und her, immer den Blick auf die Rennbahn gerichtet. Er knabberte nervös auf seinen Fingernägeln herum. Ohne Rücksicht auf andere Pferdesportbegeisterte drängelte er sich in die erste Reihe. Er musste alles ganz nah erleben.

Seinen Favoriten feuerte er lauthals an. Die Rennpferde bogen in die letzte Kurve ein. Was war aber mit seinem Gewinner los? Der fiel immer weiter zurück. Volker hielt es auf seinem Platz nicht mehr aus. Er schob sich wieder durch das Gedränge nach oben. In der obersten Reihe angekommen, drehte er sich um. Oh nein, sein Pferd lief als Vorletzter ins Ziel. Sein geborgtes Geld war in null Komma nix futsch. Mit Wut im Bauch sah er, wie die glücklichen Gewinner ihre Kohle vom Schalter abholten.

Volker verließ niedergeschlagen die Rennbahn. Nie war er auf der Sonnenseite des Lebens. Immer war er es, der verlor. Es war, als würde das Universum etwas dagegen haben, dass er einmal Glück hatte. Was hatte er nur getan, dass das Unglück derart an ihm anhaftete? Enttäuscht stieg er in die Straßenbahn und fuhr Richtung Busbahnhof. Zum Glück stand der Reisebus nach Freiberg bereit.

Er setzte sich auf die hinterste Bank. So konnte er weiterhin vor sich hin grübeln. Er brauchte neuerlich Geld. Das war sicher. Woher aber nehmen? Automatisch glitten seine Gedanken während Rückfahrt zu der Lade hin. Wieso war das eine Kopie? Das konnte eigentlich gar nicht sein. Oder gab es etwa zwei dieser Innungsladen? Woher sollte dann aber die Zweite stammen? Die ganze Sache war viel zu verwirrend für ihn. Außerdem fragte er sich, was es mit dem Geheimfach auf sich hatte. War da vielleicht etwas Wertvolles drin – irgendetwas, das er zu Geld machen konnte?

Sollte es sich aber bei der Lade aus dem Museum tatsächlich um eine Fälschung handeln, würde ihm Ingolf bald auf die Pelle rücken. Er war jedoch kein Fachmann in Antik-Dingen. Er hatte nur dafür gesorgt, dass die beiden Säufer die Lade stehlen konnten. Mehr war nicht ausgemacht gewesen.

Ob seine Chefin wusste, dass es nur eine Nachbildung war? Immerhin arbeitete sie schon viele Jahre als Leiterin des Bergbaumuseums. Das war alles sehr eigenartig. Er würde aber noch dahinterkommen. Darin war Volker sich sicher. Vor seiner Anstellung im Museum war eine ältere Frau auf seinem Posten gewesen. Diese ging damals in Rente. Wenn, dann musste die alte Frau etwas darüber wissen.

Pünktlich fuhr der Bus auf dem Busbahnhof in Freiberg ein. Auf dem Heimweg passierte nichts Außergewöhnliches. Erschöpft nahm er mit einer Flasche Bier vor dem Fernseher Platz. Eigentlich wollte er nur noch diesen Tag und sein Wettverlust vergessen. Plötzlich klingelte es an seiner Wohnungstür. Volker hoffte, dass es nicht sein Vermieter war. Müde schlürfte er zum Eingang.

„Hallo Ingolf, was willst du denn schon wieder von mir?"

„Willst du mich denn nicht erst mal hereinlassen?", fauchte Ingolf.

„Na dann komm", knurrte Volker unfreundlich zurück. Er konnte sich denken, was der Andere von ihm wollte. „Was liegt an?"

Ingolf schritt, ohne ein Wort zu sagen, an Volker vorbei und setzte sich aufs Sofa. „Du weißt doch genau, warum ich hier bin. Stell dich nicht so dumm." Er nahm Volkers Bierflasche vom Tisch. Im Anschluss trank er einen großen Schluck.

„Heh, lass noch was für mich drin", jammerte Volker.

„Weißt du etwas von einer Kopie der Tischlerlade?" Er sah Volker fragend an. „Oder warst du, beim Tischlermeister und hast ihn krankenhausreif geschlagen?"

„Ich habe ihn doch nur ein bisschen geschubst. Mehr war da nicht. Sehe ich etwa aus wie ein Schläger?"

„Verdammt, was soll das? Wie kommst du darauf nach Dresden zu fahren? Hatte ich dir das nicht verboten?"

„Ja, tut mir leid. Das war mehr so ein Zufall", versuchte Volker sich in einer halbherzigen Erklärung.

„Wieso soll die Tischlerlade eine Fälschung sein? Du hast mir doch das Original aus dem Museum besorgt. Oder etwa nicht?" Ingolf sprach mit nur knapp unterdrückter Wut.

„Davon habe ich auch erst heute erfahren. Keine Ahnung, wie es dazu kommen konnte. Die Lade ist aber genau das Teil, was schon seit Jahren bei uns im Museum steht. Wirklich. Ich bescheiß dich doch nicht."

„Ich warne dich Volker."

„Ingolf, ich mach keinen Scheiß. Die Bullen sind doch auch hinter mir her. Glaubst du, die würden mich verfolgen, wenn die wüssten, dass das eine Nachbildung ist? Ich glaube noch nicht einmal meine Chefin weiß, dass die Lade nicht echt war."

Nach einigen Sekunden des Schweigens schien Ingolf diese Aussage zu akzeptieren. Volker atmete beruhigt auf. Er hatte bereits mehr als genug Feinde auf der Welt. Mit Ingolf wollte er es sich auf gar keinen Fall verscherzen.

„Der Tischlermeister will jetzt sein Geld wiederhaben oder das Original", erwiderte Ingolf daraufhin.

„Ich habe doch auch nicht gewusst, dass die Lade eine Kopie ist." Versuchte Volker Ingolf zu erklären: „Ich bin kein Fachmann für so altes Zeugs. Ich arbeite im Museum nur am Schalter und führe die Touristen herum – mehr nicht."

Ingolf meinte: „Du hättest dich vorher erkundigen müssen, ob es eine Fälschung ist."

„Im Museum stehen nur Originale. Warum sollte ich das überprüfen? Das ergibt doch gar keinen Sinn", maulte Volker. „Ich habe nur nach deinen Anweisungen gehandelt, Ingolf. Du wolltest doch alles andere regeln. Schieb jetzt nicht mir den Schwarzen Peter zu. Das ist nicht fair."

Ingolf winkte ab: „Ich hatte doch auch keine Ahnung, dass die Lade eine Kopie war." Er schaute indes Volker skeptisch an. „Wo warst du eigentlich heute Morgen? Ich war bereits zweimal hier bei dir."

„Ich sage nur: Galopprennbahn Dresden."

„Du hast dir schon wieder Geld geborgt? Bist du noch ganz bei Trost? Und wie viel Kohle hast du diesmal auf der Rennbahn gelassen?", wollte Ingolf wissen.

Volker ignorierte die Frage jedoch und schlug gleich ein anderes Thema an. „Ich überlege gerade, wer die Lade ausgetauscht haben könnte."

„Das du mal nachdenkst, ist ja was ganz Neues."

Volker beachtete auch diese Bemerkung nicht. „Da kommt bloß meine Chefin in Frage. Jemand anderes würde mir nicht einfallen."

„Meinst du echt?"

„Auf jeden Fall. Wer sonst?"

„Kannst du der nicht mal bisschen Angst einjagen?", fügte Ingolf an.

„Wie soll denn das funktionieren?“

„Was willst du sonst machen?“

„Du, ich habe da eine andere Idee“, erinnerte sich Volker an etwas. „Ich war in Dresden und habe mit dem Metallrestaurator gesprochen. Der Tischlermeister hat die Lade zu ihm gebracht und er sollte darin ein Geheimfach suchen.“

„Das war nicht abgemacht“, schimpfte Ingolf. „Wie kommst du nur auf die Idee, Leute nach der Lade auszufragen?“

Volker überhörte die anklagenden Worte von Ingolf und erklärte weiter: „Da soll ein kleiner Hebel sein, der das Versteck öffnet.“

„Und?“

„Da es aber eine Fälschung war, ist auch kein Hebel und kein Geheimfach vorhanden. Ich habe langsam das Gefühl, dass es um eben jenes Fach geht. Beziehungsweise darum, dass es ein besonderes Geheimnis enthält. Die Lade an sich ist bestimmt vollkommen egal. Dein Tischlermeister ist hinter etwas ganz anderem her.“

„Auf was genau willst du hinaus?“

„Dann frag mal den Mann, was an einem Geheimfach so interessant sein soll“, ätzte Volker. „Ich glaube, der macht noch einen Rückzieher von der ganzen Sache.“

„Und jetzt?“

„Keine Ahnung.“ Ingolf schob die leere Bierflasche über den Tisch. „Hast du noch eine?“

„Nein, das war meine Letzte“, erwiderte Volker.

„Bei dir ist wirklich Ebbe in der Kasse“, lästerte Ingolf. „Wir bleiben an der Original-Lade dran. Irgendwer muss die ausgetauscht haben. Anders kann es gar nicht sein. Volker, du horchst am Dienstag deine

Chefin aus. Vielleicht weiß die ja was. Mich persönlich interessiert jetzt brennend, was in dem Geheimfach ist."

Ingolf stand von seinem Stuhl auf und ging zur Tür. Volker folgte ihm. Anschließend verabschiedete sie sich kurz.

„Wie du schon sagtest, der Holzwurm weiß mehr."

„Wie geht es jetzt weiter?", fragte Volker.

„Wir treffen uns morgen auf der Poststraße um 13:00 Uhr. Da können wir alles Weitere besprechen, oder hast du was anderes vor? Und erzähl mir keine Märchen. Du brauchst schließlich nicht ins Museum. Ihr habt am Montag geschlossen", betonte Ingolf.

„Ja, aber ich muss wieder zu den Bullen. Die Kommissarin hat mich bestellt. Sie meint, ich gehöre zum Kreis der Verdächtigen. Immer wenn Sie ein neues Indiz hat, will Sie es mir anhängen." Volker flüsterte: „Sehe ich etwa so aus, als wenn ich mit dem nächsten Flieger abhauen würde?"

„Hat sie denn etwas Konkretes gegen dich in der Hand?"

„Ich sag es dir, sobald ich es weiß."

„Na dann Tschüss bis morgen Volker." Ingolf drehte sich im Gehen noch einmal auf der Treppe um: „Ich werde jetzt auch noch nach Olaf und Mike sehen. Nicht, dass die etwas versauen. Hoffentlich plaudern die im Suff nicht aus, woher sie das Geld für die vielen Biere haben."

XXI

Am Springbrunnen an ihrem Stammplatz lungerten andere Männer herum. Ingolf hatte die Typen noch nie im Leben gesehen.

„Wisst ihr, wo ich Olaf und Mike finde? Die sitzen doch öfters hier." Ingolf sah sich suchend um.

„Vor fünf Minuten waren sie noch im Pavillon am Hauptweg. Mit einer ganzen Tasche voll Bier." Ein junger Mann mit Glatze und Tätowierungen auf Armen und Oberkörper sah Ingolf fragend an. „Was willst du den von den beiden? Bist du von den Bullen oder was?" Er konnte seine zwei Hunde kaum beruhigen, die an der Leine zogen.

Ingolf schüttelte seinen Kopf. „Nur privat – keine Polizei."

Er verabschiedete sich schnell und lief Richtung des Pavillons. Sonderliche Lust, sich weiter mit den Halbstarken zu unterhalten, hatte er nicht. Es würde für ihn nur Stress bedeuten. Ingolf sah sie zum Glück schon von weitem mit den Bierflaschen in der Hand dasitzen.

„Hallo ihr zwei, wieso sitzt ihr im Pavillon? Ich dachte, ihr haltet euch sonst meistens am Springbrunnen auf. Oder hattet ihr Angst vor dem großen Hund?"

„Der, der tut nichts", lachte Mike. „Der will nur spielen. Die Jungs sind in Ordnung. Wir hatten noch nie Ärger mit denen. Stimmt´s Olaf?"

„Es hat heute Morgen geregnet. Und im Pavillon haben wir ein Dach über den Kopf", beantwortete Olaf die Frage. Er bot Ingolf eine Flasche Bier an und zeigte auf einen Platz neben Mike. „Setz dich! Hast du wieder Arbeit für uns?"

„Nein, ich wollte nur mal nach euch sehen - was ihr so treibt und so."

„Wir hatten uns gerade unterhalten, wie schön es doch in der DDR war. Mike und ich, wir haben in der Pama am Bahnhof gearbeitet. Wir hatten damals Familie und ein geregeltes Einkommen. In der Welt herum reisen konnten wir zwar nicht. Das war uns aber egal. Wir waren wenigstens Teil von etwas. Nicht wie heute – wo jeder auf uns herabsieht."

„Da kannst du nicht mitreden Ingolf. Du stammst aus dem Westen", fügte Mike hinzu. „Wo unsere Fabrik stand, ist jetzt ein Einkaufcenter am Bahnhof. Die haben alles platt gemacht. So ist es mit vielen Fabriken in Freiberg und Umgebung passiert. Entweder stehen sie heute leer, oder sie werden abgerissen. Als ob jemand die ganze Geschichte auslöschen will."

Olaf winkte resigniert ab. „So ist das aber nun mal. Wir können es nicht ändern. Die Wende hat alles neu und so schön gemacht."

„Wieso bist du eigentlich nach Freiberg gezogen?" Mike prostete Ingolf zu. „Hat es dir im Westen nicht mehr gefallen? Oder hast du Dreck am Stecken?"

„Nein, meine Oma wohnte in Freiberg. Sie wurde krank und brauchte meine Hilfe. Ich war ihr einziger Enkel. Meine Eltern leben zudem auch nicht mehr. Also habe ich meine Oma gepflegt, bis sie verstorben ist. Nun habe ich gar keine näheren Verwandten mehr", erwiderte Ingolf traurig.

„Und was machst du jetzt so?", wollte Mike wissen.

„Ich verdiene mein Geld mit Antiquitäten – An- und Verkauf. Das wisst ihr aber schon von mir." Ingolf schob seine leere Bierflasche in Mikes Beutel. „Schluss jetzt mit der Fragestunde. Deswegen bin ich nicht hier. Wollt ihr euer Leben lang hier sitzen und saufen?" Ingolf stand von der Bank auf und schlug den beiden vor: „Gönnt euch doch mal einen Urlaub. Fliegt mal ins Ausland, oder macht eine Busreise. Ihr habt doch das Geld von mir bekommen, oder wollt ihr alles versaufen? Verschwindet doch einfach für ein paar Tage aus der Stadt. Solange der Volker immer wieder zur Polizei bestellt und verhört wird, ist es hier ganz schön heiß."

„Du hast schon recht, Ingolf. Hoffentlich hält Volker die Schnauze und verplappert sich nicht", sagte Olaf.

„Die alte Dame, die im Krankenhaus liegt, hat ihr Gedächtnis bestimmt noch nicht wiedererlangt", warf Mike ein. „Sonst hätte sie Volker auf einem Bild wiedererkannt. Da brauchst du dir keine Sorgen zu machen."

Ingolf meinte: „Das kann sich ganz schnell ändern. Und wen sie sich an euch erinnert, sind wir alle am Arsch."

„Stimmt." Olaf sah Mike an. „Darüber haben wir noch gar nicht nachgedacht."

„Darum sollt ihr auch einen klaren Kopf behalten. Ein zwei Bierchen reichen doch am Tag, oder? Ihr könntet auch bei euch zu Hause trinken. Ihr müsst euch nicht immer hier im Park herumdrücken."

„Wenn du meinst."

„Wie dem auch sei. Ich muss jetzt weiter. Passt einfach auf, dass ihr keine Scheiße anstellt. Vor allem haltet euch bedeckt. Nichts wäre schlimmer, als jetzt aufzufallen."

Ingolf verließ den Pavillon so schnell er konnte. Er wusste, dass es zwecklos war, den beiden einen guten Rat zu geben. In Gedanken ging er das Gespräch mit Mike und Olaf noch einmal durch. Das war das letzte Mal, dass die beiden einen Auftrag von ihm erhalten hatten. Die zwei waren längst mit Fingerabdrücken und Fotos bei der Polizei registriert. Das brachte mehr Ärger ein, als dass es von Vorteil für ihn war.

Ingolf eilte nach Hause, er wollte noch ein Telefonat mit dem Tischlermeister führen. Die Sache musste sich doch friedlich regeln lassen.

XXII

„Hallo Ingolf, wir setzten uns am besten vor das Restaurant. Es muss ja nicht jeder mithören, worüber wir reden." Volker wies mit einer Geste auf freie Plätze.

„Das ist eine gute Idee."

„Ich hab letztens Olaf und Mike im Park getroffen. Die waren nicht gut drauf. Du hast dir wohl die beiden zur Brust genommen?"

Ingolf verdrehte seine Augen. „Bitte ein anderes Thema, Volker. Was wollen wir wegen der Lade unternehmen? Da muss eine Lösung her. Ich treffe mich morgen mit dem Tischlermeister in Dresden."

„Ja und?"

„Am Telefon wollte ich nicht mit ihm diskutieren. Dem geht es bestimmt um seine Kohle. Der bekommt aber keinen Cent von mir zurück."

„Ist es immer noch die gleiche Geschichte?", wollte Volker wissen.

„Was denkst du denn? Das hängt höchstwahrscheinlich mit dem Geheimfach zusammen."

Volker nickte. „Frage ihn, was in dem Geheimfach Wertvolles sein soll. Danach können wir uns überlegen, wie es weitergeht. Zuerst soll er aber die Karten auf den Tisch legen."

„Du kannst auch endlich mal bei deiner Chefin das Thema Lade ansprechen. Die kann nur ein Angestellter ausgetauscht haben. Das hab ich dir aber schon einmal gesagt. Traust du dich nicht? Oder wo liegt das Problem? Du hast die Sache genauso verbockt. Also bieg das gefälligst wieder gerade."

Volker überlegte: „Meine Chefin war das auf keinen Fall. Die ist immer überkorrekt. Auf so eine Idee würde die nie kommen. Ich werde mal vorsichtig nachfragen, wer vor mir im Museum gearbeitet hat. Es kann nur einer der Ehemaligen sein."

Ingolf bezahlte die Rechnung und verließ mit Volker die Gaststätte. „Apropos, was wollte die Polizei von dir? Du solltest dich doch heute wieder melden. Oder nicht?"

Volker blieb mitten auf Straße stehen und sah Ingolf fragend an. „Woher weißt du das jetzt schon wieder?" Als er keine Antwort bekam, redete er weiter. „Die haben von mir nur die DNA genommen und der Kommissar hat gesagt, dass die Lade jetzt bundesweit gesucht wird."

„Was noch?", wollte Ingolf wissen.

„Und dass die Oma ihr Gedächtnis noch nicht wiedererlangt hat. Sobald sie sich an etwas erinnern kann, wird es eine Gegenüberstellung geben. Ich kann nur hoffen, dass es nicht so schnell passiert", meinte Volker. „Außerdem war es im Keller finster. Da hat man kaum was gesehen. Ich glaube nicht, dass sie mich wiedererkennt. Und wenn doch, dann lasse ich mir was einfallen."

„Hoffentlich ist es dann nicht zu spät", knurrte Ingolf.

„Du kennst mich doch. Im Ausreden finden, bin ich nie verlegen." Volker klopfte sich siegessicher auf die Brust.

„Was wäre eigentlich, wenn sie die originale Lade finden? Dann wären wir doch groß raus. Keine Fingerabdrücke und keine DNA von uns. Grundsätzlich bringt uns absolut nichts mit der tatsächlichen Lade in Verbindung."

„Träum weiter. Das bringt mich aber wieder auf das ursprüngliche Thema: Geheimfach. Wer auch immer die Lade ausgetauscht hat, hat das Geheimfach bestimmt schon leergeräumt“, erwiderte Ingolf.

„Oder die wissen nichts von dem Geheimnis.“

„Warum sollten die sonst die Lade vertauscht haben? Das waren mit Sicherheit Sammler. Die haben sich schon vorher informiert, was in der Lade war. Die Diebe wussten garantiert von dem Geheimnis und wie sie die Lade unbemerkt aus dem Museum herausbekommen. Ich werde noch einmal mit den Tischlermeister reden. Der wollte sie ja unbedingt haben.“

„Und er weiß von dem Geheimfach“, betonte Volker. „Dann kennt er auch den Inhalt davon.“

„Mir war eigentlich egal, was er mit der Lade wollte. Jetzt interessiert es mich aber brennend. Ich fahre morgen nach Dresden und rede mit ihm. Ich würde dich ja mitnehmen, du musst aber ins Museum“, stichelte Ingolf. „Deine Kohle hast du ohnehin längst auf der Pferderennbahn gelassen. Ich möchte lieber nicht wissen, wer so dumm war und dir neues Geld geliehen hat.“

„Jetzt hör aber mal auf. Das nächste Mal werde ich groß abräumen. Das habe ich im Gefühl.“

Ingolf winkte ab. „Du und deine Gefühle haben dir nur Schulden eingebracht. Wach endlich auf und such dir ein vernünftiges Hobby.“

Volker schüttelt energisch den Kopf. „Für mich gibt es keine anderen Hobbys.“

„Was hast du denn jetzt vor?“, wollte Ingolf wissen.

„Ich gehe zu meiner Mutter. Ich habe sie schon lange nicht mehr besucht. Sie jammert mir immer die Ohren voll, dass ich endlich mein Leben in den Griff bekommen soll. Außerdem käme ich sie angeblich nur besuchen, wenn ich Geld bräuchte. Damit hat sie zwar auch Recht. Das muss sie mir aber nicht jedes Mal vorhalten." Volker wirkte niedergeschlagen, als er sich von Ingolf verabschiedete. „Wenn meine Mutter erfährt, dass ich am Diebstahl im Museum beteiligt war, verzeiht sie mir das nie."

„Das wird sie nicht erfahren. Du brauchst dich nur nicht verplappern bei der Polizei und verlass Freiberg nicht. Du hörst von mir, wenn ich mit den Tischlermeister gesprochen habe."

Ingolf war schon ein paar Schritte von Volker entfernt. „Ach noch was", rief er ihn zurück.

„Was willst du denn noch?", knurrte Volker. „Verkauf den Humpen nicht. Die Polizei weiß sofort: Wo der Humpen ist, ist auch die Lade. Warte noch ein paar Monate, bis Gras darüber gewachsen ist. Das muss ich dir aber bestimmt nicht noch einmal erklären."

„Ja, ja, du hast gut reden. Du brauchst schließlich auch nicht so dringend Geld wie ich." Volker ließ seinen neuen Freund beleidigt stehen.

Mit schnellem Schritt eilte er zur Wohnung seiner Mutter. Sie hatte versprochen, das Abendbrot zuzubereiten. Es wäre die erste richtige Mahlzeit, die er diese Woche zu sich nehmen würde. Das riesige Loch in seiner Kasse zwang Volker dazu, sich nur von billigem Fastfood zu ernähren. Beim Gedanken an selbstgemachte Buletten lief ihm bereits das Wasser im Mund zusammen.

XXIII

„Sag mal Walter, hast du jemanden im Keller gesehen?"

„Nein, warum?"

„Das Licht war eingeschaltet und die Tür nicht verschlossen", meinte Otto.

„Und dabei hast du dir extra den Kellerschlüssel besorgt", spottete Walter. „Aber weißt du, mir gehen ganz andere Gedanken durch den Kopf. Wir sind noch nicht viel weiter mit dem Fall. Das nervt mich. Ich kann nur hoffen, dass wir eine neue Spur oder wenigstens einen Hinweis finden, den wir vorher vielleicht übersehen haben. Die Staatsanwaltschaft sitzt mir bereits im Nacken. Wir müssen endlich etwas liefern."

Die Kommissare gingen langsam den Stollen entlang und leuchteten den Fußboden ab. Sie hofften, etwas auf dem Boden zu finden, das ihnen zuvor entgangen war. In dem langen und dunklen Gang war das durchaus möglich.

„Na wen haben wir den hier, Walter?" Otto leuchtete mit der Taschenlampe eine Person von oben bis unten ab, die an der Wand gelehnt dastand. „Ich glaube es nicht. Das ist Frau Schmidt aus dem ersten Stock." Otto sah die Frau böse an. „Können wir erfahren, was Sie hier zu suchen haben?"

„Die Herren Kommissare, guten Tag. Ich bin hier nur in meinem Keller unterwegs. Der Gang gehört ja gewissermaßen dazu. Das ist wohl kaum gegen das Gesetz. Außerdem wollte ich die Tür finden."

„Was denn für eine Tür, Frau Schmidt?"

„In der Zeitung stand, das Diebesgut wurde durch einen Keller transportiert. Deswegen bin ich nun auf der Suche nach dem Eingang."

„Und warum veranstalten Sie so eine Torheit?“, wollte Walter erfahren. „In Ihrem Alter dazu noch.“

„Ich habe meiner Freundin versprochen, den Grobian zu finden, der ihr das angetan hat.“

„Das kann aber sehr gefährlich sein, Frau Schmidt“, schlug Otto in dieselbe Kerbe. „Stellen Sie sich mal vor, die Diebe kommen nochmal durch den Gang. Was machen Sie dann?“

Hanneliese horchte auf: „Da bin ich wohl auf der richtigen Spur, meine Herren?“ Sie sah die Kommissare fragend an.

Walter bot der Frau seinen Arm an. „Kommen Sie, ich bringe Sie zurück in Ihre Wohnung. Das hier ist kein Ort für Sie.“

Hanneliese winkte dankend ab. „Ich bin alleine in den Gang gelaufen und gehe auch alleine wieder.“ Sie schob den dargebotenen Arm beiseite. „Ich verschwinde erst, wenn Sie mir mitteilen, wo die Tür zum Museum ist, die in den Stollen führt.“

„Liebe Frau Schmidt, wenn ich Ihnen das sage, dann versprechen Sie uns aber, nicht wieder in den Gang zu gehen. Der Stollen wird sowieso bald zugemauert. Das Oberbergamt ist bereits dahingehend instruiert.“

„Wir hatten gehofft, in dem Gang noch etwas zu finden, was uns weiterhilft. Zumindest solange, wie der Stollen noch offen ist“, meinte Otto.

„Die Diebe sind hier durchgekommen.“ Walter zeigte mit der Hand in den rechten Gang. „Dort ist die Tür zum Museum.“

Frau Schmidt nahm nun das Angebot an und harkte sich bei Walter ein.

„Otto, kommst du alleine klar beim Suchen? Ich begleite nur die Dame in ihre Wohnung zurück. Ich bin sofort wieder da.“

„Mich wird schon nicht gleich das Stollengespenst holen“, scherzte Otto.

Der Beamte führte die Frau vorsichtig den Weg entlang und die Kellertreppe hinauf.

Hanneliese Schmidt bedankte sich: „Jetzt kann ich alleine laufen. Vielen Dank, Herr Kommissar.“

Der Polizist nickte „Und denken Sie daran, was Sie uns versprochen haben.“

„Ja, Herr Kommissar. Ich gehe nicht wieder in den Gang.“

XXIIII

„Hallo Volker, schön, dass du wieder mal vorbeischaust.“ Frau Meier freute sich, ihren Sohn wiederzusehen. „Setz dich mein Junge. Willst du was essen? Du warst ja lange nicht mehr bei mir. Wie geht es dir denn, mein Junge?“

„Ich wollte etwas von meinen Schulden abbauen“, meinte Volker, um sein Kommen zu erklären. „Bist du mit 50 Euro im Monat zufrieden, Mama?“ Volker drehte seine Hosentaschen nach außen. „Mein Vermieter bekommt auch noch Geld. Da kann ich dir nicht mehr geben. Es tut mir leid.“

„Ist schon Gut mein Junge. Wenn du das jeden Monat durchhältst, bin ich zufrieden.“ Sie strich ihm mit der Hand übers Haar. „Aber versprich mir bitte, dass du nicht mehr an Pferdewetten teilnimmst. Die Beamten haben mich auch schon deswegen ausgefragt. Ich musste doch die Wahrheit über deine Schulden sagen.“

„Das geht die Polizei nichts an, Mama. Was wollten die überhaupt von dir? Ich meine, außer der Sache mit den Sportwetten. Hast du denen irgendwas erzählt?"

„Sie wollten wissen, wie es mit deinen Finanzen aussieht und ob du irgendwo in der Kreide stehst. Der Kommissar berichtete mir etwas von einem Diebstahl im Museum. Du hast doch hoffentlich nichts damit zu tun, mein Junge? Ach Volker, ich bin immer ohne Schulden durchs Leben gekommen." Seine Mutter berührte unbeholfen seinen Arm. „Was ist nur aus dir geworden? Ist es, weil du ohne deinen Vater aufgewachsen musstest? Oder bist du in schlechter Gesellschaft? Du warst doch früher immer ein so anständiger Junge."

Volker warf verzweifelt die Hände in die Höhe. „Ja, ja, Mama. Ich werde mich bessern. Versprochen." Volker überlegte krampfhaft, wie er seine Mutter überzeugen sollte, dass sie seine Klamotten wäscht. Er versuchte es direkt „Mama, sei mir nicht mehr böse. Kann ich meine Sachen zum Waschen wieder vorbeibringen? Ich hab da gerade mit Problemen im Museum zu kämpfen."

Sie lächelt ihren Jungen an. „Na klar. Du musst doch sauber und ordentlich auf Arbeit gehen. Sei froh, dass du noch eine Arbeitsstelle hast. Es gibt immer mehr Arbeitslose in der Stadt." Seine Mutter zählte daraufhin auf, wer alles in ihrem Bekanntenkreis ohne Anstellung war.

„Ja, ja, du hast wie immer Recht." Er drückte seine Mutter. „Ich bringe dir die Sachen heute Nachmittag vorbei. Ist das okay?"

„Ist gut mein Junge. Ich koche dir auch deine Lieblingsspeise."

Er hatte ein schlechtes Gewissen. „Bis heute Nachmittag. Und Tschüss."

Wenn seine Mutter wüsste, was ihr kleiner Junge so alles anstellte. Sie hatte es aber auch nicht leicht in ihrem Leben gehabt. Ohne Mann und nur mit wenig Geld hatte er dennoch eine schöne Kindheit verlebt. Dabei hatte sie stets das Beste daraus gemacht. Volker durfte sogar studieren. Das Studium brach er aber nach dem sechsten Semester ab. Er hatte absolut keinen Bock mehr aufs Lernen gehabt.

Wenn er wenigstens einmal richtig bei den Pferdewetten gewinnen würde. Dabei hatte er vor den Rennen immer ein gutes Gefühl. Die Analysen trafen oftmals zu. Seine Pferde waren im Vorrennen stets vorn dabei. Im Hauptrennen landeten sie aber leider mit unter den Letzten. Es war, als würde ein Fluch auf ihm liegen.

In dem Moment fing es zu regnen an. Volker rannte schnell nach Hause. Er wechselte seine nassen mit trockenen Sachen und überlegte, wie er zu Geld kommen konnte. Er schloss die Augen und massierte sich die Schläfen. Ihm fiel aber nichts ein. Es gab niemanden mehr, den er noch nicht angepumpt hatte.

XXV

Ingolf betrat die kalte unpersönliche Werkstatt.

„Guten Tag, Tischlermeister Fichtner. Ich bin heute gleich persönlich gekommen. Wir müssen über die Lade und das Geld sprechen." Ingolf setzte sich auf einen Stuhl und streckte genüsslich seine Beine aus.

„Ich bin der Betrogene und möchte mein Geld zurück", fauchte der Schreinermeister Ingolf an. „Was gibt es da noch zu bereden?"

„Es war doch Ihr Auftrag. Sie waren zuerst im Museum und hätten als Fachmann erkennen müssen, dass es kein Original war. Ich habe nur Ihren Auftrag ausgeführt“, konterte Ingolf. „Für alles andere bin ich nicht verantwortlich. Ich habe geliefert, was bestellt wurde.“

„Ja, ja, Sie haben Recht“, Fichtner lief unruhig hin und her. Ihm war die Sache offensichtlich sehr peinlich. „Das war aber eine sehr gute Kopie. Die konnte man nicht auf den ersten Blick erkennen. Ich bin schlichtweg davon ausgegangen, dass im Museum nur Originale stehen.“

„Normalerweise ist das auch so“, fiel Ingolf ihm ins Wort.

„Wie kommt dann aber so eine Nachbildung ins Bergbaumuseum?“

„Keine Ahnung. Ich weiß nicht, wer die Lade ausgetauscht hat. Ein guter Bekannter von mir, nimmt sich der Sache aber in diesem Augenblick an. Keine Sorgen, ich bin da schon dran. Ich will doch, dass unser Geschäft zu einem guten Ende kommt. Sobald wir wissen, wer die originale Lade hat, holen wir sie wieder zurück.“

Fichtner sah ihn mit frisch entfachtem Optimismus an.

Ingolf rieb seinen Daumen und Zeigefinger. „Aber das kostet noch mal fünftausend Euro. Umsonst macht das mein Bekannter nicht.“

„Ich habe für die Lade schon mehr als genug bezahlt. Alles andere ist ihre Sache“, schimpfte der Tischlermeister.

Ingolf sprang von seinem Stuhl auf. „Warum wollen Sie unbedingt die Lade haben? Wenn das eine gute Kopie ist, merkt es doch keiner. Selbst die im Museum haben nicht davon mitbekommen.“ Der Holzstuhl krachte gefährlich, als er nach hinten umstürzte. „Die Polizei sucht jetzt deutschlandweit nach der Truhe“, Herr Fichtner. „Wo ist für Sie der Mehrwert an der ganzen Sache. Ich blick da noch nicht durch."

„Das kann doch Ihnen egal sein. Alles was ich will, ist die originale Lade. Mehr nicht. Das war unser Vertrag. Halten Sie sich gefälligst daran", konterte Fichtner.

„Von mir bekommen Sie keinen Cent zurück, Herr Fichtner. Sie wollten die Truhe aus dem Bergbaumuseum haben, das war unser Geschäft. Diese hab ich Ihnen hier vorbeigebracht." Ingolf stand erbost da. „Zu mehr bin ich nicht verpflichtet."

„Setzen Sie sich doch wieder hin. Im Sitzen kann man besser verhandeln", lenkte der Tischlermeister ein und zeigte auf einen alten Korbstuhl neben dem Tresen.

Norbert Fichtner sah müde und krank aus. Er hatte viel Geld für eine wertlose Kopie bezahlt. Das musste er erst einmal verdauen. Ingolf hatte auf der einen Seite Mitleid mit dem alten Mann. Man hatte letztlich auch ihn betrogen. Das war nicht gut für seine Geschäfte. So etwas sprach sich schnell herum. Er hörte schon seine Rivalen lästern: Der hat sich eine Kopie andrehen lassen.

„Herr Fichtner, sobald ich was Neues von der Lade höre, melde ich mich wieder bei Ihnen. Was ist jetzt aber mit dem Extrabonus?"

Norbert Fichtner erhob sich schwer aus seinem Stuhl. Er stützte sich an der Tischkante ab. „Ist ja schon gut. Mir ist ein Original tausend Mal lieber als eine Kopie. Das müssen Sie doch verstehen. Ich bin Tischlermeister. Eine Kopie könnte ich mir selbst herstellen. An der Innungslade war bereits mein Vater interessiert. Er hat sie aber nur im Museum bewundern können. Als ich noch Kind war, hat mein Vater von nichts anderem gesprochen. Mal eine Nacht im Museum eingeschlossen zu werden und sich die Innungslade genauer anzusehen, waren seine Worte." Er ließ sich wieder auf den Stuhl fallen. „Mein Vater ist vor fünf Wochen verstorben, mit 98 Jahren. Ich habe ihm auf dem Sterbebett versprochen, dass ich die Innungslade zu uns nach Hause hole. Nun wissen Sie, warum ich die Lade unbedingt haben möchte." Müde hob der Tischlermeister seine Hand. „Ich gebe Ihnen das Geld. Und Sie bringen mir die originale Lade. Diesmal aber die Echte."

„Das wird aber noch etwas dauern, bis ich herausbekommen habe, wo die ursprüngliche Lade ist."

Ingolf drückte sich aus dem ächzenden Korbstuhl hoch und verabschiedete sich von dem Tischlermeister. Der dachte wohl, er wüsste nichts von dem Geheimfach. Leider hatte Ingolf immer noch nicht herausgefunden, was der Inhalt von eben diesem war. Allerdings stellte das nur noch eine Frage von Tage dar. Irgendwer würde ihm diese Antwort liefern. Davon war er felsenfest überzeugt.

XXVI

„Hallo Volker, ich war beim Tischlermeister. Es ist alles geklärt. Sobald er die originale Truhe hat, erhältst du nochmals einen großen Batzen Euros."

Volkers Miene strahlte vor Freude. „Klasse, es ist heute mit Abstand das erste Positive, was ich zu hören bekomme."

„Hast du im Gegensatz auch ein gutes Wort für meine Ohren?", wollte Ingolf wissen. „Was gibt es Neues aus dem Museum und von deinen Nachforschungen?"

„Nur Stress gibt es. Die Kleinschmidt ist jetzt viel unterwegs. Ihre Mutter ist angeblich schwer krank. Deswegen muss sie jetzt öfters nach ihr sehen. Und ich soll den Laden alleine schmeißen. Wenn das so weitergeht, kündige ich“, jammerte Volker.

„Das kannst du doch nicht machen. Wie sollen wir sonst an die originale Lade kommen?“ Ingolf schüttelt energisch den Kopf. „Nur vom Museum aus können wir dem Geheimnis auf die Spur kommen.“

„Das ist mir doch klar. Du musst mir das nicht immer wieder sagen. Ich versuche doch schon mein Möglichstes. Mir macht aber noch etwas ganz anderes Kopfschmerzen. Was ist, wenn sich die Oma im Krankenhaus an alles erinnern kann? Wenn die ihr Gedächtnis widererlangt, bin ich im Arsch. Die wollen dann eine Gegenüberstellung anordnen.“

„Mach dir kein Stress. Die alte Frau kann die zwei Schnapsdrosseln mit Sicherheit nicht beschreiben.“

Volker lief aufgeregt auf und ab. „Das glaubst auch nur du. Die hat die zwei doch regelrecht ausgefragt, was sie im Keller zu suchen haben. Da müssen wir uns unbedingt noch was einfallen lassen.“

Ingolf winkte ungeduldig ab. „Das hat noch Zeit. Horch lieber endlich deine Frau Kleinschmidt aus, wer vor dir alles im Museum gearbeitet hat.“

„Da hast du Recht, Ingolf. Das werd ich gleich morgen machen.“

Ingolf verabschiedete sich kurz: „Bis dann.“

Volker überlegte, wie er am besten seine Chefin über ehemalige Angestellte aushorchen konnte. Er wusste, dass vor ihm eine alte Schachtel im Haus gearbeitet hatte. Er nahm sich vor, pünktlich zu sein. Wenn seine Chefin schlechte Laune hatte, redet sie nur selten mit ihm. Miese Laune hatte sie meistens dann, wenn er zu spät kam.

Am nächsten Morgen sah Irene Kleinschmidt überrascht auf ihre Uhr. „Es gibt doch noch Zeichen und Wunder. Guten Morgen Herr Meier, gab es gestern noch was Besonderes?"

„Nein, nur ein Besucher wollte wissen, wo die ältere Dame ist."

Irene Kleinschmidt war beleidigt. „So alt bin ich nun auch wieder nicht."

Volker verkniff sich ein Lachen. „Sie waren doch nicht gemeint, Frau Kleinschmidt. Niemand würde Sie als alt bezeichnen. Sie stehen doch in der Blüte des Lebens. Der Gast meinte, er wäre vor Jahren schon einmal in diesem Museum gewesen – vor etlichen Jahren. Er hätte damals eine sehr informative Führung von einer Dame im fortgeschrittenen Alter bekommen. Nun hatte er sich auf eine Weitere gefreut. Nur leider arbeitet keine ältere Dame mehr hier. So konnte ich dem Gast nicht helfen."

Frau Kleinschmidt schüttelte ihren Kopf. „Auf was für Ideen die Leute manchmal kommen. Wenn es erst gestern passiert wäre, würde ich das verstehen. Nach Jahren aber, da stimmt doch etwas nicht."

Volker überhörte die zweifelnden Worte seiner Chefin und erzählte weiter. „Ob wir eine Adresse von ihr hätten, hatte mich der Gast gefragt. Er würde heute noch mal vorbeikommen. Ich habe ihm keine Hoffnung gemacht. Ich kannte die Frau ja nicht, auf die er sich bezog."

„Nun beruhigen Sie sich wieder, Herr Meier. Wenn der Besucher wiederkommt, rufen sie mich. Ich werde mir den Mann mal genauer ansehen."

Volker fühlte sich schon auf der Siegstraße. Nur nichts übertreiben, überlegte er sich, sonst kam seine Chefin noch hinter seinen Plan. „Wenn ich mich erinnere, haben Sie mich für eine Frau eingestellt? Da war doch mal was."

„Ja, das stimmt." Irene Kleinschmidt dachte kurz nach. „Das war Frau Zimmermann. Sie war viele Jahre lang hier im Haus beschäftigt. Eine sehr kluge Frau. Sie wusste über alles Bescheid, was in den Vitrinen steht. Jedes Detail, jede Jahreszahl und jede Herkunft hatte sie in ihrem Kopf gespeichert. Studiert, hatte sie aber nie. Deswegen bin ich auch Leiterin des Museums geworden."

Volker sah seine Chefin zweifelnd an. „Sie haben studiert? Das wusste ich gar nicht."

„Im Vergleich zu anderen habe ich mein Studium auch beendet, Herr Meier." Irene Kleinschmidt schaute Volker wissend an und ging in ihr Büro, um zu telefonieren.

Er rannte seiner Chefin hinterher. „Ja und nun wo wohnt diese kluge Frau?"

„Das weiß ich nicht aus dem Kopf. Da muss ich erst mal nachsehen. Wir haben irgendwo bestimmt noch die alten Personalakten. Aber erst nach meinem Telefongespräch, Herr Meier. So schnell werden Sie die Information wohl kaum brauchen. Ich kann außerdem keinem Fremden die Adresse einer ehemaligen Mitarbeiterin geben. Das müssen Sie doch verstehen. Wegen dem Datenschutz und so. Gehen Sie jetzt wieder an die Kasse – falls Besucher kommen."

„Ja, da haben Sie absolut recht. Wenn er wiederkommt, sage ich, wir haben keine Adresse von dieser Frau Zimmermann."

Volker ging mit einem breiten Lächeln auf den Lippen aus dem Büro. Es klappte doch, mehr wollte er nicht erfahren. Sobald Frau Kleinschmidt zu ihrer Mutter gegangen war, würde er im Büro nach der Adresse suchen.

Nach einer halben Stunde verließ Irene Kleinschmidt endlich das Museum. Sie war, wie von ihm gehofft, wieder auf dem Weg zu ihrer Mutter, die dringender Pflege bedurfte. Was ihn normalerweise unglaublich nervte, kam ihm hier zugute. Endlich war er bis auf wenige Touristen allein im Haus.

Schnell betrat Volker das Büro. Hoffentlich merkt seine Chefin nicht, dass er in ihren Akten herumgeschnüffelte. Dann konnte sie sich bestimmt denken, nach was er gesucht hatte. Volker griff nach den obersten Ordnern auf denen „Personal" stand. Bereits die erste Akte enthielt die gewünschte Information. So leicht hatte er sich die Suche nicht vorgestellt. Er schrieb schnell die Adresse auf einen kleinen Notizzettel.

Seine Chefin hatte höchstwahrscheinlich ebenso nach der Anschrift gesucht. Sonst würde der Ordner nicht oben liegen, grübelte Volker. Erika Zimmermann auf der Nonnengasse in Freiberg. Da konnte Ingolf gleich morgen dieser Frau Zimmermann auf den Zahn fühlen. Die Oma im Krankenhaus konnte noch warten. Volker grinste hämisch, hoffentlich hielt der Zustand noch lange an.

Schnell überprüfte Volker noch Fenster und Türen, um pünktlich das Museum verlassen zu können. Mit einem Telefonat regelte er alles.

„Hallo Ingolf, wir müssen uns heute Abend noch treffen. Hast du Zeit? Okay? Also 18:00 Uhr beim Otto-Denkmal auf dem Obermarkt. Alles klar. Ich habe die Adresse von der Frau, die vor mir im Museum gearbeitet hat."

Volker brauchte gar nicht nach Hause gehen. Die Zeit bis zum Treffen verbrachte er im Dönerladen um die Ecke. Fünf Minuten vor dem Termin lief er los.

„Was soll ich bei dem Schauerwetter auf dem Obermarkt? Konnten wir uns nicht bei dir zu Hause treffen?", schimpfte Ingolf.

„Es ist besser, du lässt dich nicht so oft bei mir sehen."

„Warum das denn?"

„Mein Vermieter hat die Augen und Ohren immer offen, wer in seinem Haus ein und aus geht. Vor allem bei mir. Der hat mich auf dem Kieker wegen der ausstehenden Miete."

„Wo hast du denn keine Schulden?", lästerte Ingolf.

„Ich habe die Adresse von dieser Frau Zimmermann", wechselte Volker das Thema. „Das habe ich dir doch schon am Telefon gesagt."

Ingolf sah seinen Spezi fragend an. „Und wer ist Frau Zimmermann nun?"

„Lass mich doch erst mal ausreden", meckerte Volker ungeduldig. „Das ist die Frau, die vor mir im Museum gearbeitet hat. Nur sie kann die Lade ausgetauscht haben. Die Kleinschmidt schließe ich eigentlich aus. Die hat mindestens noch zehn Jahre, ehe sie in Rente geht. Bei ihrer kranken Mutter wird sie wohl kaum so ein Risiko eingehen. Die Polizei hat sie auch in die Mangel genommen – ohne Ergebnisse."

„Wie siehst du die Sache, Ingolf?"

„Können wir nicht endlich aus diesem Scheißwetter raus?"

„Willst du zum Ratskeller gehen? Ich könnte dich einladen. Mein Lohn ist heute aufs Konto gekommen."

„Wow, du hast ja heute die Spendierhosen an", lachte Ingolf.

Sie betraten den Ratskeller und bestellten sich jeweils ein Bier.

„Wie hast du dich entschieden, Ingolf? Gehst du zu dieser Frau Zimmermann?"

„Warum besuchst du sie denn nicht? Ihr könnt euch doch wunderbar über das Museum unterhalten. Da habt ihr gleich ein paar Gemeinsamkeiten. Anschließend kannst du mit ihr nach und nach über die Lade und das Geheimfach reden."

Volker schüttelt den Kopf. „Ich hab es nicht so mit alten Frauen. Außerdem hab ich ja schon alles herausgefunden. Du kannst nun auch mal etwas machen."

„Also gut, ich gehe Morgen zu ihr und lass mir was einfallen, wie ich sie aushorchen kann." Volker bezahlte die Zeche und beide verließen den Ratskeller.

XXVII

„Einen wunderschönen guten Tag Frau Zimmermann. Ich komme von der Altertumsbehörde."

„Das kann jeder behaupten", knurrte die alte Frau.

Ingolf Weber zog einen alten leicht speckigen Sportausweis aus der Gesäßtasche und hielt ihn der erschrockenen Frau direkt unter die Nase, die daraufhin keine weitere Erwiderung herausbrachte. Mit seinen 45 Jahren und dem adretten Erscheinungsbild wirkte er wie ein Mann vom Amt. Er hoffte darauf, dass die Frau ihm dies tatsächlich abnahm. Letztlich hatte er sich extra seinen besten Anzug angezogen, um möglichst seriös zu wirken.

„Sie können sich bestimmt denken, warum ich Sie aufsuche. Können wir das vielleicht in Ihre Wohnung besprechen?"

Zugleich zeigte er sein gewinnendstes Lächeln, um nicht gefährlich zu erscheinen. Sein Job war es, Dinge zu besorgen, die nicht unbedingt mit legalen Mitteln zu erwerben waren. Hier bei der älteren Dame hoffte er, fündig zu werden.

„Ich weiß gar nicht, was Sie von mir wollen." Erika Zimmermann stemmte ihre Fäuste in die Hüften und funkelte Ingolf böse an. „Wenn sie nicht sofort verschwinden, rufe ich die Polizei."

„Das dürfen Sie gerne tun, gute Frau. Dann können Sie aber auch gleich den Beamten sagen, dass Sie die Lade umgetauscht haben. Eventuell wäre für die Beamten interessant, dass im Freiberger Bergbaumuseum nur eine minderwertige Kopie stand. Dann würden vielleicht der Einbruch und der Diebstahl ganz anders bewertet werden."

Ingolf war sich absolut nicht sicher, ob die Frau etwas über das Geheimfach wusste. Wovon er jedoch ausging, war der Fakt, dass die Frau beim damaligen Umtausch mit beteiligt war. Zumindest hatten Volkers Nachforschungen etwas in diese Richtung ergeben. Seiner Meinung nach hatte diese so nett wirkende alte Frau definitiv Dreck am Stecken. Beweisen konnte er diese These im Augenblick noch nicht. Das war aber nur noch eine Frage der Zeit.

„Es ist nachweisbar, dass die Innungslade in der Zeit, als Sie noch im Museum angestellt waren, ausgetauscht wurde."

„Welche Lade? Ich weiß nicht, von was Sie reden."

„Ich rede von der Innungslade. Die Lade der Freiberger Tischlerzunft. Fällt jetzt bei Ihnen der Groschen?"

Die erschrockene Frau schüttelt energisch ihren Kopf. „Ich weiß von nichts, bitte gehen Sie!"

„Ein Vögelchen hat mir zugeflüstert, dass nur Sie in Frage kommen."

„Bringen Sie mir ihr Vögelchen, dann reden wir weiter."

„Geben Sie doch endlich zu, dass nur Sie es sein können."

„Das kann nicht sein, so etwas würde ich niemals machen. Wie kommen Sie nur darauf, mir so etwas vorzuwerfen? Ich verbitte mir solche Unterstellungen."

„Wie man mir gesagt hat, sind Sie eine Expertin für antike bergmännische Kunst. Haben Sie da nicht als Museumsangestellte gearbeitet? Sie hätten doch bestimmt bemerkt, wenn die Lade eine Kopie wäre."

„Natürlich hätte ich das!", fuhr Erika Zimmermann erbost auf. „Ich versteh immer noch nicht, was Sie von mir wollen. Was denken Sie, wer Sie sind. So einen Ausweis kann jeder nachmachen. Ich fordere Sie auf, endlich von hier zu verschwinden."

Ingolf Weber tat jedoch gar nicht dergleichen. Stattdessen fuhr er stur mit seiner Befragung fort. Ihre Reaktion hatte ihm gezeigt, dass er ins Schwarze getroffen hatte. Niemand verhielt sich so, der eigentlich unschuldig war.

„Wollten Sie nicht die Polizei rufen, gute Frau? Zumindest haben Sie mir das noch vor ein paar Minuten angedroht. Vielleicht sollte ich das nun selbst erledigen. Ich wäre wirklich sehr gespannt, was die Kollegen zu der ganzen Sache zu sagen haben."

In dem Moment zückte Ingolf sein Handy und tat so, als würde er eine Nummer wählen. Frau Zimmermann fiel augenblicklich in sich zusammen. Wie es schien, war sein Plan aufgegangen. So konnte nur eine schuldige Person reagieren, war ihm vollkommen klar.

„Kommen Sie herein, das lässt sich nicht zwischen Tür und Angel besprechen."

Die Alte hatte angebissen, ging es ihm frohlockend durch den Kopf. Ingolf folgte nun der untersetzten Frau in die Wohnung. Das einstmals blonde Haar war bereits von einer Vielzahl grauer Strähnen durchzogen. Welche der Farben die Oberhand hatte, war für ihn schwer zu sagen. Ihr Gang war schleifend, als trage sie eine schwere Last. Die Klamotten wirkten auf ihn schon älter und abgetragen. Hatte die Frau eventuell Geldprobleme? Das wäre durchaus ein Ansatz, um an Informationen zu gelangen. Oftmals reichten da bereits ein paar kleine Scheine aus, um die Zunge von solchen Menschen zu lockern.

„Wollen Sie einen Kaffee, junger Mann? Oder kann ich Ihnen etwas anderes anbieten?" Kurz war sie noch im Flur stehengeblieben. Sie hatte offensichtlich Angst und musste sich ablenken.

„Nein danke, ich habe nicht sonderlich viel Zeit. Ich möchte nur von Ihnen erfahren, was damals mit der Innungslade passiert ist. Alles andere interessiert mich nicht. Und lassen Sie auch irgendwelche Kekse oder Kuchen stecken."

Ingolf folgte der Frau nun weiter in die dunkle Wohnung hinein, die sich ohne ein weiteres Wort umgewendet hatte. Nach dem Flur betrat er ein kaltes und altmodisch eingerichtetes Zimmer. Es wirkte, als wäre es aus einer anderen Zeit hierher versetzt. Vergilbte Bilder, uralte Fotografin und DDR-Kitsch hingen zuhauf an den Wänden verteilt.

Beide nahmen sie an einem Tisch Platz. Für eine ganze Zeit lang sahen sie sich stumm an. Jeder wartete darauf, dass der andere zuerst mit reden anfing. Ingolf erkannte, dass die Frau mit sich rang. Er sollte den Druck noch ein wenig erhöhen, wurde ihm klar.

„Ich habe nicht mehr viel Zeit, gute Frau. Ich habe heute noch andere Termine. Herr Meier und Frau Kleinschmidt aus dem

Bergbaumuseum sind von der Polizei bereits überprüft worden. Nun sind Sie die Nächste, die einer Befragung unterzogen wird."

Ingolf schlug energisch mit einer Faust auf den Tisch. Befriedigt sah er zu, wie die Frau zusammenzuckte. Nicht mehr lang und er hatte sie soweit, war er sich sicher. Irgendwas verheimlichte diese alte Schachtel ihm. Er musste nur noch herausbekommen, was es genau war. Steckte am Ende diese unscheinbare Oma hinter allem?

„Die Behörden fragen die Hausbewohner, Ihre Familienangehörigen und alle Freunde über Sie aus, Frau Zimmermann. Reden Sie also jetzt mit mir, solange es noch nicht zu spät ist."

Das Gesicht von Erika Zimmermann wurde immer röter. Ingolf vermutete, dass sich die Frau innerlich aufregte.

„Das können die Beamten nicht mit mir machen. Ich bin eine alte Frau und weiß nicht mehr, was vor Jahren im Museum alles passiert sein könnte."

„Das Sagen Sie mal lieber der Polizei, Frau Zimmermann und nicht mir. Diese Ausreden interessieren mich nicht die Bohne."

Die ehemalige Angestellte des Museums stand nun von ihrem Stuhl auf und lief unruhig auf und ab. Ingolf konnte sehen, wie sie mit sich selbst rang. Immer mehr war er sich nun sicher, dass er die entscheidenden Informationen hier erhalten würde. Am Ende war es sogar diese alte Schreckschraube, die hinter dem ganzen Verschwinden steckte. Damit hatte er in dem Moment allerdings am allerwenigsten gerechnet. Er sollte sie weiter unter Druck setzen, sonst säße er morgen noch hier, überlegte sich Ingolf.

„Also Frau Zimmermann, wie ich die Sache sehe, kommen wir nicht weiter. Ich werde die Polizei benachrichtigen. Wir können uns ja nicht friedlich einigen."

Erikas Lippen waren zu einem schmalen Strichen zusammengepresst. Sie musterte ihn lange, ehe sie mit ihrer Beichte anfing.

„Versetzten Sie sich mal in meiner Lage. Fünfundvierzig Jahre habe ich gearbeitet und nur eine kleine Rente in Aussicht. Ich wurde immer nur nach meiner Position bezahlt und nicht nach meinem Wissen. Da hat mir ein Besucher das Angebot gemacht: Zehntausend Euro im Umtausch für die Innungslade. Er wäre vom Fach und könnte sie originalgetreu nachbauen, sagte er zu mir. Ich müsse mir überhaupt keine Gedanken machen, dass das jemand bemerken könnte."

Ingolf sah sich schon siegessicher. „Und das haben Sie dem Verbrecher geglaubt? So gutgläubig hätte ich Sie gar nicht eingeschätzt, Frau Zimmermann. Was ist danach passiert? Mich interessiert vor allem das Geheimfach, gute Frau. Woher wissen Sie überhaupt von dem Geheimfach?"

Mit vor der Brust verschränkten Armen stand Erika da und blickte ihn an. „Wie Sie schon sagten, ich bin vom Fach und habe die Innungslade genau untersucht. Früher wurden in den Innungsladen die Meisterbücher und die Kasse der jeweiligen Zünfte aufbewahrt. Da ist es doch logisch, dass es ein Geheimfach geben muss." Sie lief zum Fenster und drehte ihm den Rücken zu.

„Und was haben Sie gefunden, gute Frau? Lassen Sie sich doch nicht jedes Wort einzeln aus der Nase ziehen."

„Nichts war in dem Fach." Sie zog die Schultern hoch. „Ich hatte gehofft, alte Zeichnungen über Tischlerarbeiten von vor sehr langer Zeit zu finden. Mein Mann hat mir auch nicht geglaubt und wollte sich persönlich überzeugen. Er wollte, dass ich ihm das Geheimfach öffne."

Ingolf sah sie böse an. „Das nehme ich Ihnen auch nicht ab."

Die Frau hob verzweifelt ihre Hände in die Höhe.

„Frau Zimmermann, warum wollte Ihr Mann das Geheimfach sehen?"

„Das habe ich ihn auch gefragt, aber keine Antwort erhalten."

„Ich mache Ihnen einen Vorschlag, weil Sie mir so sympathisch sind." Er grinste sie noch unverschämt an als zuvor. „Sie geben mir die Papiere aus dem Geheimfach und ich gehe nicht zur Polizei."

Erika drehte ihm weiterhin den Rücken zu. Ingolf ging ein paar Schritte auf sie zu.

„Sind Sie froh, dass Sie den Tausch vor Jahren durchgeführt haben. Am Museum ist heutzutage eine Videokamera zur Überwachung angebracht. Da wäre ihr Handel gleich aufgeflogen. Damit wären Sie direkt vorbestraft." Ingolf lachte in sich hinein. Die alte Frau hatte er am Haken.

„Ist ja schon gut, junger Mann Ich hole die Papiere." Erika lief um den Tisch in Richtung Sofa. Sie nahm aus einer Zigarrenkiste, die sie unter dem Sofa versteckt hatte, die Papiere. Erika schob ihm einen kleinen Stapel über den Tisch und fauchte ihn an. „Kann ich mich darauf verlassen, dass Sie nicht zur Polizei gehen?"

„Aber natürlich Frau Zimmermann. Wie haben Sie früher immer gesagt? Pionier Ehrenwort." Er überflog schnell die Papiere und steckte sie ein. „Ich habe aber noch eine Frage. Haben Sie die Adresse von demjenigen, der die Lade kopiert hat."

„Nein, das wollte er nicht. Er meinte, es ist besser, wenn wir nichts voneinander wüssten."

„Wie ist der Umtausch dann abgelaufen."

„Das geht Sie gar nichts an. Verschwinden Sie jetzt endlich."

„Aber Frau Zimmermann, wir sind doch bis jetzt beide so gut miteinander ausgekommen. Oder nicht? Sie haben mir alles gebeichtet. Da können Sie mir auch noch den Rest erzählen."

Erika Zimmermann schloss die Augen und massierte sich die Schläfen. Offensichtlich hatte sie Kopfschmerzen. Es war ihr wohl mittlerweile alles zu viel.

„Eines Tages stand er im Museum und sagte: Er hätte die Kopie der Lade im Auto auf dem Untermarkt. Wenn es am günstigen wäre mit dem Umtausch, soll ich die Museumstür weit auflassen. Als die Museumschefin zum Mittagstisch ging, habe ich die Tür geöffnet." Erika holte tief Luft und erzählte weiter. „Es kamen drei Herren mit einer Sackkarre und wechselten schnell beide Laden aus. Auf der Straße war kein Mensch zu sehen. Es ging ganz fix und keiner hat etwas gemerkt. Der Mann drückte mir das Geld in die Hand und sagte: Wir haben uns nie gesehen. Ich sah mir natürlich gleich die Lade an und stellte fest, dass es eine gute Kopie war. Außer mir würde wohl kaum jemand den Unterschied feststellen. Dazu wäre eine eingehende Begutachtung nötig gewesen."

Ingolf sah die Frau direkt an. „Es muss doch Ihrer Chefin aufgefallen sein, dass es kein Original ist?"

„Eigentlich nicht. Wie gesagt, die Replik war richtig gut gemacht." Sie schaute Ingolf müde an. „Glauben Sie mir, junger Mann Ich habe immer noch ein schlechtes Gewissen. Ich hatte aber keinen Namen und keine Adresse, um es rückgängig zu machen."

Erika Zimmermann stand von ihrem Stuhl auf und gab Ingolf mit einer Geste zu verstehen, dass er gehen soll. Ingolf reagierte darauf jedoch nicht. Stattdessen befragte er sie weiter.

„Sie haben bestimmt in der Zeitung gelesen, dass die Lade aus dem Museum gestohlen wurde. Hatten Sie da keine Angst, dass nun alles auffliegt?“

„Ich habe keine Zeitung, die ist mir zu teuer. Außerdem war ich schon viele Jahre nicht mehr im Museum. Das geht mich alles nichts mehr an. Das ist in einem anderen Leben passiert. Und jetzt verschwinden sie endlich. Wie lange wollen sie mir noch auf die Nerven gehen?“

„Ist ja schon gut, Frau Zimmermann. Und auf nimmer wiedersehen.“ Ingolf verabschiedet sich. „Ich gebe Ihnen einen guten Rat. Lassen Sie nicht jeden in Ihre Wohnung, gute Frau.“

Er hörte nur noch, wie sie wutentbrannt die Tür hinter ihm zuknallte. Anschließend machte er sich auf den Weg zu Volker. Obwohl er nun einen Teil der Geschichte kannte, war Ingolf nicht viel weitergekommen. Noch immer wusste er nicht, wer damals die originale Lade geklaut hatte.

„Hallo Ingolf. Mensch du sollst doch nicht immer bei mir vorbeikommen. Was gibt es denn so Dringendes, dass du so spät noch klingelst?“ Volker fand es nicht gut, dass sie sich erneut trafen.

„Willst du mich nicht erst mal hereinlassen? Oder soll ich dir etwa vor der Tür erzählen, was ich bei Frau Zimmermann erfahren habe?“

„Nein, komm herein. Schieß los, was hat sie gesagt?“

„Na was schon? Sie hat erst alles abgestritten. Ich habe sie dann ganz nett davon überzeugt, mir die Wahrheit zu sagen.“

Volker war ganz aufgeregt. „Wie hast du denn das hinbekommen?“

Ingolf gab sich ganz cool. „Ich habe ihr mit der Polizei gedroht. Danach wurde sie gleich ganz gesprächig. Sie hat mir einfach alles gebeichtet. Ein Fremder hat ihr ein sehr gutes Angebot gemacht. Da konnte sie nicht nein sagen. Jetzt kommt die Hauptsache, die für uns wichtig ist. Sie hat erst das Geheimfach geleert, ehe sie die Lade verscherbelt hat."

„Ich wusste doch, dass es meine Chefin nicht war", fiel Volker ihm ins Wort."

Ingolf ging gar nicht darauf ein. „Dabei sah die alte Frau gar nicht so gerissen aus. Sie wollte später noch mal kassieren, hat sie mir anvertraut."

„Was war denn nun so Wertvolles in dem Geheimfach? Mensch Ingolf, lass dir doch nicht jedes Wort einzeln aus der Nase ziehen."

„Angeblich sind es nur Papiere über Tischlerarbeiten, die vor langer Zeit gezeichnet wurden."

„Das hat die Frau dir erzählt. Ob das aber die Wahrheit ist?" Volker wurde ungeduldig und lief hin und her. Er blieb vor Ingolf stehen und sah ihn zweifelnd an. „Hast du wenigstens die Dokumente mitgenommen?"

„Nun bleib mal ruhig Volker. Das habe ich, obwohl es nicht einfach war. Die Frau ist zwar alt, aber nicht dumm. Irgendetwas verschweigt sie noch, das habe ich im Gefühl. Ich werde mir morgen die Papiere genau ansehen. Danach fahre ich nach Dresden."

Volker erklärte Ingolf: „Du hättest sie mitbringen können. Ich bin Experte für alte Schriften. Da ist bestimmt noch ein weiteres Geheimnis versteckt. Außer den Dokumenten meine ich. Warum will der Tischlermeister die Lade sonst so unbedingt haben? Da geht es mit Sicherheit um viel Geld – sehr viel Geld."

Volker lief weiter unruhig in seinem Zimmer hin und her.

„Nun setz dich doch endlich mal hin, Volker. Du machst mich ganz nervös“, schimpfte Ingolf. „Erst mal sehen, was der Schreinermeister dazu sagt, wenn ich mit den Papieren auftauche.“

„Der hat bestimmt mit einem Schatz gerechnet. Der wird denken, du willst ihn verarschen.“

Ingolf wiegte den Kopf hin und her. „Der war auf Unterlagen scharf und nicht auf einen Schatz. Da bin ich mir sicher.“

Volker lästerte: „Wenn er unbedingt ein Geheimfach will, dann kann er sich selbst eins einbauen. Die Papiere, die er morgen von dir bekommt, kann er ja hineinlegen. Oder bist du andere Meinung?“, er schaute Ingolf fragend an.

„Jetzt müssen wir noch das mit der alten Frau im Keller klären“, antwortete dieser. „Eigentlich kannst du das machen. Du hast doch mit der Frau gesprochen. Setze einfach eine Brille auf und schieb dir deine langen Haare unter eine Mütze. So wird die dich mit Sicherheit nicht erkennen. Geh ins Krankenhaus, wo die Frau aufgenommen wurde. Finde raus, wie die Lage ist.“

Volker jammerte: „Wie soll ich das denn erledigen? Ich kann sie doch nicht umbringen. Ich bin kein Mörder und die zwei Schnapsdrosseln gleich gar nicht.“

„Hör mal zu Volker, ich habe das mit der Erika Zimmermann geklärt und du machst das mit der Oma im Klinikum. Wie du das anstellst, ist deine Sache.

„Aber ich kenne doch gar nicht den Namen der Frau und auf welcher Station sie liegt.“

„Du stellst dich doch sonst nicht so dumm an“, meinte Ingolf. „Ist dir denn keine Schwester oder ein Pfleger aus dem Krankenhaus bekannt, die du fragen kannst?“

„Ich kenne niemand, der dort arbeitet – vielleicht aber Mike oder Olaf“, erwiderte Volker.

„Jetzt regnet es, da stehen die beiden bestimmt vor dem Kaufland. Da haben sie ein Dach über dem Kopf und sind gleich an der Quelle, wenn das Bier alle ist. Was machen wir aber, wenn die auch niemanden aus der Klinik kennen?“

„Wir suchen erst mal die zwei auf, dann werden wir weitersehen.“

Sie sahen schon von weitem Olaf und Mike mit der Bierflasche in der Hand vor dem Einkaufszentrum herumlungern.

„Nicht mal der Regen kann die Schluckspechte vom Bier abhalten“, lästerte Volker.

„Hallo ihr zwei. Seid ihr nüchtern? Wir haben eine Frage.“

Mike antwortete beleidigt: „Sind wir doch immer, Ingolf.“

„Kennt ihr jemanden, der im Krankenhaus arbeitet? Zum Beispiel eine Krankenschwester oder einen Pfleger?“

„Bis du krank Ingolf, oder suchst du eine neue Arbeit?“

„Kennt ihr nun eine Person oder nicht? Es geht auch um euch. Oder soll ich Morgen wiederkommen, wenn ihr nüchterner seid?“

„Nein, nein, Ingolf. Ich überlege schon. Ich kenne aber niemanden.“ Olaf sah seinen Trinkkumpanen an „Und du?“

„Wieso wollt ihr das überhaupt wissen?“ Mike wurde offensichtlich langsam misstrauisch.

„Die ältere Frau im Keller hat euch gesehen. Wenn sie ihr Gedächtnis wiedererlangt und euch erkennt, seid ihr dran. Wollt ihr das etwa oder gebt ihr mir nun endlich mal eine vernünftige Antwort?“

„Ich kenne eine Krankenschwester“, überlegte Mike laut. „Wie ist denn der Name von der Oma? Ich könnte ja mal nachfragen.“

Volker hob die Schultern. „Das ist es ja. Wir brauchen jemanden, der im Krankenhaus arbeitet, um genau das herauszufinden. Wir wissen im Prinzip absolut gar nichts."

Mike erwiderte: „Warum warten wir nicht darauf, dass sie aus der Klinik entlassen wird?"

„Weißt du denn, wann sie entlassen wird oder wo sie wohnt?"

„Nee."

„Na also. Sauft nicht so viel und kümmert euch darum. Ihr geht morgen früh ins Krankenhaus. Du suchst da deine bekannte Krankenschwester auf und fragst sie aus."

„Seid vorsichtig. Die Polizei ist auch im Klinikum unterwegs", erwiderte Volker. „Die Bullen hoffen, dass die Frau bald ihr Gedächtnis wiedererlangt."

„Okay Ingolf, wir lassen uns was einfallen", antwortet Mike. „Können wir dich tagsüber erreichen?"

„Nein, ich fahre geschäftlich nach Dresden und komme erst am Abend zurück."

Olaf und Mike verabschiedeten sich von Ingolf und Volker.

Tags darauf war es angenehm warm und sonnig. Ingolf betrat die Werkstatt vom Tischlermeister.

„Guten Morgen Herr Fichtner, ich habe etwas für Sie."

„Das glaube ich Ihnen nicht." Fichtner lief mit großen Schritten auf Ingolf zu. „Haben Sie wirklich die originale Lade?" Er sah sich suchend um. „Wo ist sie denn? Sie haben die Lade hoffentlich gleich mitgebracht."

„Nicht so schnell, Herr Fichtner. Alles der Reihe nach“, erwiderte Ingolf. „Als Erstes habe ich die ursprüngliche Lade nicht. Ich habe aber den Inhalt des Geheimfaches mit. Bevor wir dazu kommen, haben wir ein Problem. Ich sehe gerade, dass die Polizei vor Ihrer Tür hält.“

„Oh Herr Weber gehen sie schnell ins Lager. Die Tür rechts dahinten.“

Aufgeregt rannte Fichtner zur Tür. Der Tischlermeister warf verzweifelt die Hände in die Höhe. Kaum war Ingolf im Lager verschwunden, wurde die Eingangstür geöffnet.

„Guten Tag die Herren, was darf ich für Sie tun?“, fragte Fichtner. „Wir wollen uns nur mal bei Ihnen umsehen. Dürfen wir das?“, sagte eine Stimme.

„Ich weiß nicht, was Sie bei mir suchen, meine Herren. Haben Sie ein Durchsuchungsbefehl oder etwas Ähnliches mit?“ Man hörte Fichtner die Belastung an.

„Brauchen wir denn einen, Herr Fichtner?“, sagte eine zweite Stimme.

„Wir schauen uns nur oberflächlich um. Wenn Sie uns das erlauben würden?“, setzte wieder die Erste ein. „Wie Sie aus den Medien mitbekommen haben, wurde in einem Freiberger Museum eine Tischlerlade gestohlen.“

„Uns wurde gesagt, wir sollen bei unseren Streifen die Tischlereien der Stadt überprüfen“, wechselte die Sprache wieder zum Ersten. „Dürfen wir uns mal umsehen, Herr Fichtner?“

Ingolf vernahm, wie jemand ein paar Schritte lief. „Sie glauben doch nicht etwa, dass ich gestohlene Ware kaufe oder verkaufe? Aber bitte schauen Sie sich ruhig im Geschäft um, ich habe nichts zu verbergen.“

Für eine Weile waren mehrere Schritte und dumpfe Geräusche zu vernehmen.

„Herr Fichtner, was ist hinter der rechten Tür?"

„Das ist nur mein Holzlager. Ein Kunde sucht sich gerade ein Holzmuster für einen Schrank aus."

„Ist es uns erlaubt, mal einen Blick hineinzuwerfen?"

„Ja, natürlich dürfen Sie das. Ich gehe gleich voraus. Sonst denkt der Kunde noch, ich habe etwas verbrochen."

In dem Augenblick öffnete sich die Tür, hinter der Ingolf bis eben gewartet und gelauscht hatte.

„Entschuldigen Sie junger Mann. Dürfte ich sie bitten, Morgen noch einmal vorbeizukommen? Die Polizei macht nur eine Routinedurchsuchung. Nicht dass Sie denken, ich hätte mir was zu Schulden kommen lassen."

„Ja natürlich Herr Fichtner. Das ist absolut kein Problem." Ingolf verabschiedete sich höflich. „Dann bis morgen."

Ihm tat der Handwerksmeister teilweise leid. Hoffentlich verplappert sich dieser nicht. So wie der aussah, war er zehn Zentimeter kleiner geworden, vor Angst. Ingolf beobachtet die Werkstatt von einem Hauseingang gegenüber. Er wollte warten, bis die Polizei verschwunden war.

Keine zehn Minuten später verließen die Bullen den Betrieb. Binnen kurzer Zeit war Ingolf zurück in der Werkstatt.

„Na Herr Fichtner, haben die etwa die Lade gefunden?"

„Konnten Sie nicht noch ein bisschen warten Herr Weber? Vielleicht haben die noch was vergessen und kommen gleich wieder zurück."

Ingolf winkte ab. „Das glaube ich nicht."

„Was ist nun mit der Lade, Herr Fichtner?"

Der Meister lächelte hämisch und schloss die Ladentür. „Ich habe die Lade gut versteckt oder denken Sie, ich stelle die Lade für jedermann sichtbar aus. Herr Weber, ich bin zwar alt aber nicht dumm. Nun zum Geschäftlichen. Zeigen Sie mir doch erst einmal die Papiere aus dem Geheimfach. Schließlich habe ich dafür bezahlt. Also gehören sie mir. So war unser Handel."

„Ist ja gut", Ingolf wedelte mit den Dokumenten vor Norberts Gesicht. „Hier sind die Papiere. Ich habe noch eine andere Sache laufen und muss jetzt gehen."

Fichtner hielt Ingolf am Arm fest. „So schnell geht das nicht Herr Weber. Ich muss mir die Unterlagen erst genauer ansehen. Können Sie mir überhaupt garantieren, dass die Papiere aus dem Geheimfach sind? Setzen Sie sich. Ich sehe mir das Ganze kurz durch."

Er holte einen neugestalteten Stuhl und stellte ihn vor Ingolf. Der Tischlermeister blätterte aufgeregt die Seiten durch. Ingolf ließ sich auf den Stuhl nieder und beobachtete ihn. Nach einiger Zeit sah er die enttäuschte Miene von dem Mann.

„Das ist nicht das, was ich suche."

„Die Frau hat mir alles gegeben, was im Geheimfach war."

„Sind Sie sich da sicher, Herr Weber?" Fichtner schob die Papiere hin und her. „Ich hatte mir was anderes erhofft. Damit kann ich nichts anfangen."

„Mehr gibt es leider nicht. Falls Sie wieder was von mir brauchen, rufen Sie mich an." Ingolf sprang von seinem Stuhl auf. „Ich habe noch was zu erledigen. Das habe ich Ihnen schon einmal gesagt. Ich werde jetzt gehen."

Der Tischlermeister drehte sich plötzlich um und stellte sich vor Ingolf. „Herr Weber geben Sie mir die Adresse der Frau, von der sie die Papiere bekommen haben. Ich werde mich selbst mit ihr unterhalten. Mein Vater hat von anderen Dokumenten gesprochen, die in der Lade sein sollen."

„Herr Fichtner, ich habe die Dame unter Druck gesetzt. Die hat keine anderen Papiere. Ich habe sogar mit der Polizei gedroht. Sie hat geschworen, dass es keine weiteren Unterlagen gibt. Ich habe ihr im Gegenzug versprochen, niemand von meinem Besuch zu erzählen. Ich habe nicht vor, dieses Versprechen zu brechen."

„Ist ja schon gut, Herr Weber. Ich werde selbst irgendwie die Adresse der Frau herausbekommen."

XXVIII

„Na Ingolf, wie war es in Dresden? Lief alles gut ab?" Volker sah ihn fragend an. „Na komm schon, erzähle."

„Hör mir bloß auf. Die Polizei war auch beim Tischlermeister. Ich glaube, die sind jetzt überall. Gefunden haben sie aber nichts. Der Mann ist ja nicht dumm. Mussten die Bullen aber gerade dann kommen, wenn ich dort bin?"

Volker fiel ihm ins Wort: „Hatte der Holzwurm keine Angst?"

Ingolf erzählte weiter, dass er alles aus einer Ausfahrt heraus beobachtet hatte. „Nach der Durchsuchung sind sie schnell wieder verschwunden. Ich bin neuerlich in die Werkstatt gegangen. Er war kein bisschen aufgeregt oder nervös. Eiskalt hat der die Razzia durchgezogen."

„Lass dir doch nicht jedes Wort aus der Nase ziehen", schimpfte Volker. „Wo hat der denn die Lade versteckt?"

„Danach habe ich ihn nicht gefragt. Er hätte es mir ohnehin nicht verraten. Der Holzwurm hat seine Papiere bekommen. Damit ist das Problem für mich erledigt. Oder siehst du das anders, Volker?"

„Nein, du hast es schon richtig gemacht. Mal sehen, was Olaf und Mike erreicht haben."

Ingolf und Volker liefen Richtung Obermarkt.

XXVIIII

„Da kommen Sie ja schon, Ingolf, und direkt mal pünktlich", lästerte Volker.

„Na ihr Zwei, was gibt es Neues?", grüßte Ingolf sie.

„Wir haben leider noch nicht herausbekommen, auf welcher Station die Oma untergebracht wurde. Wenn wir wenigstens den Namen der alten Frau wüsten. So ist das aber echt kompliziert." Olaf gab ihr Versagen offen zu.

„Morgen früh gehe ich noch mal ins Krankenhaus, und versuche etwas herauszubekommen", ergänzte Mike zu dem Gesagten.

„Ihr wisst, die Zeit wird knapp. Ich benötige Ergebnisse und keine Ausreden." Ingolf drängte sie, etwas zu unternehmen.

„Wir wissen doch, um was es geht", jammerte Mike. „Das brauchst du uns nicht immer wieder zu erklären. Auch wenn wir gerne einen trinken, aber wenn uns die Oma erkennt, sind wir aufgeschmissen."

„Nicht nur ihr", erwiderte Ingolf und tauschte mit Volker einen besorgten Blick aus. „Also gut, wir verlassen uns auf euch. Wir treffen uns morgen zur gleichen Zeit am selben Ort. Okay?"

Ingolf und Volker verabschiedeten sich von Mike und Olaf.

„Und bleibt nüchtern“, rief Ingolf ihnen noch nach.

Mike und Olaf sahen sich verzweifelt an. „Was nun?“

„Die Krankenschwester, die ich kenne, ist schon seit drei Wochen krankgeschrieben. Ich habe sie erst gestern getroffen. Weißt du denn nicht jemand, der im Krankenhaus arbeitet?“ Mike wusste weder ein noch aus.

„Nee ich kenne niemanden. Woher auch? Das sind wohl kaum die Leute, mit denen ich mich sonst abgebe.“

„Wir müssen uns aber was einfallen lassen. Wir gehen einfach mal rüber. Vielleicht haben wir Glück und treffen jemand.“

Entgegen ihren sonstigen Gewohnheiten marschierten Olaf und Mike mit straffem Schritt durch die Stadt. Normalerweise würde sie es sich irgendwo auf einer Bank gemütlich machen. So aber nicht heute. Sie hatten etwas Wichtiges zu erledigen.

„Sieh mal, da kommt eine hübsche Krankenschwester. Nichts wie ran.“ Olaf stupste seinen Kumpel von der Seite her an.

„Hallo schöne Frau, ich habe eine Frage.“ Mike schenkte der Krankenschwester sein schönstes Lächeln. „Meine Tante liegt hier im Krankenhaus. Leider weiß ich nicht auf welcher Station.“

„Da kann ich Ihnen auch nicht helfen. Fragen Sie doch am besten an der Information nach. Die können im System nachschauen und Ihnen die Zimmernummer sagen. Sie brauchen nur den Namen ihrer Tante sagen und schon bekommen Sie die Auskunft.“

„Jetzt sind wir genauso schlau wie zuerst. Was nun?“ Mike wirkte ebenso ratlos, nachdem die Krankenschwester verschwunden war, wie zuvor.

„Mike, du musst den Mann vom Empfang irgendwie weglocken."

„Das bringt doch nichts. Wir haben keinen Namen. Wonach willst du denn im Computer suchen?"

„Da hast du Recht. Wir müssen die Sache anders angehen." Olaf überlegte fieberhaft, wie sie das Problem lösen konnten. „Mike, schau mal. Da kommt eine Reinigungskraft. Die können wir doch aushorchen!"

„Jetzt bist du aber dran, Olaf. Ich hab es eben gerade schon versucht."

„Hallo, schöne Frau. Sie können uns bestimmt weiterhelfen." Olaf probierte es mit der gleichen Masche wie sein Kumpel. „Unsere Tante hat durch einen Sturz ihr Gedächtnis verloren. Auf welcher Station könnte sie untergebracht sein?"

Die Frau sah sie zwei verdutzt an. „Waren sie schon bei der Information? Da kann man Ihnen weiterhelfen."

„Ja, das waren wir. Der Empfang war aber leider leer."

Die Frau setzte ihren Eimer ab. „Das kann ich mir gar nicht vorstellen. Der Tresen ist immer besetzt. Sie können es aber mal auf Station sechs probieren. Fragen Sie dort einfach eine Stationsschwester." Die Frau überlegte kurz. „Es kann auch sein, dass sie auf der Zwölf liegt. Es kommt immer drauf an, ob die Krankenstation gerade freie Betten hat."

„Sind Sie dort auch tätig, weil sie wissen, welche Krankheiten auf der Station behandelt werden?" Olafs Lächeln wurde zunehmend breiter.

„Ich bin überall mal unterwegs. Wenn eine Kollegin sich krankmeldet, gehe ich auch auf eine andere Station."

„Ist ihnen da nicht meine Tante aufgefallen? Sie ist klein, weißhaarig und ein bisschen durcheinander.“ Olaf zeigte mit der Hand bis auf seine Brusthöhe. „So ungefähr ist sie groß und ziemlich neugierig.“

„Nein, ich mach nur sauber und schaue mir die Patienten nicht an.“ Sie griff sowohl nach ihrem Wischmopp als auch einem Eimer und war im Begriff, zu verschwinden. „Dafür habe ich gar keine Zeit. Wenn Sie wüssten, wie viele Zimmer ich zu reinigen habe.“

Olaf nickte verstehend. „Da will ich Sie lieber nicht aufhalten. Sie haben bestimmt gerade Feierabend.“

„Ja, ich muss mich nur noch umziehen. Dann geht es endlich nach Hause.“

„Dürfen wir Sie auf ein Kaffee oder ein Bierchen einladen?“, rief Olaf ihr nach.

„Nein, habe keine Zeit. Aber vielen Dank für das Angebot.“ Sie winkte noch Olaf und Mike zu und verschwand im Personalraum.

„Versuchen wir es auf der Station sechs. Mike, was denkst du?“

„Komm Olaf, ohne Namen können wir hier nichts ausrichten. Sollen doch die zwei Klugscheißer sich selbst darum kümmern. Ich lade dich auf ein Bierchen in die Meißner Gasse ein.“

„Das ist die beste Idee, die du heute hattest. Bis heute Abend fällt uns schon noch eine Ausrede ein.“

XXX

„Frau Kleinschmidt, kann ich meine Mittagspause früher antreten, oder müssen Sie wieder zu Ihrer Mutter?"

„Nein, erst heute Nachmittag. Sie können jetzt gehen, Herr Meier. Das ist kein Problem."

„Ich will nur kurz ins Krankenhaus einen Freund besuchen. Der hatte vor kurzem einen Unfall."

„Hoffentlich nichts Schlimmes. Bleiben Sie aber nicht zu lange bei ihrem Freund. Es haben sich heute noch ein paar Gruppen angemeldet."

Volker verließ schnell das Museum und ging zum Klinikum.

„Guten Tag, ich habe eine Frage." Er begrüßte mit aller Freundlichkeit den Mann am Empfangsschalter des Krankenhauses. „Ich soll von meinem Freund die Tante nach Hause fahren. Ich habe aber leider den Namen vergessen und mein Kumpel geht nicht ans Handy. Ich weiß nur von ihm, dass sie vor ein paar Tagen gestürzt ist und dadurch ihr Gedächtnis verloren hat. Sie haben doch die Namen der Patienten auf ihrer Liste stehen? Wissen Sie, auf welcher Station sie liegt?"

„Da kann ich Ihnen nicht helfen, ohne den Namen. Wissen Sie, wie viele Patienten auf meiner Liste aufgeführt sind. Außerdem wäre das schon allein wegen dem Datenschutz nicht erlaubt. Wir dürfen Patientendaten nicht an jede beliebige Person herausgeben."

„Da soll mein Freund seine Tante eben selbst abholen. Danke für die Auskunft."

Was sollte er jetzt machen? Volker überlegte verzweifelt, wie er trotzdem an die Information kommen konnte. Vielleicht bei einem zweiten Versuch mit einem Trick? Am Empfang saß nach einer halben Stunde eine Frau. Da kam Volker eine Idee.

„Guten Tag, ich komme von Fleurop und soll diese Blumen hier abliefern. Leider steht nur Freiberg Krankenhaus auf der Karte. Ich weiß aber, dass die Person vor ein paar Tagen hier eingeliefert wurde." Volker trat ungeduldig von einem Bein auf das andere.

„Wir haben täglich sehr viele Einlieferungen – Herren, Damen und auch Kinder. Ein bisschen genauer muss es schon sein. Fragen Sie am besten noch mal im Blumengeschäft nach, von wo Sie den Fleurop-Auftrag bekommen haben."

Die Dame am Empfang sah ihn plötzlich vorwurfsvoll an. „Sagen sie mal, die Blumen sind doch nicht von Fleurop? Sie haben die Blumen von unserem Blumenstand gekauft? Ich habe die Blumen heute Morgen selbst gesehen, wie sie angeliefert wurden."

Er war ertappt, ihm fiel etwas anderes ein. „Okay, Sie haben mich erwischt. Ich gebe zu, das war nur der verzweifelte Versuch, Sie kennenzulernen."

Volker legte die Blumen auf den Tresen und schenkte ihr ein verlegenes Lächeln. Er verließ mit einem roten Kopf das Krankenhaus. War ihm das peinlich. Dass ihm so etwas passieren musste. Er eilte schnell ins Museum zurück. Beim Blick auf seine Uhr traf ihn beinahe der Schlag. Mist, zehn Minuten über die Mittagspause – das würde wieder Ärger bedeuten.

Später am Tag warteten Volker und Ingolf auf die beiden Schluckspechte. Olaf und Mike hatten bereits eine halbe Stunde Verspätung. „Na endlich. Habt ihr zwei was im Krankenhaus auf die Reihe gebracht?"

Mike und Olaf schüttelten ihren Kopf. „Nein, ohne Namen keine Aussicht auf Erfolg."

„Und du Volker, hast du wenigstens etwas erreicht?"

„Nein." Er winkte ab. „Wie Mike und Olaf schon gesagt haben – ohne Namen keine Auskunft."

„Naja ihr Versager, da werde ich morgen die Sache selbst in die Hand nehmen." Ingolf tat sich sehr wichtig. „Ich habe da so eine Idee, wie ich den Namen der alten Frau herausbekomme."

„Da bin ich aber gespannt, du Klugscheißer", lästerte Mike.

Mike und Olaf verabschieden sich sehr schnell.

„Habe ich richtig gehört, du willst morgen in die Klinik?" Volker zeigte sich überrascht. „Wie willst du denn das anstellen? Das Krankenhaus gibt uns keine Auskunft, wenn wir den Namen nicht haben. Ich habe mich schon gestern bis auf die Knochen blamiert."

„Lass mich nur machen. Ich habe da so eine Idee."

„Was denn für eine? Sag mal."

„Wie ich bereits sagte: Nur eine Idee. Die muss ich mir heute Abend noch etwas genauer überdenken. Lass dich überraschen."

XXXI

Ingolf studierte intensiv die Klingelschilder von dem Haus, in welchem der Keller lag, aus dem die Lade transportiert worden war. In dem Moment sprach ihn eine ältere Frau unfreundlich an.

„Suchen sie jemand bestimmten in diesem Haus, junger Mann?"

Ingolf fuhr erschrocken zusammen. „Nein, nein, ich informiere mich nur, wer hier im Haus wohnt. Ich stamme nicht aus Freiberg, aber meine Mutter schon. Sie hat hier nur ein paar Jahre gewohnt. Dann ist sie nach Dresden umgezogen."

„Ich wohne hier noch nicht lange. Da kann ich Ihnen leider nicht helfen."

„Beruflich bin ich heute durch Zufall in Freiberg. Ich sollte nachsehen, ob noch Bekannte im Haus lebt."

„Da müssen Sie jemanden anderes fragen. Ich habe keine Zeit zum Plaudern."

Ingolf ließ sich jedoch nicht vertreiben. „Ein älterer Herr aus dem Haus hat mir erzählt, dass hier vor ungefähr zwei Wochen ein Verbrechen im Keller geschehen ist."

„Was für ein älterer Herr?" Die Frau sah ihn zweifelnd an. Sie zuckte aber schließlich mit den Schultern. „So genau weiß ich auch nicht, was passiert ist." Sie schloss die Haustür auf und wollte gerade hineingehen.

Ingolf jammerte aber: „Da wird meine Mutter sehr enttäuscht sein. Sie wollte demnächst nach Freiberg kommen und vielleicht noch jemand Bekanntes im Haus besuchen."

Die Hausbewohnerin drehte sich genervt um. Sie holte tief Luft, „Junger Mann, Frau Schmidt hat mir erzählt, dass ein Unbekannter ihre Freundin Emma im Keller niedergestoßen hätte. Dabei hat sie sich schwerste Verletzung zugezogen und musste ins Krankenhaus."

„Wissen sie was Genaueres?" Ingolf trat näher an die Frau heran.

„Da muss irgendetwas vorgefallen sein. Was genau wollte mir Frau Schmidt nicht sagen."

Die korpulente Frau sah sehr bedrückt aus. Ingolf berührte unbeholfen ihren Arm und spielte den Besorgten. „Was heutzutage alles passiert. Man ist ja im Keller des eigenen Hauses nicht mehr sicher."

„Sie sagen es, junger Mann. Ich muss jetzt gehen.“ Sie öffnete die Haustür und betrat den Flur.

„Ach wissen Sie denn, wie es der armen Frau geht?“ Ingolf stellte seinen Fuß zwischen Tür und Rahmen, damit sie nicht zufallen konnte.

„Warum wollen Sie das alles wissen? Sie kennen die Frau doch gar nicht.“

„Aber meine Mutter kennt Frau Schmidt.“

Sie schaute Ingolf skeptisch an. Die Lippen waren fest aufeinandergepresst.

„Sie müssen mir auch nichts sagen. Immerhin bin ich ein Fremder. Da haben Sie vollkommen recht.“ Er täuschte der alten Frau vor, dass er gehen wollte.

„Na warten sie doch, junger Mann. Frau Schmidt sagte mir gestern, dass die Emma Ende der Woche nach Hause kommt.“

„Na das ist aber eine gute Nachricht, da geht es der armen Frau bestimmt besser. Das freut mich zu hören.“

„Nein, nein, Sie missverstehen mich. Frau Schmidt soll ihre Freundin betreuen. Angeblich hätte sie wohl keine weiteren Verwandten in Freiberg.“ Die Miene der korpulenten Frau verdüsterte sich. „Das ist für Frau Schmidt jedoch eine zusätzliche Belastung. Ich finde das nicht gut. Die gute Frau Schmidt ist doch selbst schon älter und nicht mehr so gut auf den Beinen.“

Ingolf fühlte sich bereits am Ziel. Wie leicht man doch mit Freundlichkeit weiterkam. Er spielte immer noch den jungen Mann, der Mitleid mit der armen Frau hatte.

„Hoffentlich wohnt die Frau nicht so weit entfernt.“

„Soviel ich weiß, wohnt sie auf dem Wernerplatz." Sie winkte ab. Das sind ja zum Glück nur ein paar Minuten. Sonst hätte Frau Schmidt die Freundin bestimmt mit zu sich nach Hause genommen."

„Ich habe noch eine Frage, gute Frau? Wie ist denn der Familienname von der Freundin? Vielleicht kennt meine Mutter diese Emma auch."

„Das weiß ich nicht. Frau Schmidt redet immer nur von ihrer Freundin Emma. Einen Nachnamen hat sie noch nie genannt. Nun ist aber Schluss mit der Fragestunde, junger Mann. Wenn Sie was Genaueres wissen wollen, dann Klingeln Sie bei Frau Schmidt. Ich habe Essen auf dem Herd. Das brennt sonst noch an."

„Ich bedanke mich für Ihre Auskunft. Das war sehr freundlich von Ihnen. Einen schönen Tag Ihnen noch und auf Wiedersehen."

„Danke, Sie auch. So einen netten jungen Mann sieht man heutzutage selten." Leise schimpfte sie vor sich: „Nicht mal im Haus können sie einen grüßen. Und das obwohl sie schon ein paar Jahre bei mir auf dem gleichen Flur wohnen."

Mit den Worten war die Frau im Eingang verschwunden. Ingolf verließ freudig das Haus. Na also, warum nicht gleich so? Man muss nur wissen wie. Weshalb sich die anderen immer so anstellten? Wenn man wollte, dass er gut werden sollte, musste man es selbst in die Hand nehmen.

Nun musste er nur noch ihren Nachnamen herausbekommen. Das konnte aber einer der drei Schwachköpfe übernehmen.

XXXII

Olaf und Mike trafen sich 09:00 Uhr auf dem Wernerplatz.

„Sieh mal, Olaf“, stieß Mike ihn an. „Da kommt die Zeitungstante. Versuch mal dein Glück. Sei aber vorsichtig. So wie es Ingolf gesagt hat. Sonst ruft die augenblicklich die Bullen.“

„Willst du sie nicht gleich lieber selbst ausfragen, wenn du alles besser weißt?“

„Nee, Mike. Mach du es. Ich habe keine Nerven dafür. Du bist da besser dafür geeignet.“ Olaf setzte sich auf eine Bank. „Da kann ich dich von weitem beobachten, ob du Glück hast.“

„Drück mir lieber die Daumen und quatsch nicht so viel.“ Mike eilte auf die Zeitungsfrau zu. „Hallo schöne Frau, ich habe eine Frage. Ich möchte meine Tante Emma besuchen und wollte ihr ein paar nette Blümchen mitbringen. Wissen Sie vielleicht, wo ich hier ein Blumengeschäft finde?“

Die Zeitungszustellerin sah ihn kopfschüttelnd an und lief zum nächsten Haus weiter.

Mike ließ sich nicht abschütteln. „Sie war kürzlich im Krankenhaus. Ich wollte mal nach ihr sehen.“ Er lief neben der Frau und machte ein trauriges Gesicht.

„Auf der Poststraße ist der nächste Blumenladen. Sie brauchen nur an der Post vorbei und dann um die Ecke. Schon stehen Sie vor dem Geschäft.“ Nach einer kurzen Pause ergriff die Postbotin noch einmal das Wort. „Wenn wir die gleiche Emma meinen, die liegt aber noch in der Klinik.“ Sie lief von Haus zu Haus und verteilte ihre Zeitung.

Mike rannte hinter ihr her, in der Hoffnung, mehr zu erfahren. „Meine Mutter schickt mich. Sie hat die Grippe und wollte ihre Schwester nicht anstecken. Darf ich vielleicht mit Ihnen mitgehen und meiner Tante eine Nachricht in den Briefkasten hinterlassen? Nicht das die Leute im Haus noch denken: Was will der fremde Mann bei der Emma am Briefkasten."

Ihr Mund verzog sich zu einem flüchtigen Lächeln. „Na da kommen Sie mal mit." Die Frau zeigte auf das übernächste Haus.

Mike freute sich über seinen Erfolg. Das war gar nicht so schwer, wie er gedacht hatte.

„Der Briefkasten ist an der Haustür angebracht. Da müssen Sie nicht erst in den Hausflur hineingehen." Die Zeitungsfrau murmelte noch etwas Unverständliches und verschwand bereits im nächsten Hauseingang.

„Auf Wiedersehen und einen schönen Tag noch", rief Mike ihr hinterher. Er rieb sich die Hände und lief freudig auf Olaf zu.

„Na Mike, hat es geklappt oder hat die was gemerkt?"

„Hat alles super funktioniert. Ich habe den Nachnamen und weiß, wo sie wohnt."

„Na da haben wir uns das nächste Bierchen redlich verdient."

„Auf jeden Fall. Wir gehen auf den Untermarkt. Da können wir gleich den Meier abfangen, wenn der Feierabend hat."

Die Gaststätte war bis auf zwei Tische gut besucht. Mike und Olaf setzten sich gleich am Eingang auf einen freien Platz.

„Du bezahlst, Mike. Ich habe heute nicht so viel Geld dabei."

Mike lachte. „Ich dachte, du gibst heute einen aus. Wer hat sich denn um die Zeitungsfrau gekümmert? Ich habe den Namen und die Adresse herausbekommen. Und was hast du gemacht?"

„Du kannst doch besser mit Frauen umgehen. Die sind seit meiner Scheidung nicht mehr mein Ding. Es ist also logisch, dass du das machst. Ich bin froh, dass ich meine Alte nicht mehr sehen muss. Die hat die Kohle mit vollen Händen ausgegeben. Wenn ich aber mal mit Kollegen ein Bierchen trinken wollte, war die Hölle los." Olaf klopfte nervös mit dem Bierdeckel auf den Tisch. „Wie kannst du unser schwer verdientes Geld versaufen, geiferte sie. Du warst ja auch öfter dabei und kennst das alles."

„Volker muss jeden Augenblick kommen, wenn er pünktlich ist. Wir sollten gleich zahlen."

„Da kommt er ja schon."

„Hallo Volker, wir haben bereits auf dich gewartet."

„Habt ihr endlich was, oder wieder nur Ausreden?"

Olaf schlug sich auf die Brust. „Dieses Mal haben wir eine gute Nachricht."

„Ihr könnt gleich alles Ingolf mitteilen. Der wartet bereits auf euch. Geht schon immer los. Ich habe noch etwas anderes zu erledigen."

Olaf und Mike blickten sich fragend an. „Machen wir. Bis bald Volker."

„Was der wohl vorhat?", meinte Olaf.

Sie sahen Volker eilig davonrennen. „Ich habe gelesen, dass am Wochenende in Dresden wieder mal ein Pferderennen ist", erwiderte Mike.

„Ich fresse einen Besen, wenn der sich nicht gerade Geld organisiert", lästerte Olaf.

„Da hast du recht. Wer ist aber so dumm und leiht ihm noch was?"

„Ob er Ingolf anpumpt? Uns hat er zum Glück noch nicht danach gefragt." Olaf sah Mike an. „Oder weißt du etwa mehr? Ich traue dem Meier nicht. Irgendwie kommt der immer zu Kohle, obwohl er es gleich wieder verliert. Das kann doch nicht mit rechten Dingen zugehen."

Kurz darauf hatte sie es zum Treffen geschafft.

„Ingolf ist schon da. Muss der denn immer so überpünktlich sein?", flüsterte Olaf Mike zu.

„Ihr kommt aber ganz schön spät. Volker ist auch noch nicht da. Was ist nur wieder mit euch los? Nehmt ihr die Sache überhaupt ernst?"

„Der hat noch was anderes vor. Er meldet sich bei dir, sollen wir dir ausrichten."

„Ich kann mir schon denken, was der vorhat." Ingolf schüttelte seinen Kopf. „So und nun zu euch. Was habt ihr herausbekommen?"

„Wir haben den Namen und die Adresse von der Oma. Außerdem wissen wir, dass sie am Wochenende entlassen wird."

Mike berichtete in knappen Worten, wie er zu der Anschrift gekommen war.

„Na dann kannst du am Wochenende die alte Dame gleich besuchen. Dann wirst du sehen, ob sie dich wiedererkennt."

„Ich schon wieder?", empörte sich Mike. „Jetzt ist mal jemand anderes an der Reihe. Ich bin doch nicht immer der Trottel vom Dienst." Er schielte auf Olaf.

Ingolf klopfte Mike auf die Schulter. „Komm, sei kein Weichei. Du bist am besten für solche Aktionen geeignet. Lass dir eine Ausrede einfallen. Sag, ihr kommt von irgendeiner Organisation und du willst dich erkundigen, wie es ihr geht. Wenn sie dich nicht erkennt, kannst du ja gleich wieder verschwinden."

Ingolf zeigte auf Olaf. „Und du kannst mitgehen. Wenn sie auch dich nicht erkennt, seid ihr fein raus."

„Und wenn doch?", jammerte Mike. „Was machen wir dann?"

Verzweifelt sah Ingolf die beiden an. „Muss ich denn alles alleine machen?" Ingolf setzte sich auf die Rathausstufen und überlegte laut. „Du warst jetzt drei Wochen im Urlaub und bist erst gestern wieder zurückgekommen", zum Beispiel. „Stell dich doch nicht so dumm an. Vor allem aber geht nüchtern und mit Blumen zu der alten Dame. Das macht immer einen guten Eindruck."

„Ja mach ich." Mike jammerte: „Hoffentlich geht wirklich alles gut. Ich will nicht wieder in den Knast."

XXXIII

Hanneliese steuerte auf das Krankenhaus zu. Heute wurde Emma entlassen. Hanneliese hatte ihrer Freundin versprochen, sie abzuholen. Sie überlegte auf dem Weg ins Klinikum, ob sie Emma von dem Gang und der Polizei erzählen sollte. Hanneliese verwarf die Überlegung aber gleich wieder. Sie kannte ihre Freundin sehr gut. Sie hörte Emma schon in Gedanken: Konntest du nicht auf mich warten? Du weißt doch genau, dass ich mitgegangen wäre.

Hanneliese hatte noch eine halbe Stunde Zeit und setzte sich vor dem Krankenhaus auf eine Bank. Die Krankenschwester hatte ihr gesagt, sie solle nicht vor 10:00 Uhr kommen. Die versteckte Tür im Museum und der Gang hatten ihr die ganze letzte Nacht keine Ruhe gelassen. Sie hatte den Kommissaren zwar versprochen, den geheimen

Stollen nicht abermals zu betreten, trotzdem nagte die Neugier an ihr. Hanneliese ging den Tag gestern im Museum wieder und wieder gedanklich durch.

Der unhöfliche Mann hatte sie ganz komisch angesehen. Dabei hatte sie nur nach einer Eintrittskarte verlangt. Mit seinen Augen hatte er sie die ganze Zeit verfolgt. Sie wollte grade hinter einer Vitrine schauen, die ein paar Zentimeter von der Wand abstand, als er plötzlich in ihrem Rücken aufgetaucht war. „Kann ich ihnen helfen?", hatte er sie angeknurrt. Hanneliese war sichtlich erschrocken und ohne eine Antwort gegangen. Musste der sich auch so an sie anschleichen? Sie hatte kurz vor einem Herzanfall gestanden. Vielleicht könnte sie noch einmal ins Museum gehen, wenn die nette Frau wieder da war. Eventuell hatte man bis dahin sogar die Truhe gefunden.

Als es zeitlich so weit war, betrat Hanneliese das Krankenhaus. Emma saß bereits abholbereit auf ihrem Bett.

„Ich dachte schon, du hast mich vergessen", begrüßte sie ihre Freundin.

„Ich doch nicht", lachte Hanneliese und umarmte Emma.

XXXIIII

„Guten Tag. Ich hätte gern eine Eintrittskarte."

Volker betrachtete den Mann von oben bis unten. Irgendwie sah der Typ nicht aus wie der typische Tourist. Wer kam schon im Nadelstreifenanzug, auf hochglanzpolierten Schuhen und mit Seidenschal in ein Museum? Der Anzug war aus feinem Stoff. Das konnte selbst Volker auf den ersten Blick erkennen. Der fremde Mann sah sich suchend um. Volker wurde nervös. Was will der feine Pinkel hier?

Er sprach den Mann an. „Brauchen Sie Hilfe oder schauen Sie sich nur um?“ Volker überreichte ihm die Eintrittskarte.

„Vielleicht können Sie mir helfen“, antwortete der Mann. „Mein Vater war vor Jahren einmal hier im Museum. Er wurde von einer sehr netten älteren Dame durch das Museum geführt. Sie arbeitet wohl nicht mehr im Haus, wie ich gehört habe. Ist sie in Rente?“

Volker zuckte innerlich zusammen. Das war doch die Geschichte, die er seiner Chefin erzählt hatte, um an die Adresse von Erika Zimmermann zu gelangen. War das hier vielleicht versteckte Kamera oder ein übler Streich von Ingolf?

„Ich weiß nicht, wen Sie meinen“, antwortete Volker unfreundlich. „Reden Sie von der Museumsleiterin? So alt ist meine Chefin aber nun auch wieder nicht.“

Volker wollte sich auf das Spiel erst gar nicht einlassen. Wer oder was auch immer dahintersteckte. Es war auf jeden Fall das Beste, so zu tun, als würde er von überhaupt nichts wissen. Trotzdem kam ihm das alles wie ein schlechtes Déjà-vu vor. Konnte das tatsächlich ein Zufall sein?

Der Besucher ließ sich von der Unfreundlichkeit jedoch nicht stören. „Ich sagte Ihnen doch, die Frau muss schon eine Rentnerin sein.“ Der fremde Mann nahm die Eintrittskarte und hob die Schulter. „Schade, ich sollte ihr Grüße von meinem Vater ausrichten.“

Volker schüttelt bedauerlich den Kopf. „Da kann ich Ihnen nicht helfen. Ich kenne Niemanden, auf den Ihre Beschreibung passt. Wenn, dann hat sie wahrscheinlich vor meiner Zeit hier gearbeitet.“

Langsam wurde Volker allerdings hellhörig. Was will der Typ von der Frau. Hatte er vielleicht die gleichen Interessen wie Ingolf? Gab es womöglich einen weiteren Spieler in der ganzen Geschichte.

Möglicherweise hatte der Typ auch jede Menge Geld. War er eventuell auch an der Lade oder gar dem Humpen interessiert?

„Sie wissen wirklich nicht, von wem ich spreche? Ich würde ihr gern die Grüße persönlich überbringen." Der Fremde schenkte Volker ein honigsüßes Lächeln.

„Nein leider nicht", erwiderte Volker unhöflich.

In dem Moment sah er seine Chefin die Treppe herunterkommen. „Was geht hier vor? Darf ich helfen?"

Irene Kleinschmidt schaute von einem Herrn zum anderen. Sie hatte die feindliche Stimmung der beiden beobachtet. Ihr schien klar zu sein, dass hier etwas nicht stimmen konnte.

„Wie kann ich Ihnen helfen?", sprach sie den jungen Mann an.

Volker fühlte sich auf Hochstimmung. Nun konnte er der Kleinschmidt klarmachen, dass er nichts mit dem Diebstahl zu tun hatte.

„Der Herr hier möchte die Adresse von der Frau, die vor mir hier im Museum gearbeitet hat. Sie wissen schon. Wir haben uns erst letztens darüber unterhalten. Ich kenne die Frau aber leider nicht. Ebenso ist mir ihre Adresse unbekannt." Volker sah seine Chefin fragend an. „Vielleicht können Sie dem Herrn weiterhelfen, Frau Kleinschmidt."

Volker ging wieder hinter die Kasse und beobachtete die zwei. Er war sehr neugierig auf die weitere Entwicklung. Nach kurzer Zeit verschwanden beide in der ersten Etage. Sollte er ihnen hinterherlaufen, um sie zu belauschen? Zu sehr interessierte es ihn, zu erfahren, warum der Typ hier war und was er mit der Adresse wollte.

Volker schlich nach einer Minute des Wartens ein paar Stufen die Treppe hinauf. Ingolf hatte gesagt, dass die Frau die Lade damals ohne Papiere tauschte. War diese Erika vielleicht der Schlüssel zu der ganzen

Entwicklung. Beide unterhielten sich jedoch nur in einer Ecke. Er verstand kein Wort.

Volker ging enttäuscht wieder zum Kassenbereich zurück. Was würde wohl Ingolf zu der ganzen Sache sagen? Dieser war schließlich bereits bei Frau Zimmermann gewesen.

In dem Moment rauschte der feine Pinkel an Volker vorbei. Mit einen knappen: „Auf Wiedersehen“, verschwand er aus dem Museum.

Irene Kleinschmidt folgte ihm bis zum Ausgang.

„Was war das denn?“, wollte Volker wissen.

„Der Herr wollte von mir auch die Adresse von der Frau Zimmermann.“

„Schon wieder?“

„Ja und nein. Er meinte, er wäre heute zum ersten Mal in unserem Museum. Haben Sie nicht gesagt, er wäre bereits hier gewesen?“

„Das ist absolut richtig“, bestätigte Volker im Brustton vollster Überzeugung. „Der war schon einmal hier und hat nach der Adresse gefragt. Ich finde das alles sehr mysteriös. Haben sie ihm denn die Anschrift gegeben?“

„Ich habe sie ihm selbstverständlich nicht ausgehändigt. Er hat mir zwar Geld angeboten. Das war mir aber sehr suspekt. Vor allem nach dem Einbruch. Man kann mich doch nicht bestechen“, schimpfte sie erbost.

„Sehen Sie, Frau Kleinschmidt. Der hat bestimmt was mit dem Diebstahl im Museum zu tun. Vielleicht hat der sogar mit der Frau das Ding gedreht?“

„Aber Herr Meier, das glaube ich nicht. Frau Zimmermann war immer eine nette und ehrliche Frau. Möglicherweise haben sie aber

Recht. Irgendetwas stimmt da nicht. Ich werde die Frau demnächst aufsuchen. Eventuell weiß sie, was der junge Mann von ihr will."

„Hoffentlich bin ich nun nicht mehr in Ihren Augen verdächtig", erwiderte Volker. „Ich kann kaum schlafen mit dem Verdacht im Hinterkopf. Das hat mich die letzten Tage vollkommen fertig gemacht."

„Machen Sie sich keine unnötigen Gedanken. Das wird sich alles früh oder später schon von selbst aufklären, Herr Meier. Wenn Sie unschuldig sind, können Sie doch ruhig schlafen."

Seine Chefin bekam kurz darauf einen Anruf. „Ich gehe jetzt zu meiner Mutter. Sie wissen Bescheid, falls der junge Mann wieder auftaucht. Keine Adresse und keine Auskunft. Drohen Sie mit der Polizei, Herr Meier."

„Ja, ja, ich weiß Bescheid. Sie können beruhigt zu Ihrer Mutter gehen. Ich glaube kaum, dass der noch mal vorbeikommt. Es sei denn, er verfolgt ein bestimmtes Ziel. Warum will der Typ nur die Adresse von dieser Frau? Wissen Sie eine Antwort, Frau Kleinschmidt?"

Sie zuckte allerdings nur mit den Schultern. Irene lief daraufhin ins Büro, um ihre Tasche zu holen. Auf dem Rückweg zum Ausgang hielt Volker sie auf.

„Ich kenne die Frau nicht. Sie haben aber mit ihr zusammen das Museum geleitet? Ist das richtig?"

„Sie haben recht, Herr Meier. Ich kann jedoch nichts Schlechtes über die Frau sagen. Jetzt muss ich aber gehen. Also dann bis morgen."

„Bis morgen, Frau Kleinschmidt, und einen schönen Tag noch."

Eine Stunde noch, dann konnte auch er gehen. Diese zog sich allerdings wie zäher Gummi dahin.

„Endlich Feierabend", freute sich Volker.

Als er die Museumstür abschließen wollte, blieb er wie angewurzelt stehen. Auf dem gegenüberliegenden Fußweg am Dom stand der aufdringliche Mann von vor einer Stunde und starrte Volker an. Was wollte der denn von ihm? Er hatte ihm doch gesagt, dass er die Frau nicht kannte und keine Ahnung hatte, von was die Rede war.

Das glatt nach hinten gegelte Haar glänzte in der Sonne. Die Augen von dem Typen waren auf Volker fixiert. Er ließ sich jedoch nichts anmerken und schloss die Tür ab. Im Anschluss ging Volker über den Untermarkt auf die Herderstraße zu. Er spürte, dass er verfolgt wurde.

Nach Hause konnte er in dem Moment nicht gehen. Der seltsame Typ musste nicht erfahren, wo er wohnte. Plötzlich klopfte der Fremde auf seine Schulter.

„Entschuldigen Sie bitte. Ich war heute im Museum. Vielleicht können Sie sich an mich erinnern. Ihre Chefin wollte mir eine Adresse geben. Leider war es aber die Falsche. Sie war etwas durcheinander. Das kann schon mal passieren. Können Sie mir möglicherweise die richtige Adresse geben? Wenn ich nach Hause komme, will mein Vater wissen, ob ich die Grüße überbracht habe. Sie verstehen? Wenn ich ihm sage, dass die Frau in Rente ist und nicht mehr im Museum arbeitet, glaubt er mir das nicht."

Volker schüttelt energisch den Kopf. „Ich komme nicht an die Adressen. Meine Chefin hat die Papiere im Büro unter Verschluss."

Die freundliche Miene des Fremden sah gezwungen aus. „Für meinen Vater bin ich ein Versager, wenn ich die Frau nicht finde."

Volker zuckte mit den Schultern und lief weiter. Der fremde Mann rannte Volker hinterher. Sein Mund verzog sich zu einem flüchtigen Lächeln.

„Es soll Ihr Schaden nicht sein, wenn Sie mir helfen", versuchte er, Volker zu überreden.

Volker blieb mitten auf der Weingasse stehen. Er witterte ein Geschäft. Mal sehen, was der Typ springen ließ.

„Wie soll ich das verstehen: Es soll mein Schaden nicht sein?"

Der fremde Mann zog seine Brieftasche und reichte Volker einen Einhundert-Euro-Schein.

„Wenn Sie mir bis morgen die richtige Adresse bringen, bekommen Sie noch zwei weitere."

Volker machte eine wegwerfende Handbewegung. „Wenn ich Ihnen die Adresse besorge, werde ich entlassen. Dann weiß meine Chefin, dass ich im Büro war und ihnen die Anschrift gegeben habe. Sie wollte demnächst die ältere Frau besuchen gehen. Da würde alles rauskommen."

Volker schielte auf den Hunderter in der Hand des Fremden. Da muss doch noch mehr rauszuholen sein, ging es ihm durch den Kopf.

„Außerdem komme ich nicht so einfach an die Adresse. Meine Chefin geht selten aus dem Büro und wenn doch schließt sie die Tür stets ab." Volker berührte unbeholfen den Arm des Fremden. „Bei uns wurde kürzlich eingebrochen. Da können Sie sich vorstellen, dass meine Chefin sehr vorsichtig mit den Schlüsseln ist."

Der fremde Mann zog noch einen weiteren Hunderter aus der Brieftasche. „Heute Zweihundert und morgen Zweihundert. Sagen wir: Erschwerniszuschlag." Der Fremde sah ihn fragend an. „Ein einmaliges Angebot. Sie verdienen doch bestimmt nicht viel im Museum?"

Volker sah sich um. Niemand Bekanntes war auf der Weingasse zu sehen.

„Stecken Sie die Kohle ein“, fauchte er den Fremden an. „So ein Geschäft macht man nicht auf offener Straße.“

Das Gesicht des Fremden lief rot an. „Sie haben ja recht. Wo gehen wir da am besten hin?“

Der feine Pinkel steckte sein Geld wieder weg und lief Volker hinterher.

„Am besten wir gehen in ein Café. Da sind wir ungestört“, antwortet Volker.

In seinem Kopf schwirrten bereits die Hunderter und die Pferdchen umher. Damit konnte er die eine oder andere Zusatzwette platzieren. Volker und der fremde Mann betraten ein Café auf der Burgstraße.

„Nicht ans Fenster“, maßregelte Volker den Unbekannten. „Da kann man uns jederzeit sehen.“

„Ist ja schon gut. Machen Sie doch nicht so einen Wind. Es geht doch nur um eine Adresse“, zeigte sich der Fremde gegenüber Volker langsam genervt.

„Na aber Hallo. Sie wollen doch was von mir. Oder?“, konterte Volker.

„Ja, Sie haben recht. Tut mir leid.“

„Wie ist überhaupt Ihr Name“, fragte Volker den Mann.

„Das ist doch nicht wichtig. Besorgen sie mir einfach nur die Adresse und wir sehen uns nicht wieder. Wie heißt es so schön: Namen sind Schall und Rauch.“

Der Fremde lachte und streckte seine Beine unter den Tisch provokant aus. Volker sah seinen Gegenüber misstrauisch an. Irgendetwas stimmt mit Typen nicht. Der hatte mehr vor, als die Frau zu besuchen. Die vielen Euros aber konnte Volker dringend gebrauchen. Nächstes

Wochenende war wieder ein großes Pferderennen in Dresden. Volker bestellte zwei Kaffee und sprach den Geldspender an.

„Ich werde morgen versuchen, an die Adresse heranzukommen. Versprechen kann ich es Ihnen aber nicht. Wie ich Ihnen schon gesagt habe, meine Chefin schließt das Büro immer ab. Leicht wird es auf keinen Fall werden. Geben Sie mir Ihre Handynummer. Ich rufe Sie an, sobald ich die Adresse habe."

Sein Gegenüber winkte ab. „Ich habe kein Handy. Das liegt bei mir zu Hause."

Volker sah den jungen Mann herausfordernd an. „Ich möchte jetzt dreihundert und bei der Übergabe der Adresse zweihundert. Sonst mache ich es nicht."

Der Fremde sprang von seinem Stuhl auf. „So viel ist mir die Adresse auch nicht wert. Außerdem bin ich nur noch bis morgen in Freiberg. Anschließend fahre ich wieder nach Hause. Heute zweihundert und morgen erneut nach Erhalt der Anschrift. Das war und ist mein letztes Angebot, oder der Handel platzt."

Volker schwirrte der Kopf. Was sollte er bloß antworten. Wenn die Chefin nicht zu ihrer Mutter ging, kam er nicht an die Adresse.

Er holte tief Luft. „Also gut, ich werde versuchen, morgen an die Anschrift zu kommen. Wir treffen uns um 17:00 Uhr hier im Café. Was ist mit der Anzahlung?"

Volker rieb seinen Daumen und den Zeigefinger. Der Fremde zog seine Geldbörse hervor und reichte Volker die vereinbarte Summe.

Er betonte nochmals: „Zwei heute und zwei morgen, oder wir lassen den Deal."

„Ja, ja, wie ausgemacht“, antwortete Volker und steckte seine Euros schnell ein. „Wir sehen uns dann morgen. Sie bezahlen doch den Kaffee für mich mit?“

Volker grinste vor sich hin und verließ schnell das Café. Das hatte er sehr gut eingefädelt. Das Geld würde sich in Dresden locker verzehnfachen. Endlich war er wieder auf der Glücksstraße. Von nun an würde es für ihn bergauf gehen.

XXXV

Mike steuerte direkt auf Emmas Haus zu. Zum Glück kam gerade eine junge Frau aus dem Haus.

„Ich möchte meine Tante Emma besuchen.“ Er lief schnell durch die geöffnete Haustür.

Die junge Frau schaute ihm verdutzt nach. „Aber grüßen kann man trotzdem“, und schmiss die Haustür zu.

Mike holte tief Luft und klingelte bei der alten Dame.

„Schönen guten Tag, meine Tante schickt mich. Ich soll Ihnen viele Grüße ausrichten und fragen, wie es Ihnen geht?“ Mike lächelte die alte Dame überfreundlich an.

„Ich kenne Sie gar nicht. Wer ist denn Ihre Tante?“ Emma sah ihn skeptisch an.

„Sie hat nur einen Tag bei Ihnen im Krankenzimmer gelegen, dann wurde sie entlassen. Es hat ihr so leidgetan, was Ihnen passiert ist.“ Mike überreichte der Frau die mitgebrachten Blumen.

Sie strahlte vor Überraschung und drückte die Blumen an ihrer Brust.

„Ich kann mich gar nicht mehr erinnern, wer in den ersten Tagen mit in meinem Zimmer lag. Ich war so durcheinander, junger Mann, und hatte starke Kopfschmerzen. Sagen Sie Ihrer Tante vielen Dank. Mir geht es wieder gut. Nur mit dem Gedächtnis hapert es noch ein wenig." Emma tippte mit dem Zeigefinger an ihren Kopf. „Ich kann mich leider noch nicht besinnen, wie das alles passiert ist. Der Arzt meinte, bei manchen Patienten dauert es etwas länger, bis die Erinnerung wiederkommt." Emma hob hilflos ihre Hände mit den Blumen. „Da kann ich nur abwarten."

„Na dann alles Gute, auf Wiedersehen und einen schönen Tag noch."

Mike atmete erleichtert auf. Hoffentlich hielt der Zustand bei der Frau noch lange an. In ein paar Wochen würde er die Oma wieder besuchen.

XXXVI

Volker schritt mit finsterer Miene in Richtung Freiberger Polizeirevier. Er hatte die Nase voll von der andauernden Fragerei. Wie schon beim letzten Mal wurde er von einem jungen Polizisten am Eingang empfangen und ins Verhörzimmer gebracht.

„Guten Tag, Herr Meier. Wir haben Sie heute auf das Revier bestellt, weil wir in dem Fall über neue Erkenntnis verfügen." Die Kommissarin zeigte auf einen Stuhl. „Setzten Sie sich bitte. Unsere Kollegen durchsuchen parallel zu dieser Befragung Ihre Wohnung."

„Darf ich Fragen, warum?" Volker ballte seine Fäuste in der Hosentasche. „Vor allem wieso schon wieder? Ich dachte, Sie hätten das erst vor ein paar Tagen gemacht. Sie können doch nicht ständig in meinen Sachen herumwühlen."

„Noch immer sind Sie der Hauptverdächtige im Museumseinbruch. Das hat sich nicht geändert." Die Beamtin setzte sich ihm gegenüber an den Tisch. „Herr Meier, Sie haben von dem Humpen, der nach Annaberg ins Museum als Leihgabe sollte, gewusst. Er stand fertig verpackt zur Abholung bereit. Gerade aus diesem Grund ist es so unwahrscheinlich, dass ihn jemand von außerhalb des Museums gestohlen hat. Nur Sie hatten diese Information."

„Meine Chefin auch, Frau Kommissarin", fiel Volker ihr ins Wort.

Die Beamtin überhörte den Einwand und zählte weiter auf. „Nur Sie, Herr Meier, können von dem Gang im Keller und der verdeckten Tür wissen. Deswegen auch die Durchsuchung Ihrer Wohnung."

„Ohne meine Erlaubnis dürft ihr das gar nicht", fauchte Volker die Polizeibeamtin an.

„Wir haben uns die Genehmigung von der Staatsanwaltschaft geholt. Frau Kleinschmidt hatten wir bereits überprüft. Sie verfügt über ein einwandfreies Alibi. Sie hingegen haben keines – sind aber immer in Geldnot. Da reicht es, eins und eines zusammenzuzählen."

„Woher wollen Sie das denn wissen?", empörte sich Volker.

„Sie haben die Schlüssel vom Museum und können zu jeder Zeit das Gebäude unbemerkt betreten." Die Kommissarin stützte ihre Hände auf den Tisch und sah Volker böse an. „Sie sind regelmäßig in Dresden auf der Pferderennbahn. Schulden haben Sie auch in einer beträchtlichen Höhe. Woher nehmen Sie immer wieder das Geld für die Pferdewetten."

Volker sah betroffen zu Boden.

„Das sind alles Motive, Herr Meier. Was sagen Sie zu Ihrer Verteidigung?"

„Das sind alles nur Vermutungen, Frau Kommissarin. Oder nicht?" Er sah die Polizistin fragend an.

„Wir haben genau recherchiert, Herr Meier. Ihr Vermieter hat uns erzählt, dass Sie jede Menge Mietschulden haben. Ihre Mutter hat uns berichtet, dass Sie immer in Geldnot sind und in Dresden auf Pferderennen setzen. Jeder, mit dem wir gesprochen haben, hat uns diese Informationen bestätigt."

Volker sprang von seinem Stuhl auf.

„Ihre Chefin sagt, dass sie Ihnen zutraut, dass Sie die Lade und den Humpen gestohlen haben." Die Kommissarin zeigte auf den Stuhl. „Setzen Sie sich, Herr Meier. So ein schwerer Diebstahl muss vorbereitet sein. Das kann man nicht so schnell durchziehen. Die Lade ist keine Briefmarke, die man so nebenbei einsteckt. Da muss ein Transporter organisiert werden und Leute, die mithelfen. Geben Sie es doch zu, Herr Meier. Es ist nur noch eine Frage der Zeit, bis wir Sie überführt haben. Sie verlassen Freiberg nicht, bis die Untersuchungen abgeschlossen sind. Ist das klar?"

„Das haben Sie mir schon das letzte Mal unter die Nase gerieben. Ich darf Freiberg also nicht verlassen?", fauchte Volker die Kriminalkommissarin an.

Die Beamtin stand von ihrem Stuhl auf und stellte sich vor Volker. „Wenn Sie doch nach Dresden zum Pferderennen fahren, nehmen wir sie in Untersuchungshaft."

Volker sah die Polizistin böse an. „Von was soll ich denn die Wetten bezahlen? Sie haben doch bestimmt recherchiert, dass ich kein Geld habe, Frau Kommissarin. Und selbst wenn ich den Humpen oder die

Lade hätte, würde ich die doch niemals verkauft bekommen. Also nützen sie mir nichts. Einem wie mir, der immer in Geldnot ist. Es war ja in jeder Zeitung zu lesen, von dem Einbruch und was gestohlen wurde. Denken Sie, ich habe das alles unter meinem Bett versteckt? Und wenn Sie jeden Tag meine Bude auf den Kopf stellen, Sie werden nichts finden. Aus dem einfachen Grund, dass ich es nicht war, Frau Kommissarin. Sie sind auf der falschen Spur."

Ein Beamter drückte Volker wieder auf den Stuhl zurück.

„Das werden wir noch sehen, Herr Meier. Das war es erst einmal für heute."

Er verließ verzweifelt das Revier. So ein Mist! Die Polizeibeamtin rückte ihm immer näher auf die Pelle. Er musste höllisch aufpassen. Die hatte es noch drauf, ihm einen Aufseher vor der Tür zu stellen, damit er nicht nach Dresden fahren könnte. Wenn er einmal in Untersuchungshaft wäre, würde er nicht so schnell wieder nach Hause kommen. Geld hatte er zurzeit auch keins mehr. Den Humpen bekam er nicht los. Sein Leben war einfach nur noch scheiße. Keine Freundin, keine Kohle und jeden Tag ins ungeliebte Museum.

Wenn er nur endlich einmal bei einem Pferderennen gewinnen würde, dann könnten ihn alle mal den Buckel runterrutschen. Er wäre hier sofort raus. Er würde augenblicklich auf Arbeit kündigen und mit dem Humpen in Holland das große Geld machen. In Deutschland musste er Jahre warten, bis er den Humpen loswerden könnte. Er brauche aber jetzt den Zaster und nicht erst in ein paar Jahren.

XXXVII

„Hallo Ingolf! Was willst du denn hier?"

„Lass den Quatsch. Du weißt genau, weswegen ich hier bin. Nun sag schon, was ist auf dem Polizeirevier passiert?"

Volker winkte ab. „Na was schon. Ich bin ihr Hauptverdächtiger und darf Freiberg nicht verlassen. Also nicht wirklich etwas Neues." Er zog hilflos die Schultern hoch. „Die wissen von den Pferdewetten und dass ich ständig nach Dresden fahre. Meine Mutter hat der Polizei ebenso alles ausgeplaudert. Denen ist jetzt bekannt, dass ich Schulden habe. Eine Hausdurchsuchung haben die bei mir außerdem noch durchgeführt."

„Und den Humpen? Haben die den etwa bei dir entdeckt?"

„Nein, da musst du dir keine Sorgen machen. Ich bin doch nicht blöd. Der ist gut versteckt." Volker lief unruhig hin und her. Plötzlich blieb er wegen eines Einfalls vor Ingolf stehen. „Sag mal Ingolf, kannst du nicht für mich nach Dresden fahren? Du könntest doch für mich wetten. Ich sage dir, auf wen du setzen musst?"

Ingolf sah Volker kopfschüttelnd an. „Und wie viel soll ich deiner Meinung nach verwetten?"

„Naja, ich dachte so an 500 Euro." Volker sah Ingolf flehend an. „Kannst du mir nicht die 500 Euro leihen?"

„Wann willst du die denn mir zurückzahlen?"

„Ich habe ein gutes Gefühl, dass ich dieses Mal auf das richtige Pferd setze. Von dem Gewinn kannst du dir deine 500 Euro wieder nehmen."

Ingolf tippte sich an seine Schläfe. „Träume weiter, Volker. Was ist, wenn der Gaul erneut verliert? Das wäre bei dir nicht das erste Mal. Dann sehe ich meine Euros nie mehr. Das ist krank, was du hier treibst."

Volker versuchte es trotzdem noch mal. „Kannst du nicht meinen Humpen verscherbeln? Dann hätte ich wieder Geld und könnte meine Schulden tilgen."

Ingolf zeigte Volker neuerlich einen Vogel. „Überlege dir mal, was du von mir verlangst. Sollen wir die nächste Zeit hinter Gittern verbringen? In ganz Deutschland wird danach gesucht. Die warten nur darauf, dass der Dieb die Ware loswerden will."

Volker warf die Hände in die Höhe. „Wenn ich Freiberg aber verlasse, komme ich in Untersuchungshaft."

Ingolf winkte ab. „Das hast du mir schon einmal erzählt."

Volker überhörte Ingolfs Worte. „Das alles habe ich mir auf dem Revier anhören müssen", schimpfte Volker. „Selbst meine Chefin traut mir den Diebstahl zu. Ich weiß nicht, wie ich mich verhalten soll, wenn ich ins Museum gehe. Das ist wie ein Tanz auf glühenden Kohlen."

Ingolf beruhigte Volker und klopfte ihm auf die Schulter. „Las dir ja nichts anmerken."

„Du hast gut reden. Meine Chefin merkt gleich, wenn ich lüge. Sag mal Ingolf. Was ist bei Olaf und Mike herausgekommen? Die wollten sich doch die Oma vornehmen?"

Ingolf sah Volker zweifelnd an. „Sie haben dich doch von der Arbeit abgeholt. Haben sie dir nichts erzählt?"

Volker winkte ab. „Ich musste doch zur Kommissarin aufs Revier. Das wollte ich den beiden nicht auf die Nase binden."

„Da kannst du beruhigt sein. Die Oma hat den Mike nicht erkannt“, meinte Ingolf.

„Noch nicht. Das kann sich schnell ändern“, erwiderte Volker.

„Ich habe mich im Internet erkundigt. Glaub mir, Volker. Es gibt Fälle, da dauert es Monate, bis sie ihr Gedächtnis wiedererlangen. Wir können nur hoffen, dass es tatsächlich so lange dauert. Wir werden die Oma aber erst mal in Ruhe lassen und abwarten.“

Ingolf machte ein besorgtes Gesicht. „Und du vergisst deine Pferdewette und den Humpen. Mache in nächster Zeit keine Dummheiten“, er drohte mit dem Zeigefinger. „Oder willst du deine Pferdchen hinter Gitter anschauen?“ Ingolf verabschiedete sich von Volker. „Halt die Ohren steif. Bis bald.“

XXXVIII

„Guten Tag, Frau Zimmermann Wie geht es ihnen?“

„Ihnen auch einen guten Tag, Frau Kleinschmidt. Kommen Sie doch bitte herein. Das ist aber schön, dass Sie mich mal besuchen. Wir haben uns lange nicht mehr gesehen. Ich wollte schon immer mal im Museum auf einen Sprung vorbeischauen. Leider bin ich aber nie dazu gekommen.“

Irene Kleinschmidt lachte. „Ja, ja, ich kenn das von meiner Mutter. Rentner haben niemals Zeit.“

„Trinken Sie einen Kaffee mit, Frau Kleinschmidt?“

„Gerne. Ich habe aber nicht viel Zeit. Meine Mutter ist pflegebedürftig und wartet auf mich.“

Erika Zimmermann stellte eine Tasse mit Kaffee auf den Tisch und schob sie Irene Kleinschmidt zu. Diese verzog ihr Gesicht zu einem flüchtigen Lächeln.

„Oh, die Tasse ist noch von der Mitropa?"

„Ja da haben Sie Recht. Das ist noch ein Andenken von meinem Max. Der hat immer gerne daraus getrunken. Mein Max war immer viel unterwegs und hat von seinen Reisen jede Menge Souvenirs mitgebracht. Gibt es einen bestimmten Grund, dass Sie mich gerade jetzt besuchen?", wollte Erika erfahren.

„Ja und nein, Frau Zimmermann. Ich habe nur eine kleine Frage. Bei uns im Museum war ein junger Mann und wollte von Ihnen die Adresse. Ich habe sie ihm natürlich nicht gegeben. Sie haben mit Sicherheit davon gehört, dass bei uns im Museum eingebrochen wurde. Da bin ich jetzt sehr vorsichtig, bei fremden Menschen. Können Sie sich vorstellen, was der junge Mann von Ihnen wollte? Es ist ja nicht gerade alltäglich, dass nach ehemaligen Mitarbeitern gefragt wird."

„Mir würde nichts einfallen. Warum sollte sich jemand im Museum über mich erkundigen? Ich arbeite doch schon sehr lange nicht mehr da. Wer sollte mir da Grüße ausrichten? Das ist mysteriös."

„Er sprach von seinem Vater, der sich bei ihnen bedanken wollte. Der Mann wäre demnach zufällig in Freiberg und wollte Ihnen persönlich Danksagen. Im Nachhinein war er schon ziemlich suspekt. Wenn der noch einmal im Museum erscheint, melde ich das der Polizei."

Erika Zimmermann rutschte unruhig auf ihrem Stuhl hin und her. „Das war bestimmt nur ein Tourist, Frau Kleinschmidt."

„Ja, da haben Sie Recht. Ich bin aber sehr vorsichtig geworden seit dem Diebstahl?"

„Ich würde da nicht die Polizei informieren. Die wissen gar nicht, nach wem sie suchen sollen“, ergänzte Erika. „Der hat Ihnen doch nicht den Namen oder seine Adresse gesagt, oder?“ Erika schaute ihre ehemalige Chefin fragend an. „Ohne irgendwelche Anhaltspunkte werden die nichts unternehmen. Glauben Sie mir, Frau Kleinschmidt. Der Weg zur Polizei ist umsonst.“

„Sie haben, Recht Frau Zimmermann. Ich habe auch gar keine Zeit dafür. Meine Mutter wartet auf mich. Sie steht bestimmt schon voller Unruhe am Fenster. Der Pfleger ist bereits vor einer halben Stunde gegangen.“

„Vielen Dank für den Kaffee und noch einen schönen Tag, Frau Zimmermann.“

Erika überlegte fieberhaft, wer der junge Mann sein könnte. War es denkbar, dass alles mit den Geschehnissen von damals in Verbindung stehen könnte?

XXXIIII

Volker ging in der Hoffnung, dass seine Chefin noch nicht da war, eine halbe Stunde eher ins Museum. Er betrat das Haus und erschrak. Vor dem Tresen stand die Chefin. Er hoffte, dass seine freundliche Miene nicht allzu gezwungen aussah.

„Guten Morgen, Frau Kleinschmidt.“

„Na nun, Herr Meier. Wieso sind Sie denn heute so zeitig da?“

Er ließ sich nichts anmerken, dass sein Plan nicht aufging. „Ich hatte heute Morgen einen Termin und es ging schneller, als ich gedacht habe. Es hat sich schlichtweg nicht mehr gelohnt, nach Hause zu gehen.

Ihrer Mutter geht es wohl besser, weil Sie heute so zeitig hier sind?", fragte Volker vorsichtig nach.

„Nein, nein, Herr Meier. Ich gehe dafür heute Nachmittag eher. Meiner Mutter geht es wie immer – unverändert. Der Pflegedienst hat aber heute keine Zeit, sich um sie zu kümmern."

„Ist schon gut, Frau Kleinschmidt. Ich bleibe bis zum Schluss und schließe das Museum. Das ist überhaupt kein Problem."

Er bemerkte, dass seine Chefin ihm einen seltsamen Blick zuwarf. Offensichtlich schien sie es ihm nicht abzunehmen, dass er freiwillig die Spätschicht übernahm. Trotzdem ließ er sich nichts anmerken. Mit einem entwaffneten Lächeln versuchte er, über die Situation hinwegzutäuschen.

Anschließend ging Volker ins Büro und hing sowohl seinen Rucksack als auch die Jacke in einen Schrank. Danach lief er durch die Ausstellungsräume und vergewisserte sich, dass alles in Ordnung sei. Diesen Rundgang erledigte zwar sonst immer Frau Kleinschmidt, aber heute hielt sie sich im unteren Bereich auf, so dass er an der Reihe war.

Volker fragte sich, was die Frau so zeitig am Eingang zu suchen hatte. Wenn Sie heute Nachmittag eher ging, musste er noch mal im Büro nach der Hausnummer suchen. Er hatte zwar Ingolf die Adresse gegeben, die Nummer aber zu seinem Leidwesen vergessen. So war er gezwungen, abermals danach Ausschau zu halten.

Volker schritt im Ausstellungsraum auf und ab. So sehr er sich auch anstrengte, kam er nicht auf die Hausnummer. Plötzlich stand Frau Kleinschmidt vor Volker. „Ich habe schon alle Räume kontrolliert, Frau Kleinschmidt."

Ihr Mund verzog sich zu einem falschen Lächeln. „Ich danke Ihnen, dass Sie die Arbeit erledigen, für die Sie eingestellt wurden."

Mit einer leichten Verbeugung nahm er ihre Zurechtweisung zur Kenntnis. Gerade heute wollte Volker sich von seiner besten Seite zeigen. Er hatte nicht vor, dass etwas den Plan verderben sollte. Anschließend lief er die Treppe hinunter zum Kassenbereich am Eingang. Er schloss die Zugangstür auf und begab sich hinter die Kasse. Wie so oft passierte überhaupt gar nichts. Vor allem am Vormittag hielt sich die Anzahl der Touristen stark in Grenzen. Der Tag zog sich entsprechend sehr lange hin. Frau Kleinschmidt war zu seinem Verdruss noch immer anwesend. Volker schaute im Viertelstundentakt auf seine Uhr.

Er fragte sich, wenn seine Chefin endlich das Haus verlassen würde. Sie hatte erwähnt, dass sie beabsichtigte, eher zu verschwinden. Volker wollte gerade ins Büro gehen, um Irene Kleinschmidt daran zu erinnern, als sie die Treppe herunter eilte.

„Ich habe es eilig, Herr Meier. Bis morgen, und schließen Sie ja alles ordentlich ab."

„Ja, ja, Frau Kleinschmidt. Sie können sich auf mich verlassen."

„Ich wollte Ihnen noch sagen, dass ich gestern bei Frau Zimmermann war."

Kerzengerade schoss Volker bei diesem Satz von seinem Stuhl auf. Verzweifelt bemühte er sich, sich nichts anmerken zu lassen.

„Alles andere erzähle ich Ihnen Morgen. Auf Wiedersehen", rief Irene Kleinschmidt im Vorbeilaufen.

Volker öffnete pflichtbewusst die Eingangstür und sah ihr nach. Als sie hinter dem Dom verschwunden war, schloss Volker die Tür und eilte ins Büro. Er fand sogleich den richtigen Ordner. Zu seinem Glück hatte seine Chefin den Aktenordner nicht durchsucht. Er befand sich noch an gleicher Stelle, an dem er ihn abgelegt hatte.

Volker las daraufhin noch einmal schnell die Adresse durch. Anschließend stellte er den Ordner wieder ins Regal zurück. Er begab sich wieder zum Kassenbereich, da neue Besucher das Museum betraten. Zum Glück wollten sie keine Führung, so konnte er in Ruhe überlegen.

Hoffentlich kam der Angeber auch. Er brauchte die Kohle dringend. Was hatte er davon, wenn Ingolf für ihn zum Pferderennen fuhr. Das Selbsterleben und das Dabeisein war doch der Kick für ihn. Die Krone des Ganzen war, die Pferdewette selbst zu platzieren. Das wollte er keinem Laien anvertrauen, wenn es nicht unbedingt sein musste.

Würde Ingolf nur zur Wettkasse gehen, bezahlen und in irgendeiner Ecke gelangweilt herumsitzen, um das Ergebnis abzuwarten? Dann käme er nach Freiberg zurück und würde ihm sagen, dass er wieder verloren hatte. Wahrscheinlich mit einem Grinsen im Gesicht. Darauf konnte er sehr gut verzichten, schimpfte Volker vor sich hin.

Er wollte gerade sehen, was die Besucher so lange machten, als in dem Moment die Letzten das Museum verließen. Da konnte er heute pünktlich schließen. Die Müdigkeit verschwand urplötzlich aus Volkers schmalem Gesicht. Er konnte es kaum erwarten, den Fremden zu treffen. Er hoffte, dass der Unbekannte sein Versprechen hielt und die Kohle mitbrachte.

Volker schloss mit dem Glockenschlag das Museum und eilte zum geplanten Treffpunkt. Sie hatten sich für 17:00 Uhr verabredet. Er brauchte zum Glück nur fünf Minuten bis zum Café. Er merkte nicht, dass ihm jemand folgte. Mit seinen Gedanken war er schon längst bei den Euros, die er gleich bekommen würde.

Als Volker das Café betrat, saß der Fremde schon mit einer Tasse Kaffee am Tisch. Er trommelte nervöse mit den Fingern auf die Platte. Die Augen wirkten wie bei einer Raubkatze. Beim letzten Mal hatte der

Typ so unscheinbar und wenig bedrohlich gewirkt. Hier jedoch verspürte Volker ein leises Frösteln. Hatte er sich am Ende gar in dem Schnösel getäuscht?

„Von Pünktlichkeit halten Sie wohl nicht viel?“ Die Begrüßung fiel frostig aus.

„Es gibt Leute, die auch arbeiten gehen“, konterte Volker zurück.

Er setzte sich zu dem Mann an den Tisch und bestellte sich ebenfalls einen Kaffee. Sie wechselten ein paar banale Worte des Smalltalks, ohne tatsächlich etwas zu bereden.

Die Bedienung hatte gerade die Tasse gebracht, als der Fremde Volker fragte: „Was ist nun? Zum Kaffeetrinken bin ich nicht hergekommen.“

„Ich habe die Adresse. Das hab ich doch gesagt. Haben Sie die Euros mit?“, fragte Volker.

„So schnell geht das nicht, Ich werde erst überprüfen, ob die Adresse stimmt. Wer sagt mir denn, dass Sie mir nicht irgendeine beliebige Anschrift geben. Sie haben dann das Geld und ich stehe vor einer verschlossenen Tür.“

Volker warf ihm einen missbilligenden Blick zu. „So war das nicht vereinbart. Ich hatte schon so eine Ahnung, dass man Ihnen nicht trauen kann.“

Der Fremde unterbrach Volker und hob die Hand. „Wir gehen gemeinsam zu der Adresse. Wenn die Dame da ist, die ich suche, bekommen Sie ihr Geld.“

Volker warf seinem Gegenüber einen gehetzten Seitenblick zu. „Ich habe noch einen wichtigen Termin heute und keine Zeit für Stadtrundgänge.“

Der Angeber grinste Volker daraufhin tatsächlich unverschämt an. „Wollen Sie nun die zweihundert Euro oder nicht? Termine kann man verschieben. Entweder Sie haben jetzt Zeit oder ich fahre nach Hause."

Volker rutschte auf seinem Stuhl hin und her. Was sollte er tun? Der Kerl, sah nicht nur gut aus. Er war auch schlau. Das bin ich aber auch, dachte sich Volker.

„Wer sagt mir denn, wenn ich mit Ihnen zu der Adresse gehe, dass ich meine Zweihundert bekomme? Sie haben die Adresse und ich das Nachsehen?" Volker schüttelt energisch den Kopf. „Sie geben mir jetzt hundert und die anderen vor der Haustür der Dame."

Der Typ schob Volker den Hunderter zu und maulte: „Nun aber los, sonst sitzen wir morgen noch hier."

Sie standen beide ruckartig auf und der Fremde drückte der Bedienung einen Schein in die Hand.

XXXX

Ingolf hatte es geschafft, Volker unbeobachtet zu verfolgen. Als sein Kumpel in einem Café verschwand, überlegte er einen Moment lang, ob er ihm folgen sollte. Jemanden zu beschatten war etwas vollkommen anderes, als einfach nur durch die Stadt zu schlendern. Letztlich gewann seine Neugierde die Oberhand.

Beim Eintreten entdeckte Ingolf seinen Kumpel, wie er eine Bestellung aufgab. Er nutzte die Gelegenheit, als Volker mit dem Rücken zur Tür stand und fand einen Tisch, von dem aus er nicht gesehen werden konnte. Ingolf war es hingegen möglich, den fremden Mann im Auge zu behalten, der so gar nicht zu Volker passte. Ihm fiel auf, dass es ein ungleiches Gespann war. Seiner Meinung nach schien da etwas nicht zu stimmen.

Er bestellte sich einen Kaffee. Als die Bedienung das Getränk brachte, bezahlte er sogleich, um das Café im Notfall rasch verlassen zu können. Die zwei sahen nicht wie Freude aus. Eher wie Leute, die etwas Geschäftliches am Laufen hatten. Er hatte gerade den letzten Schluck Kaffee im Mund als Volker aufstand. Ingolf konnte gar nicht so schnell reagieren und hoffte, dass Volker ihn nicht erkannte. Ingolf suchte neben dem Stuhl und unter dem Tisch etwas, um sein Antlitz zu verbergen.

„Was machst du denn hier, Ingolf", sprach Volker ihn trotzdem an.

Überrascht wirbelte Ingolf herum. „Kaffeetrinken, was sonst? Und du?"

„Ich habe mich mit einem Bekannten auf ein Getränk getroffen."

Ingolf war fest entschlossen, sich nichts anmerken zu lassen, dass er Volker hinterherspionierte. Er lehnte sich auf seinem Stuhl zurück. „Ich habe dich gar nicht gesehen. Bist du schon lange hier?" Ingolfs Mund verzog sich zu einem flüchtigen Lächeln.

„Eigentlich nicht. Nur mal kurz auf ein Schälchen Heißes. Wir sehen uns ja noch. Bis dann", knurrte Volker.

Er verschwand mit dem fremden Mann unversehens aus dem Café. Woher kannte Volker diesen Mann bloß? Was wollte er von dem Typen? War es etwa der Geldgeber für die Pferdewetten? Oder war der Typ am Ende von der Mafia und Wettpate. Da stimmt doch etwas nicht, überlegte sich Ingolf und schlich den beiden hinterher. Als sie in der Nonnengasse einbogen, wusste Ingolf sofort, wohin Volker den

Fremden führte. Nun war ihm auch klar, warum der Unbekannte Volker etwas zugeschoben hatte.

Ingolf stellte sich daraufhin in einen Hauseingang und beobachtete die beiden. Wer kann der junge Mann nur sein, grübelte Ingolf fieberhaft nach. Was wollte der von der Zimmermann? Jetzt reicht der Typ Volker auch noch Geld, aus seinem Portmonee. Dabei hatte er der Frau versprochen, dass die Sache mit den Papieren unter ihnen blieb. Was sollte sie jetzt von ihm denken?

Oder hatte sie doch etwas von den Dokumenten zurückgehalten? War er tatsächlich auf so eine Oma hereingefallen? Der junge Mann ging in dem Moment ins Haus. Volker kam ihm auf der Nonnengasse entgegen.

Ingolf stellte sich Volker in den Weg. „Kannst du mir mal sagen, was das soll."

„Ich weiß nicht, was du meinst", antwortete Volker.

„Machst du jetzt mit dem Typen Geschäfte oder hast du ihn angepumpt?"

„Da irrst du dich, Ingolf. Den Mann kenne ich nur zufällig. Er hatte mich auf einen Kaffee eingeladen."

Ingolf unterbrach ihn „Und warum überreicht er dir Geld?"

„Du hast deine Augen auch überall", fauchte Volker ihn an.

„Da hast du verdammt recht. Und was ist mit dem Geld, dass du vor dem Haus bekommen hast?"

Volker fiel keine Ausrede mehr ein. Er ließ Ingolf einfach stehen. Daraufhin lief er ihm nach und stellte sich wieder vor Volker auf den Gehsteig.

„So schnell kommst du mir nicht davon. Ich will jetzt wissen, was der Mann von Frau Zimmermann will."

Volker hob hilflos beide Hände. „Er will der Zimmermann nur Grüße von seinem Vater ausrichten."

Ingolfs Mund verzog sich zu einer Grimasse. „Und das hast du geglaubt? Wenn man einer Bekannten Grüße ausrichtet, bezahlt man doch keinem Fremden Geld dafür. Das Ganze nur, weil du ihm zu der Adresse verholfen hast. Träum weiter, Volker."

Ihm war es offensichtlich peinlich, dass Ingolf ihn erwischt hatte.

„Du hast ja recht. Er hat es bereits bei Frau Kleinschmidt versucht. Die hat ihm die Adresse aber nicht gegeben. Da hat er mich gefragt und mir Zaster angeboten", grinste Volker. „Du weißt ja, dass bald wieder Pferderennen sind. Da brauche ich die Kohle dringend. Du wolltest mir ja nichts leihen. Kannst du das nicht verstehen, Ingolf? Ich benötige diesen Nervenkitzel. Jeder hat halt so seine Hobbys."

„Ja, aber nur, wenn man das Geld dazu auch hat", fauchte er Volker an. „Durch deine Spielsucht wirst du irgendwann mal im Knast sitzen. Oder die Schuldeneintreiber tun dir was an. Glaub mir Volker, die Sucht schadet dir früher oder später. Du wirst eines Tages noch an meine Worte denken. Jetzt aber was anders, Volker. Kennst du den Namen von dem Typen?"

„Nein, der Angeber meinte: Namen wären Schall und Rauch."

„Der will was von Frau Zimmermann? Der kommt doch nicht nur wegen des Grußes von seinem Vater. So naiv kannst du doch nicht sein, das zu glauben."

Volker winkte ungeduldig ab. „Sag mal Ingolf, weißt du mehr über die Sache als ich? Du warst doch auch schon bei der Zimmermann. Was ist da abgelaufen?"

„Die Frau hat sich erst dumm gestellt. Dann hat sie die Papiere herausgerückt. Mehr war nicht." Der Nachdruck in Ingolfs Stimme machte Volker klar, dass er auch nichts weiter wusste.

„Was meinst du, Ingolf, gehen wir nochmal auf die Nonnengasse? Eventuell ist der noch bei der Frau Zimmermann und die braucht Hilfe?"

„Quatsch Volker, vielleicht irren wir uns und die Sache ist absolut harmlos. Wie sieht denn das aus, wenn wir dort auftauchen und die sitzen bei Kaffee und Kuchen friedlich zusammen? Ich habe der Frau versprochen, nicht wieder bei ihr aufzutauchen. Ich halte mich an mein Versprechen. Weißt du aber, was wir machen können?"

„Nein, du wirst es mir aber bestimmt gleich sagen", maulte Volker.

„Der hat doch hundertprozentig ein Hotelzimmer hier in der Nähe."

„Ja, da kannst du recht haben. Der hat mir gestern erzählt, dass er heute wieder nach Hause fahren will."

„Haben wir das Hotel, haben wir auch den Namen", stellte Ingolf fest.

Volkers Gesicht war errötet. Er war offensichtlich sehr nervös und fuhr sich mit der Hand durch sein zusammengebundenes Haar. Dabei löste sich eine Haarsträhne, die er hektisch hinter das Ohr schob.

„Wie soll ich denn das anstellen? Ich meine, den Namen herauszubekommen?"

„Du hast doch immer mit Leuten zu tun. Lass dir was einfallen. Darin bist du gut. Selbst die zwei Schluckspechte haben sich was ausgedacht, um an die Adresse der Oma zu kommen."

Volker starrte ins Leere. „Also gut, ich gehe dann mal. Es ist immer besser, wenn man weiß, mit wem man es zu tun hat."

Ingolf drückte Volker die Hand zum Abschied.

XXXXI

Volker ging in Richtung Obermarkt. Welches Hotel sollte er zuerst nehmen? Er war so in Gedanken, dass er beinahe eine pummelige Oma umgestoßen hätte.

Nach einiger Zeit betrat Volker das dritte Hotel auf seiner selbst aufgestellten Liste. Er schaute sich um. Der Raum machte einen kalten unpersönlichen Eindruck auf ihn. Die junge Dame am Empfang betrachtet Volker nachdenklich. Sie bemerkte, dass er kein Gepäck dabeihatte und nicht wie ein Tourist aussah.

„Möchten Sie ein Zimmer bei uns buchen?"

„Nein", entschuldigte sich Volker. „Ich habe nur eine Frage. Hat bei Ihnen ein junger Mann eingecheckt – Nadelstreifenanzug, hübsches Äußeres und gegeltes Haar?"

Volker sah ihr nachdenkliches Gesicht. Ihm war klar, dass sie nicht gewillt war, ihm auf seine Fragen zu antworten. Irgendwie waren das die Menschen nie. Fast immer war er gezwungen, zu Lügen und Halbwahrheiten zu greifen, um an Informationen zu gelangen.

„Er hat seinen Autoschlüssel verloren. Außerdem ist es kein Freiberger Kennzeichen."

Sie sah Volker geschäftsmäßig an. „Wir dürfen über unsere Gäste keine Auskunft geben."

Volker sah sich seine Gesprächspartnerin genauer an. Die Dame am Tresen war groß, schlank und machte einen sehr gepflegten Eindruck. Sie war größer als Volker und schaute eher vorwurfsvoll auf ihn herunter.

„Geben Sie doch den Autoschlüssel im Fundbüro ab. Falls der Gast seinen Schlüssel vermisst, schicke ich ihn zur Behörde."

„Sie haben absolut Recht, schöne Frau. Was ist aber, wenn das Fundbüro dann schon geschlossen hat? Vielleicht will der Gast auch zeitig abreisen und das Büro ist noch nicht geöffnet?" Volker schenkte ihr sein gewinnendstes Lächeln. „Sie liegen da vollkommen richtig. Ich gehe dann mal ins Fundbüro. Auf Wiedersehen, schöne Frau."

Volker war schon an der Eingangstür, als die Frau ihm nachrief.

„Wenn Sie gesehen haben, dass der Mann sein Schlüssel verloren, hat, warum sind Sie ihm nicht nachgelaufen?"

„Das wollte ich." Er verzog das Gesicht. „Ich hatte aber leider einen Wadenkampf." Volker schüttelt seinen Kopf. „Als der Krampf nachließ, war der Fremde bereits weg. Danke und einen schönen Tag noch."

XXXXII

Ingolf eilte mit großen Schritten über den Obermarkt, in der Hoffnung, dass Volker Glück hatte. Sie wollten sich zwar erst am nächsten Tag treffen, aber man konnte nie wissen. Er traute ihm nicht – die Sache mit dem Fremden und dem Geld. Als Ingolf in die Fischerstraße einbog, sah er, wie Volker ein Hotel verließ. Er eilte die Straße entlang und kurz vor Volkers Haustür holte er ihn ein.

Volker drehte sich erschrocken um „Wollten wir uns nicht erst morgen sehen?"

„Ich weiß. Egal. Wie lief es bei dir?"

„Ich hatte in den beiden ersten Hotels kein Glück. Die Rezeptionisten am Empfang meinten jeweils, ich soll es in einem anderen Hotel versuchen und sie würden niemanden kennen, auf den meine Beschreibung passen würde.“

„Aber?“

Volker strahlte wie ein Honigkuchenpferd. „Aber beim dritten hatte ich Erfolg. Die konnten etwas mit meiner Beschreibung anfangen. Sein Name ist Marcus Leibold und er kommt aus Leipzig.“

„Wie hast du denn das angestellt?“, wollte Ingolf wissen.

„Ich kann doch auch mal Glück haben, nachdem ich in letzter Zeit nur Scheiße abbekommen habe.“

„Na dann erzähle mal, wie du es hinbekommen hast.“

Volkers Grinsen wurden immer breiter. Er berichtete von der Rezeptionistin, die dienstbeflissen alles getan hatte, etwaigen Schaden eines Gastes abzuwenden.

Ingolf klopfte Volker wohlwollend auf die Schulter. „Gut gemacht. Damit kann ich nun wenigstens etwas anfangen.“

„Herr Meier?“ Volker wirbelte überrascht herum, als ihn jemand von hinten ansprach.

„Ach Sie sind es. Ich wollte gerade zu Ihnen, um meine Mietschulden zu bezahlen.“

Volkers Vermieter musterte ihn mit einem Stirnrunzeln. „Das ist heute Ihre letzte Gelegenheit, die Schulden zu begleichen. Sie haben schon drei Mahnungen bekommen. Entweder heute noch oder Sie fliegen achtkantig raus. Ich hab mir das Spiel lange genug angeschaut. Es reicht.“

Volker biss die Zähne zusammen. Er drehte sich noch einmal zu Ingolf um und sagte: „Es ist doch nicht mein Glückstag. Wie gewonnen so zerronnen.“

XXXXIII

Er hatte das gerade erst sauer verdiente Geld seinem Vermieter geben müssen. Dabei war die Kohle eigentlich fest für den nächsten Wetttag eingeplant gewesen. Ohne Einsatz war Volker nicht in der Lage, einen vernünftigen Gewinn einzufahren. Dabei brauchte er das Geld dringend, um seine Schulden zu begleichen. Er würde noch einmal auf die Nonnengasse gehen müssen, überlegte er sich.

Volker verließ seine Wohnung. Es war schon dunkel und es fing wieder zu regnen an. Er schimpfte auf das Sauwetter und dass er so blöd war, den Schirm zu vergessen. Die Passanten drehten sich nach ihm um und schüttelten ihre Köpfe. Einer behauptete gar, er würde unter Drogen stehen. Volker ließ die Leute reden. Ihre Mäuler zerrissen die sich letztlich über jeden. Das war ihm egal.

Er hoffte, dass Marcus noch bei Frau Zimmermann war. Volker überlegte, wie er es am besten anstellen könnte, den Angeber zu überlisten. Er sah von weitem einen Mann vor der Haustür stehen, der ihm bekannt vorkam. Allerdings hatte der Typ wegen des Wetters den Kragen hochgezogen. Kurz vor der Eingangstür erkannte Volker ihn aber.

„Was willst du denn hier?“, sprach er Ingolf an.

„Das kann ich dich genauso fragen“, konterte Ingolf. „Ich wollte nur mal sehen, ob die Frau mit diesem Marcus ins Geschäft gekommen ist.“

Volker grinste Ingolf an. „Schon klar. Denkst du, ich weiß nicht, warum er und auch du die Adresse von der Frau Zimmermann haben wollten?"

Ingolf schüttelt seinen Kopf. „Was hat das damit zu tun? Das ist was komplett anderes. Ich denke eher, du hast vor, noch ein Geschäft mit dem Typen abzuschließen. Hattest du mir nicht gesagt, dass er heute abreist?"

„Was du von mir denkst, Ingolf." Volker gab sich ganz unschuldig.

Beleidigt drehte er sich um und lief ein paar Schritte die Nonnengasse hoch. So einfach ließ Volker sich nicht ins Bockshorn jagen. Hier lief etwas ab, von dem er noch nicht genau wusste, was hinter allem steckte. Das einzige, was ihm klar war, stellte die Tatsache dar, dass es um viel Geld ging.

Ingolf rief ihm nach. „Nun sei doch nicht gleich eingeschnappt."

Volker ignorierte jedoch seinen Freund. Er war müde, erschöpft und wollte eigentlich nur noch in sein Bett. Das Geschäft konnte er vergessen, solange Ingolf dabei war. Volker eilte schnell davon. Es war besser, später wiederzukommen – wenn überhaupt. Im Moment konnte er hier nichts erreichen. Außerdem war er mittlerweile vom Regen durchnässt. Kalt klebten seine Sachen auf der Haut. Er sollte dringend ins Trockene – sich wärmen.

XXXXIIII

Ingolf fühlte sich nicht wohl in seiner Haut. Er quälte sich aus seinem Bett. Eine innere Unruhe trieb ihn beständig umher. Er überlegte, ob er sich eventuell eine Erkältung oder gar eine Grippe zugezogen hatte. War es möglich, dass Volker ihn angesteckt hatte? Vielleicht lag ihm aber auch nur der Besuch von Erika Zimmermann quer im Magen. Er nahm sich vor, an die frische Luft zu gehen, um nach Olaf und Mike zu schauen. Das würde ihn auf andere Gedanken bringen. Möglicherweise bekam er dadurch sogar seinen Kopf wieder frei.

Weder im Stadtpark noch am Kaufland war von den beiden eine Spur in Sicht. Abgesehen von den typischen Plätzen der Trunkenbolde blieb ihm nur noch der Wernerplatz übrig. Angenervt machte sich Ingolf auf den Weg. Zu seiner Freude sah er schon von Weitem zwei Personen auf der Bank sitzen. Na wer sagt es denn, dachte sich Ingolf.

Als er näherkam, bemerkte er, dass es nicht Olaf und Mike waren. Allerdings wirkten sie, als würden sie zu einem ähnlichen Schlag gehören. Irgendwie sah ein Alkoholiker wie der andere aus. Man wusste bei ihnen gleich, woran man war.

„Sagt mal ihr zwei", sprach Ingolf die beiden an. „Wisst ihr, wo ich Mike und Olaf finden kann?"

„Setz dich erst einmal hin, Junge! Willst du ein Bier?", antwortete der Ältere.

Ingolf sah sich die Typen genauer an. Die roten und geschwollenen Nasen ließen erkennen, dass die beiden schon seit vielen Jahren dem Alkohol nicht abgeneigt waren. Rote Haut, Pickel im Gesicht und jede Menge Stoppeln auf den Wangen vervollkommneten das Klischee. Von den Klamotten wollte er lieber gar nicht erst anfangen. Diese hatten definitiv ihre besten Tage hinter sich. Er jedenfalls würde solche Lumpen nicht anziehen.

„Nein danke“, lachte Ingolf. „Dafür ist es noch ein bisschen zu zeitig. Ich habe nicht viel Zeit. Außerdem wäre es mir hier auf der Bank viel zu kalt. Ich suche nur nach den beiden. Kennt ihr sie nun oder nicht?“

„Klar kennen wir die. Wer nicht. Die sind doch stadtbekannt.“

„Und? Wo sind sie nun?“

„Olaf und Mike sind in den Urlaub geflogen“, antwortete der jüngere Mann auf die Frage.

„Wieso weiß ich nichts davon?“, schimpfte Ingolf mehr zu sich selbst, als dass er mit den zwei Alkies sprach.

Enttäuscht ließ sich Ingolf auf die Bank fallen.

„Bist du etwa der Betreuer von Olaf und Mike?“, fragte der Ältere neugierig nach.

„Ach quatsch. Ich kenne die beide gut und wollte sie besuchen.“

Der Ältere hob die Bierflasche. „Na dann, auf die Urlauber. Olaf erzählt uns von einem Arbeitskollegen, der ihm gesagt hat, dass man in Spanien ab 17:00 Uhr ein Bier bestellt und zwei bekommt. Man braucht aber nur eins bezahlen.“

„Ist das nicht geil?“, lallte der jüngere Ingolf an.

Der ältere Mann lachte gleichzeitig auf. „Was will man mehr als Sonne, warmes Wetter und doppeltes Bier? Hier friert man sich doch eh nur den Arsch ab. Scheiß Deutschland. Oder bist du anderer Meinung?“

Er sah Ingolf grinsend an und prostete ihm mit der Bierflasche zu. Ingolf erhob sich von der Bank. Nun war er auf dem neusten Stand.

Außerdem würde es ihm nichts bringen, sich weiter mit den Säufern zu unterhalten.

„Macht´s gut und holt euch keinen Schnupfen!“

Ingolf schüttelte im Weggehen den Kopf. Er fragte sich, wie das die zwei nur machten. Ihm war schon nach fünf Minuten erbärmlich kalt. Die beiden tranken dazu noch eiskaltes Bier. Abgesehen davon, soll es jeden Moment wieder zu regnen anfangen. Es war ihm schwerlich zu begreifen, was manche Leute aus ihren Leben so machten. Für ihn war es unvorstellbar, sich so gehen zu lassen. Er eilte schnellstens nach Hause. Ein heißes Bad würde ihm mit Sicherheit guttun.

XXXXV

„Emma, was hältst du davon, wenn wir heute die Erika besuchen? Sie wollte doch zu unserem nächsten Cafébesuch mitkommen.“

„Ja, Hanneliese, so hatten wir das ausgemacht. Sie ist aber wieder einmal nicht hier. Das ist in letzter Zeit sehr häufig passiert. Was ist nur mit ihr los? Das bin ich sonst gar nicht von ihr gewohnt.“

„Vielleicht ist sie krank und braucht unsere Hilfe.“

„Quatsch Emma, da hätte sie uns doch angerufen.“

„Ich weiß nicht, Erika war in den vergangenen Tagen irgendwie komisch.“

„Was meinst du, Emma? Ist dir das ebenfalls aufgefallen? In meinem Kopf ist noch nicht alles in Ordnung. Eventuell bilde ich mir das auch nur ein.“

„Ich grüble jeden Tag, was bei dir im Keller passiert ist.“

„Ach sag mal Hanneliese“, Emma sah ihre Freundin fragend an. „Du wolltest doch der Sache nachgehen. Kannst du schon einen Erfolg vorweisen?”

„Nein, Emma. Ich steck seit Tagen in einer Sackgasse. Es ist zum Mäusemelken.”

„Naja, dann lassen wir das halt. Es ist eh schon vergessen. Lass uns lieber von erfreulichen Dingen reden“, meinte Emma.

„Pass nur auf, dass der fremde Mann nicht wieder bei dir auftaucht. Und lass keinesfalls unbekannte Leute in deine Wohnung. Nur weil er schöne Blumen mitgebracht hat, muss er kein netter Mann sein. Du siehst in jedem nur einen guten Menschen. Irgendwann kommst du mit der Einstellung in Teufels Küche.“ Hanneliese hatte nicht vor, das Thema zu wechseln.

Beleidigt schimpfte Emma: „Das brauchst du mir nicht jeden Tag unter die Nase reiben. Ich weiß selbst, dass das unklug war. Ich habe ihn aber nicht in die Wohnung gelassen. Er war so ein netter Mann, er ist auch gleich wieder gegangen.“ Emma suchte gekränkt in ihre Handtasche nach einem Taschentuch.

Hanneliese lachte. „Sei doch nicht gleich eingeschnappt. Ich habe eine Idee, Emma. Wir bezahlen unseren Kaffee und besuchen die Erika. Oder hast du was anderes geplant?“

„Nein, nein, wir können gehen. Ich will jetzt auch wissen, was mit ihr ist.“

So liefen sie die Nonnengasse hinunter und blieben vor Erikas Haustür stehen. Hanneliese wollte gerade klingeln, da wurde die Tür aufgerissen. Ein junger Mann stürmte an den beiden Freundinnen wütend vorbei.

„Was war das denn?“, schimpfte Emma. „Diese Jugend!“

Hanneliese lachte. „Dafür ist die Haustür offen. Komm, Emma.“ Sie stiegen die Treppe empor. Erschrocken schauten sich die Freundinnen kurz darauf an.

„Die Wohnungstür ist offen. Hoffentlich ist nichts passiert.“

„Ich geh da nicht rein. Hanneliese, schau du mal nach, was da los ist. Wenn du mich brauchst, kannst du mich ja rufen.“

Hanneliese betrat vorsichtig die Wohnung. Nach ein paar Schritten schrie sie: „Hilfe!“

Emma kam ihr schnell hinterher.

„Oh mein Gott. Erika liegt am Boden. Ruf sofort den Rettungswagen.“

Während Emma die 112 wählte, fühlte Hanneliese Erikas Puls. „Hier ist Emma. Sie müssen augenblicklich zur Nonnengasse kommen. Erika liegt am Boden.“

„Bleiben Sie ruhig und schicken Sie jemand vor die Haustür.“ Die Stimme aus dem Handy versuchte, Emma zu beruhigen.

„Das kann doch nicht sein. Entweder bin ich zu aufgeregt oder ich fühle keinen Herzschlag.“ Verzweifelt sah sie Emma an. „Hoffentlich kommt der Rettungswagen mit dem Arzt gleich.“

„Hast du einen Arzt erreicht?“, wollte Hanneliese wissen.

Emma hingegen stand nur noch erstarrt und kreidebleich im Türrahmen und nickte. Zu keiner anderen Regung war sie fähig. Hanneliese hatte Angst, dass ihre Freundin gleichfalls umkippen könnte. So schob sie ihre entsetzte Freundin aus der Wohnung.

„Emma, beruhig dich bitte. Du musst jetzt einen klaren Kopf bewahren. Ich gehe vor die Haustür und warte auf den Arzt. Setz dich auf die Treppenstufen bis ich mit dem Doktor komme.“

Emma ließ sich zitternd auf die Stufen nieder. „Was denkst du, Emma? Der junge Mann und die offene Tür – das hängt irgendwie zusammen. Meinst du nicht auch? Wenn der nicht für Erikas Zustand verantwortlich ist, fresse ich einen Besen."

„Was ist denn das hier für ein Krach?" Empört riss eine Nachbarin ihre Tür auf. Eine stockdünne Frau mit Lockenwickler schaute die beiden Frauen böse an. „Das geht ja heute zu wie in einem Taubenschlag bei der Erika." Sie wischte ihre nassen Hände an der Kittelschürze ab.

„Wieso Taubenschlag?", wollte Hanneliese wissen.

„Es waren schon zwei Männer in einem Abstand von einer Stunde hier. Und jedes Mal so einen Radau. Das geht ein bisschen zu weit. Das ist hier noch immer ein ehrenwertes Haus."

„Woher wissen Sie das so genau?", fragte Hanneliese nach.

Die Nachbarin zeigte mit einem triumphierenden Lächeln auf ihren Spion an der Tür. „Damit sehe ich alles im Haus."

„Ihre Nachbarin ist gestürzt. Ich habe den Arzt gerufen." Emma hatte sich endlich gefangen.

Hanneliese eilte währenddessen die Treppe hinunter und öffnete die Haustür. Der Rettungswagen kam gerade die Nonnengasse mit Blaulicht und hohem Tempo entlanggefahren. Sie winkte dem Fahrer zu, der vor ihr mit dem Auto zum Stehen kam. Anschließend führte sie den Arzt und den Sanitäter schnell zu Erikas Wohnung. Emma stand im Hausflur und unterhielt sich weiterhin mit der Nachbarin.

„Du sollst dich doch setzen, Emma", schimpfte Hanneliese. „Du siehst ganz blass aus."

Sie winkte allerdings nur ab. „Es geht schon. Wenn ich nur an Erika denke."

„Der Arzt ist jetzt bei Erika. Er wird Ihr helfen."

Der Mediziner stand plötzlich vor den beiden Freundinnen und hob die Schultern. „Es tut mir leid, aber Ihrer Freundin kann ich nicht mehr helfen. Sie betreten die Wohnung bitte nicht mehr. Ich habe soeben die Polizei benachrichtigt. Es wäre gut, wenn Sie auf die Beamten warten. Wegen der Zeugenaussage. Sie verstehen?"

Emma sackte schlagartig zusammen und flüsterte. „Das ist zu viel für mich, Herr Doktor. Da ist einfach zu viel."

Die Nachbarin bot dem Arzt an, Emma in ihrer Wohnung zu führen und zu untersuchen.

„Wieso Polizei, Herr Doktor?", wollte die Nachbarin wissen.

„Darüber darf ich ihnen keine Auskunft geben. Oder sind Sie mit Frau Zimmermann verwandt?"

„Nein, nein, Herr Doktor. Ich bin nur die Nachbarin und eine Freundin von Erika."

„Und nun zu Ihnen." Der Arzt schaute Emma besorgt an. „Na, gute Frau. Geht es wieder?" Er streichelte über ihren den Arm. „Das war der Kreislauf. Jetzt geht es Ihnen bestimmt besser?"

„Nicht wirklich. Ich meine, die Erika. Das ist doch schrecklich."

„Bleiben Sie noch ein bisschen liegen, bis die Polizei kommt. Nicht dass Sie bei der Befragung wieder umfallen."

Hanneliese hielt Emmas Hand. „Ich bleib bei dir, bis die Polizei da ist."

Die Nachbarin wollte bereits nach der Polizei sehen, als sie jemanden die Treppe hochkommen hörte. Hanneliese ging den Beamten entgegen und schilderte ihnen kurz, wie sie Erika Zimmermann aufgefunden hatten. Anschließend lief sie zu Emma, die sich nach wie vor in der Wohnung der Nachbarin aufhielt.

„Ach Hanneliese, gut dass du kommst. Was hat denn die Polizei gesagt?“

„Sie wollen später ausführlich mit uns reden. Wir sollen hier warten.“ Sie sah ihre Freundin besorgt an. „Wie geht es dir denn, Emma? Du bist immer noch so blass. Konnte der Arzt dir nicht helfen?“

„Ja, ich soll noch ein bisschen ruhen, hat der Doktor gesagt.“

Es klingelte an der Tür.

„Ich komme schon“, rief die Nachbarin aufgeregt.

Die Beamten betraten die Wohnung. Die Frau riss sich vor Aufregung die Lockenwickler aus dem Haar.

„Nein, das kann doch nicht sein“, jammerte sie. „Die Erika tot? Wer macht denn so was?“

Die Beamtin zeigte ihren Ausweis und beruhigte die Nachbarin. „Setzen Sie sich bitte und berichten Sie uns, was Sie beobachtet haben. Sie haben den beiden Frauen erzählt, hier ging es zu wie in einem Taubenschlag?“

Die Nachbarin rutschte unruhig auf ihrem Stuhl hin und her. „Nun ja, Frau Polizistin, ich bin ja nicht neugierig. Mein Sohn hat mir aber ein Loch in die Tür gebohrt und gesagt, dass ich erst durchsehen soll, ehe ich die Tür öffne.“ Sie verstaute schnell ihre Lockenwickler in ihre Schürzentasche. „Bei fremden Leuten soll ich die Tür geschlossen halten, hat er gesagt.“

Sie wollte gerade aufzählen, was alles passieren konnte. Die Beamtin legte jedoch ihre Hand auf den Arm der Nachbarin.

„Das können Sie mir auch noch später erzählen. Ihr Sohn hat natürlich recht. Was hat das aber mit Frau Zimmermann zu tun? Oder haben Sie durch das Loch gesehen, wer bei Frau Zimmermann ein- und ausgegangen ist?“

„Ja, es waren zwei Männer bei der Erika."

„Zusammen?", wollte die Beamtin wissen. „Oder nacheinander?"

„Da bin ich mir noch ganz sicher. Es war verwirrend. Als der eine Mann die Wohnung verließ, war es plötzlich eine Frau."

Die Nachbarin hatte hektische Flecken im Gesicht. Sie hob ihre Hände und schüttelte immer wieder mit dem Kopf. Irgendwie schien sie selbst nicht zu verstehen, was sie gerade aussagte.

„Wieso das denn?", wollte die Beamtin wissen. „Das müssen Sie mir näher erklären.

„Naja der hatte, als er sich eilig zur Treppe drehte, die Haare im Nacken zusammengebunden. Das haben aber nur Frauen. Darum weiß ich nicht genau, ob es ein Mann oder eine Frau war."

Die Kommissarin wurde hellhörig. „Würden Sie den Mann mit der Frauenfrisur wiedererkennen?"

„Ich habe ihn nur kurz gesehen. Ich denke aber schon. Er hatte ein markantes Aussehen."

„Was ist mit dem anderen Mann?", wollte die Beamtin erfahren.

„Der sah ganz anders aus – viel gepflegter. Die Haare glänzten wie bei einer Speckbemme." Sie lachte. „Sie wissen bestimmt, was ich meine, Frau Polizistin. Die Kleidung war auch moderner und ordentlicher. Ich würde sie fast als schick bezeichnen. Wie in einem Katalog."

Die Beamtin sah die Nachbarin fragend an. „Das haben Sie alles durch den Spion gesehen?"

„Was für ein Spion, Frau Polizistin? Sie wollen mich wohl veralbern. Das hätte ich nicht von ihnen erwartet." Sie sah Emma und Hanneliese beleidigt an. „Wissen Sie, was die Polizistin meint?"

„Das Loch in der Tür nennt man Spion, gute Frau", beruhigte die Beamtin sie.

„Ach so, das wusste ich gar nicht.“ Die Nachbarin winkte ab. „Ich bin eine alte Frau und kenne mich mit den neumodischen Sachen nicht so aus.“

„Was haben Sie noch beobachtet?“, fragte die Polizeibeamte nach.

„Nun ja, mir fällt gerade ein, als ich mir die Haare gewaschen habe, war auch jemand bei Frau Zimmermann. Ich konnte aber schlecht mit den nassen Haaren durch die Wohnung rennen. Und sie wissen schon, durch das Ding da gucken.“

„Bekommt Frau Zimmermann öfter Besuch?“, erkundigte sich die Beamtin.

„Ich bin ja nicht immer zuhause und wenn der Fernseher läuft, höre ich auch nicht alles.“ Die Nachbarin hob bedauernd die Schulter.

Der Polizist sah Hanneliese fragend an. „Und haben Sie was Auffälliges bemerkt?“

Emma schob sie zur Seite. „So ein junger Schnösel zischte an uns vorbei, als wir vor der Haustür standen.“ Sie sah Hanneliese an. „Du hast ihn doch auch gesehen?“

Die beiden Beamten verabschiedeten sich von den älteren Damen. „Würden Sie morgen bitte um neun Uhr auf dem Revier erscheinen? Wir müssen ein Protokoll anfertigen, worüber wir gerade gesprochen haben. Sie brauchen dann nur das Protokoll durchzulesen und zu unterschreiben.“

„Ich weiß doch gar nicht, wo ich mich auf dem Revier melden soll?“ Sie sah hilflos die Polizistin an.

„Sie brauchen keine Angst zu haben. Ein Beamter führt Sie zu mir. Melden Sie sich nur beim Eingang an. Der Rest läuft ganz automatisch ab.“

Emma und Hanneliese verabschiedenden sich ebenso von der Nachbarin. Anschließend wechselten sie ein paar Worte mit der Beamtin. Allerdings konnte sie nur sehr wenig zum Tathergang sagen. Sie hatte Erika letztlich nur gefunden. Mehr wussten sie beide nicht. Davon abgesehen bestand die Polizistin darauf, dass sie gleichfalls auf der Dienststelle erscheinen sollten.

In dem Moment trugen zwei Männer einen Sarg durch Tür.

„Das wollte ich dir eigentlich ersparen – die Männer mit dem Sarg." Hanneliese wusste, wie nah die ganze Sache Emma ging. „Denk an deinen Kreislauf."

„So schlimm war das doch gar nicht. Mir geht es bereits wieder gut.

Emma drängelte schon wieder zu der Eingangstür, um ja nichts zu verpassen. Drei Männer mit Koffer kamen zugleich die Treppe hinauf und betraten Erikas Wohnung.

„Sie dürfen hier nicht rein!", die Nachbarin wollte die Männer aufhalten."

Die Kriminalbeamtin hielt die Frau am Arm fest. „Das sind die Herren von der Spurensicherung. Die dürfen zum Tatort und Sie gehen bitte wieder in ihre Wohnung und schließen die Tür."

Beleidigt machte die Frau kehrt und ging in ihrer vier Wände zurück. Die Polizistin führte anschließend die beiden Freundinnen nach unten und vor das Haus.

„Wir sehen uns dann morgen", verabschiedet sich die Beamtin.

„Ich gehe jetzt nach Hause. Mir ist es immer noch ganz flau im Magen", meinte Hanneliese.

Emma klemmte sich ihre Handtasche unter den Arm und ging los.

Die Freundin lief Emma hinterher. „Warte doch mal. Wir müssen wegen morgen reden. Oder hast du schon vergessen, dass wir auf das Revier bestellt worden sind."

XXXXVI

„Herr Meier, Telefon! Sie wissen aber: während der Arbeitszeit keine Privatgespräche."

„Das ist mir klar, Frau Kleinschmidt. Es ist bestimmt eine Behörde oder sowas."

Wer kann das denn nur sein, überlegte Volker auf den Weg zum Telefonapparat. Ihm fiel die Kinnlade herunter, als er hörte, wer sich am anderen Ende befand. Ständig gingen ihm diesen Idioten auf die Nerven. Nun riefen sie ihn auch noch auf der Arbeit an. Konnte sie ihn nicht wenigsten an diesem Tag in Ruhe lassen? Wenigstens einmal?

„Was wollen sie denn schon wieder von mir? Gut, ich komme, Frau Kommissarin. Morgen um 09:00 Uhr. Mittlerweile kann ich meine Adresse auf ihr Revier ummelden. Ich bin öfter bei Ihnen als bei mir zu Hause."

Die giftigen Bemerkungen konnte Volker nicht zurückhalten. Die Zermürbungstaktik der Polizei ging langsam auf. An manchen Tagen war Volker drauf und dran, alles zuzugeben. Hauptsache der ganze Mist hörte auf und er hatte endlich seine Ruhe.

Volkers Blick glitt immer wieder zur Tür, hoffentlich bekam seine Chefin nichts mit. Mittlerweile hatte er sie so weit, dass sie dachte, er wäre unschuldig. Besonders der Besuch des Schönlings hatte Kleinschmidts Meinung geändert. Er beendete schnell das Gespräch und eilte wieder zur Kasse. Seine Chefin warf ihm einen fragenden Blick zu.

„War nur mein Arzt. Ich habe einen neuen Termin bekommen."

„Da kann ich wohl jetzt gehen, Herr Meier?"

„Ja, ja, bis morgen Frau Kleinschmidt. Ich schließe wie immer alle Türen und Fenster ab. Machen Sie sich keine Gedanken."

Volker machte noch ein paar Grimassen hinter seiner Chefin, als diese verschwand. Was die alte Schachtel nur immer von ihm dachte. Er hatte noch nie eine Tür oder ein Fenster aufgelassen.

Ihm fiel der Anruf von der Kommissarin wieder ein. Er war heute früh bei der Zimmermann gewesen. Hatte diese ihn bei der Polizei verpetzt? Bei dem Gespräch war sie sehr böse auf ihn gewesen und hatte ihn gleich wieder rausgeschmissen. Er kam gar nicht dazu, nach den Papieren zu Fragen. Vielleicht hatte die sich selbst angezeigt und von ihm erzählt? Ihn interessierte brennend, was Ingolf zu der Sache zu sagen hatte. Irgendetwas war passiert, überlegte Volker sich. Eigentlich hätte er erst in drei Tagen wieder einen Termin bei der Kommissarin gehabt. Er schloss pünktlich das Museum und traf sich mit Ingolf.

„Weist du, Ingolf. Ich habe ein schlechtes Gefühl."

„Warum denn nun schon wieder? Hast du was ausgefressen?", wollte Ingolf wissen. „Ich glaube nicht, aber ich soll morgen abermals aufs Revier."

„Was heißt hier, ich glaube nicht?"

„Na ja", Volker sah betrübt zu Boden. „Ich war heute früh bei der Frau auf der Nonnengasse. Ehe ich aber was sagen konnte, hat sie mir die Tür vor der Nase zugeschlagen. Nun denke ich mir, dass sie mich angezeigt hat."

„Ach quatsch, Volker. Lass dich nicht verrückt machen. Du hast bis jetzt doch jede Befragung überstanden."

„Dein Wort in Gottes Ohr."

Etwas wird schief gehen. Er fühlte es tief in sich drin. Er würde heute noch einmal sein Lieblingsgeschäft besuchen, dachte er bei sich. Wahrscheinlich würde er die nächste Zeit nicht mehr dazu kommen.

Langsam lief er die Burgstraße entlang. Am Kunsthandwerkhof machte er gern einen Zwischenstopp. Ein Blick in das Wappenzimmer gönnte er sich immer, wenn er mal Zeit hat. Der Raum war 1469 eine von acht privaten Hauskapellen in Freiberg. Die Holzbalkendecke mit der Schiffchenkehle Bemalung gefiel ihm am besten. Er hatte vor einigen Jahren eine Arbeit darüber geschrieben.

Am nächsten Morgen ging Volker mit schlechter Laune zum Polizeirevier. Er wurde wie bisher auch schon am Eingang empfangen. Ein Beamter führte ihn ins Verhörzimmer.

„Setzen Sie sich bitte, Herr Meier. Die Kommissarin kommt gleich. Entspannen Sie sich. Es ist alles absoluter in Ordnung."

Das miese Gefühl von Volker verstärkte sich immer mehr.

XXXXVII

Die Kommissarin führte die drei älteren Damen in den Nebenraum. Hanneliese, Emma und die Nachbarin sahen sich betreten an. Es war trotz allem eine ungewohnte und unangenehme Situation.

„Ich wollte Sie fragen, ob ihre Freundin bedroht wurde. Oder haben Sie mal darüber gesprochen, dass sie Besuch von einer fremden Person hatte?"

Emma sprang plötzlich von ihrem Stuhl auf und ging auf das große Fenster zu. „Frau Polizistin, den Mann kenne ich. Der hat mich im Keller beschimpft und geschubst."

Sie war ganz aufgeregt und zeigte immer wieder auf den jungen Mann hinter der Scheibe. Zugleich nickte Emma Hanneliese zu. Es war, als würden ihr erst in diesem Moment all die schrecklichen Dinge einfallen, die ihr geschehen waren. Emma drehte sich wieder zu der Beamtin um.

„Sie waren bei mir im Krankenhaus und wollten wissen, wie es zu dem Sturz kam."

Die Polizistin zeigte auf den Stuhl. „Nehmen Sie sich doch bitte Platz. Da lässt es sich besser unterhalten."

Hanneliese rückte ihr das Möbel zurecht und flüsterte: „Setz dich doch endlich hin, Emma!"

„Das ist ja schön, dass Sie sich wieder erinnern." Die Beamtin sah Hanneliese an „Und Sie waren damals auch beteiligt? Haben Sie den Herrn schon mal gesehen, Frau Schmidt? Sie können ruhig an das Fenster herantreten. Der Mann kann sie nicht sehen."

„Ja, Frau Kommissarin. Der saß an der Kasse im Museum. Als ich mich im Bergbaumuseum umschauen wollte, rückte er mir nicht von der Pelle. Er tat so, als wenn ich was stehlen wollte. So kam es mir zumindest vor."

Die Polizeibeamtin führte anschließend die Nachbarin am Arm langsam zum Fenster.

„Nehmen Sie sich ruhig Zeit. Ist das einer der Herren, die gestern bei Frau Zimmermann waren?"

Die Nachbarin war ganz aufgeregt. „Ja, ja, das ist er. Der Mann mit der Damenfrisur."

Die Beamtin brachte die drei in einen anderen Raum. „Was hat denn Ihre Freundin über die Herrenbesuche erwähnt?" Die Polizistin forderte die Damen auf, sich zu setzen.

„Mir hat sie nichts von ihren Herrnbesuchen erzählt“, erklärte die Nachbarin. „Ich habe aber auch nicht nachgefragt. Das war ihre Sache, wen sie zu sich einlädt.“

Die Kommissarin schaute Hanneliese an. „Und was wissen Sie?“

Hanneliese strich ihre grauen Locken aus dem Gesicht. Sie war jetzt eine wichtige Zeugin.

„Bei unserem letzten Kaffeekränzchen hat sie uns nur erzählt, dass ein junger Mann sie bedrängt hätte. Sie hat uns aber nicht berichtet warum. Auch hat Erika nicht erwähnt, wie der Herr ausgesehen hat. Das muss aber mit dem Museum zusammenhängen.“

„Wieso Museum?“, wollte die Beamtin wissen.

Sie forderte zugleich den Beamten, der an der Tür stand, auf, Kriminalkommissar Vogel mit zu dieser Befragung dazuzuholen. Der Polizist betrat schon nach kurzer Zeit das Zimmer und begrüßte die Frauen. Er lächelte Hanneliese und Emma wissend an.

„Wir kennen uns bereits, die Damen. Es ist mir ein Vergnügen. Ich hoffe doch, Sie haben meinen Rat befolgt?“

Emma zischte leise: „Was meint der Kommissar? Von welchem Rat spricht er? Hast du mir etwas verheimlicht?“

Der Beamte beruhigte Emma: „Das können Sie später klären. Sie wollten uns soeben von Frau Zimmermann und dem Museum erzählen.“

„Nun ja, ich weiß nicht, ob das wichtig ist. Frau Zimmermann hat vor Jahren im Museum gearbeitet. Der Mann wollte angeblich etwas von ihr darüber erfahren. Sie hat uns aber nicht gesagt was.“ „Wusste sie, dass der junge Mann, den Sie gerade erkannte haben, im Museum arbeitet?“

Emma sprang von ihrem Stuhl auf. „Ach, das ist wohl der Bengel, der Erika auf die Pelle gerückt ist?"

„Das wissen wir noch nicht, gute Frau. Setzen Sie sich doch bitte wieder hin.

Hanneliese zog ihre Freundin auf den Stuhl zurück. „Musst du immer so ein Theater aufführen?"

„Wenn sie sich sicher sind, den Mann im Keller gesehen zu haben, ist er bei einer anderen Sache unser Hauptverdächtiger. Vielleicht hängen die beiden Verbrechen auch zusammen", überlegte die Kommissarin laut.

„Wieso hat er Erika besucht?", fragte Emma nach.

Walter Vogel ergriff nun das Wort. „Das wird uns wohl nun Herr Meier erklären müssen. Es ist aber eine Sache, die wir nicht hier an dieser Stelle klären können. Wir werden dem auf jeden Fall weiter nachgehen."

„Das wäre jetzt von unserer Seite alles", fasste die Polizistin zusammen. „Falls wir noch Fragen haben, dürfen wir Sie doch aufsuchen?"

Hanneliese drängelte sich vor. „Sie haben ja meine Adresse. Jederzeit."

Emma wollte auch von ihrem Stuhl aufspringen, aber ihre Freundin war schneller.

Der Beamte drückte zugleich Emmas Hand. „Danke, Sie haben uns sehr geholfen."

Emma war sehr verlegen und harkte sich bei Hanneliese ein. „Ist das wahr? War ich wirklich hilfreich?"

„Du hast den Mann wiedererkannt, Emma. Natürlich hat das der Polizei geholfen. Ich selbst kam doch erst viel, viel später dazu. Da lagst du bereits vor der Treppe und warst ganz durcheinander."

„Ach Hanneliese, das war so schrecklich. Ich darf gar nicht daran zurückdenken. Was war nun eigentlich mit dem Rat vom Kommissar?", wollte Emma Wissen.

„Du weißt doch, dass ich Nachforschung wegen deines Sturzes unternehmen wollte. Der Polizist hat mir davon abgeraten. Das wäre demnach viel zu gefährlich für eine Frau meines Alters."

XXXVIII

Der Beamte betrat wieder das Verhörzimmer. „So Herr Meier, da können wir unser Gespräch fortsetzen."

„Ich habe keine Zeit, Herr Kommissar. Das Museum öffnet normalerweise jeden Augenblick. Meine Chefin hat eine kranke Mutter zu Hause. Ich bin dann immer allein im Museum. Deswegen ist das nun meine Aufgabe."

„Herr Meier, machen Sie sich darüber keine Sorgen. Wir rufen im Museum an, dass Ihre Chefin eine Vertretung für Sie organisiert. Im Moment haben Sie ganz andere Probleme als die Öffnungszeiten."

„Was soll das heißen?", empörte sich Volker.

„Das heißt, dass Sie in den nächsten Tagen unser Gast sein werden."

Volker sprang von seinem Stuhl auf. Er hatte vor, sich lauthals über diese Tatsache zu beschweren.

„Setzen Sie sich, Herr Meier." Die Stimme des Polizisten ließ keinen Widerspruch zu.

Die Kommissarin betrat in dem Moment den Raum und zeigte auf einen Stuhl. „Wir hatten so eben ein sehr interessantes Gespräch mit drei älteren Damen geführt. Die eine hat Sie im Keller gesehen und wiedererkannt. Genau der Keller, in welchem der Gang endet, der vom Bergbaumuseum wegführt. Der Keller, durch welchen aller Wahrscheinlichkeit nach die Lade und der Humpen wegtransportiert worden ist. Sie hätten dabei die Frau geschubst und schwer verletzt liegenlassen. Wenn das stimmt, Herr Meier." Die Polizeibeamtin sah Volker streng an.

„Das ist nicht wahr. Ich war in keinem Keller", empörte sich Volker. „Und geschubst habe ich auch niemanden, Frau Kommissarin. So glauben Sie mir doch. Ich bin unschuldig."

„Das nennt man unterlassene Hilfeleistung, Herr Meier. Viel eher aber Körperverletzung, wenn nicht gar schwere Körperverletzung aus niederen Beweggründen heraus. Dazu kommt noch, dass die zweite Dame Sie heute früh bei Frau Zimmermann gesehen hat. Die Frau wurde nach Ihrem Besuch tot aufgefunden. Das sieht nicht gut aus."

„Was wollten Sie im Keller auf der Burgstraße?", ergriff der Kommissar mit schneidender Stimme das Wort. „Warum haben Sie die Frau so schwer gestoßen, dass sie ins Krankenhaus eingeliefert werden musste? Wo sind die Lade und der Humpen? Mit wem haben Sie zusammengearbeitet? Was wollten sie bei Frau Zimmermann?"

„Nun reden Sie schon", drängte die Kommissarin Volker ebenso.

Er schüttelte allerdings nur seinen Kopf und seufzte tief. „Die Damen müssen sich geirrt haben. Das war ich nicht. So etwas würde ich nie machen."

Der Beamte sah Volker fragend an. „Die Spurensicherung hat Fingerabdrücke gefunden. Wir haben diese mit den Ihren verglichen. Es gab Übereinstimmungen. Sie waren bei Frau Zimmermann. Leugnen nützt nicht. Die Frau ist tot, Herr Meier. Erleichtern Sie Ihr Gewissen. Das wird Ihnen helfen. Glauben Sie mir."

„Das können Sie mir nicht anhängen. Als die Frau mich rausgeschmissen hat, war sie noch putzmunter. Wie kommen Sie nur darauf, dass die Frau tot ist. Das glaub ich Ihnen einfach nicht."

„Das ist ja interessant, Herr Meier. Sie waren also doch bei Frau Zimmermann?"

Die Beamtin stützte sich auf dem Tisch mit den Händen ab und sah Volker zweifelnd an. „Wir sollen Ihnen abnehmen, dass Sie nichts gemacht haben? Nachdem Sie immer wieder alles abgestritten haben, geben sie Ihre Anwesenheit in der Wohnung nun zu? Kann man Ihnen überhaupt ein Wort glauben?"

Die Polizistin setzte sich. Der Kriminalkommissar übernahm nun die Befragung. „Was wollten Sie denn bei der Frau? Sie müssen ja einen Grund gehabt haben, sie zu besuchen."

„Das ist eine lange Geschichte, Herr Kommissar", erwiderte Volker.

„Wir haben Zeit und sind gespannt, was Sie uns nun wieder auftischen wollen."

„Ich habe die Frau nicht umgebracht und die Oma nur ein bisschen geschubst." Volker trommelte ungeduldig mit den Fingern auf der Tischplatte. „Dass sie so schlimm gefallen ist, habe ich nicht mitbekommen." Seine Chancen standen schlecht. Er wusste nicht, sollte er fluchen oder lieber weinen. „Frau Kommissarin, ich sage Ihnen die Wahrheit. Wirklich!"

Die Beamtin lehnte sich auf ihrem Stuhl zurück. „Na da bin ich aber gespannt, was Sie uns jetzt erzählen, Herr Meier."

Volker holte tief Luft und schaute von einem zum anderen. „Vor ein paar Tagen kam ein Mann ins Museum und wollte die Adresse von dieser Frau Zimmermann. Ich kannte die Frau nicht und da hat er sich an meiner Chefin gewandt.“ Volker rutschte unruhig auf seinem Stuhl hin und her.

„Na und weiter“, drängte die Beamtin. „Sie hat ihm die Adresse aber nicht gegeben. Am selben Abend hat er auf mich noch vor dem Museumseingang gewartet. Was soll ich sonst noch sagen?“

„Nun lassen Sie sich doch nicht jedes Wort einzeln aus der Nase ziehen.“

Die Polizeibeamtin wurde ebenso ungeduldig. „Wollen Sie vielleicht eine Pause, wenn Ihnen das hier gerade zu anstrengend ist?“

„Nein es geht schon, Frau Kommissarin.“ Volker holte tief Luft. „Der Mann hat mir Geld geboten, wenn ich ihm die Adresse von Frau Zimmermann besorge.“

„Und da Sie immer in Geldnot sind, haben Sie ihm die Adresse beschafft.“

Volker saß geknickt auf seinem Stuhl und nickte nur.

„Herr Meier, wissen Sie die Adresse von dem Herrn oder wenigstens seinen Namen?“

„Ich weiß nur, dass er aus Leipzig stammt und dass sein Name Marcus Leibold ist.“

„Das ist doch immerhin schon etwas, Herr Meier. Und wie sieht er aus?“

„Er trägt einen feinen Anzug, Lackschuhe und gegeltes glattes Haar. So circa einsachtzig ist er groß.“

„Obwohl Sie den Herren nicht gut kennen, haben Sie ihn aber sehr genau beschrieben“, meinte der Kommissar.

„Ich habe ihn aber seit der Adressübergabe nicht wiedergesehen.“

Die Kommissarin verließ das Zimmer und kam mit einem Glas Wasser wieder. Sie stellte es vor Volker auf den Tisch.

„So und nun weiter, Herr Meier. Sie haben die Lade und den Humpen entwendet?“

Volker wollte neuerlich alles abstreiten. Die Polizistin stand von ihrem Stuhl auf und baute sich vor ihm auf.

„Aber das konnten Sie nicht alleine durchziehen. Wer war daran beteiligt und wo sind die gestohlenen Sachen?“

Volker trank mit einem Zug das Glas leer. Er wusste, dass er in der Falle saß. Innerlich kämpfte er darum, so wenig wie möglich preiszugeben. Es war gegen seine Ehre, die Komplizen zu verraten. Man konnte ihn alles Mögliche schimpfen. Ein Denunziant und Verräter war er jedoch noch nie gewesen.

„Herr Meier, neben Mord geht es auch um Diebstahl und Körperverletzung. Reden Sie mit uns, damit wir Ihnen helfen können.“

„Ich gebe zu, sowohl die Lade als auch den Humpen gestohlen und durch den Keller transportiert zu haben.“

„Na also, warum nicht gleich so? Wer hat Ihnen dabei geholfen?“ Der Beamte schob Volker einen Zettel und einen Bleistift hin. „Name und Adresse bitte. Oder wollen Sie etwa die Schuld alleine tragen? Überlegen Sie sich die nächsten Schritte ganz genau. Ihre Zukunft könnte davon abhängen.“

Die Kommissarin verließ den Raum.

„Ich kenne nur die Namen. Wo sie aber wohnen, weiß ich nicht.“

„Kommen Sie mit den Herren vielleicht anderweitig in Kontakt?“, wollte der Beamte wissen.

„Entweder sitzen sie im Park am Springbrunnen oder vor dem Kaufland.“

Die Beamtin betrat erneut das Zimmer.

„Herr Meier, Sie bleiben erst einmal bei uns in Untersuchungshaft. Es besteht bei Ihnen durchaus Fluchtgefahr. Die Staatsanwaltschaft muss entscheiden, wie wir mit Ihnen weiter verfahren. Wir befragen Sie morgen auf jeden Fall ein weiteres Mal."

„Ich kann doch aber morgen wiederkommen, Frau Kommissarin." Volker hatte eine ganz zittrige Stimme.

„Für ein paar Tage sind Sie bei uns Gast, bis wir Ihre Aussage überprüft haben. Da kommen Sie nicht drum rum."

Wie ein geprügelter Hund verließ Volker das Verhörzimmer. Er spürte genau, dass in nächster Zeit seine Pferdchen tabu für ihn waren. Überhaupt würde sich nun so einiges für ihn ändern.

Am darauffolgenden Morgen saß Volker unausgeschlafen und mit Augenringen abermals im Verhörraum. Ihn störte die gute Laune der Kommissarin ungemein. Sie war das genaue Gegenteil seiner Gemütslage.

„Wie geht es Ihnen, Herr Meier?"

Volker starrte ins Leere. „Na wie wohl? Ziemlich übel."

„Wir haben eine gute und eine schlechte Nachricht für Sie. Welche wollen Sie zuerst hören, Herr Meier?"

„Ist mir egal", maulte Volker. „Die Hauptsache ist, ich komme hier schnell wieder raus."

„Die positive Nachricht, wir haben diesen Marcus Leibold gefunden und er ist auf dem Weg hierher. Die Schlechte ist, dass die zwei Männer, die Sie uns genannt haben, als nicht auffindbar gelten. Haben Sie uns da belogen?"

Volker wusste, dass die beiden Urlaub machten. Das würde er aber nicht denen erzählen. Sollte die Polizei doch ihre Arbeit machen. Er hatte ohnehin bereits mehr als genug gesagt.

Walter Vogel winkte seine Kollegin aus dem Zimmer. Für eine ganze Weile saß Volker allein in dem stillen Verhörraum. Es war, als wäre er der einzige Mensch auf der Welt. Von nirgendwo drang ein Geräusch zu ihm vor. Nach einer gefühlten Ewigkeit ging die Tür auf. Im Eingang stand Marcus Leibold, der von einem Polizisten in das Verhörzimmer geleitet wurde. Kurz darauf waren sie allein. Wieso brachte die Polizei sie zwei zusammen? Was erhofften die Kommissare sich davon?

Marcus schielte Volker von der Seite an. „Was willst du denn hier? Hast du mich in die Pfanne gehauen? Woher du meine Adresse organisiert hast, weiß ich bereits."

„Bleib mal ruhig. Die Frau, die du vorgestern besucht hast, ist tot. Hier geht es nicht mehr um irgendwelche Bagatellen. Es ist wirklich jemand gestorben. Verstehst du? Das ist kein Spiel mehr. Die Bullen haben uns am Arsch."

„Du spinnst doch", fauchte Marcus. „Ich war gar nicht mehr in Freiberg. Oder hast du mich etwa irgendwo gesehen?"

„Ich nicht. Die Nachbarin aber, als du eilig das Haus verlassen hast." Volker sah Marcus hämisch an. „Noch Fragen? Du hängst hier genauso mit drin."

Die Kommissare betraten beide das Verhörzimmer.

„Herr Leibold wir brauchen von Ihnen die DNA."

„Wozu denn? Ich habe absolut nichts getan. Das dürfen Sie nicht."

„Ein Haar, mehr benötigen wir nicht."

Marcus schob seine Beine unter den Tisch und schaute die Wand an. Der Beamte stellt sich vor Marcus breitbeinig hin.

„Ich hole jetzt einen richterlichen Beschluss, Herr Leibold. Danach sind Sie verpflichtet, uns eine DNA zu geben. Das macht alles nur noch schlimmer für Sie, wenn Sie die Zusammenarbeit verweigern."

Marcus griff aggressiv in seine gegelte Frisur und riss sich ein paar Haare aus. Walter Vogel zog schnell eine Folientüte aus seiner Tasche und schob die Haare hinein. Er hatte zuvor unbemerkt Gummihandschuhe übergestreift.

Die Beamtin sah von Volker zu Marcus. „So meine Herren, es kommen gleich drei Damen. Wir machen eine Gegenüberstellung. Sie werden die Damen nicht sehen aber die Damen Sie." Die Kommissarin zeigte auf den Spiegel an der Wand.

„Warum bin ich eigentlich hier?", wollte Marcus erfahren.

„Das kann ich Ihnen sagen", Walter Vogel betrat wieder das Verhörzimmer. „Vorgestern ist Frau Zimmern zwischen 08:00 Uhr und 09:00 Uhr gewaltsam zu Tode gekommen. Sie wurde mit einem harten Gegenstand auf den Kopf getroffen. Was wollten Sie von der Frau?" Der Kommissar setzte sich den zwei Männern gegenüber.

„Wir wissen von der Lade, dem Humpen und der Körperverletzung", ergänzte die Polizistin. „So meine Herren, jetzt können Sie uns erzählen, wie das alles zusammenhängt. Nehmen Sie einfach die Last von Ihren Schultern."

Volker und Marcus sahen sich allerdings nur an und schwiegen.

„Nicht alle auf einmal", scherzte der Beamte. „Na dann kommen wir eben zu Ihnen, Herr Leibold." Der Polizist blickte Marcus an. „Was wollten Sie bei Frau Zimmermann?"

Volker sah von Anfang an, dass Marcus kein Berufsverbrecher war. Es war nur eine Frage der Zeit, bis er einknicken würde. Marcus würde aus der Sache nicht ungeschoren herauskommen. Zu sehr steckte der Typ bereits in allem mit drin.

„Mein Vater hat mit Frau Zimmermann zusammen vor vielen Jahren die Lade im Museum ausgetauscht.“

Nun war auch Volkers Neugier an der Geschichte von Marcus Leibold geweckt. Er fragte sich schon seit einiger Zeit, wie das alles zusammenhing.

„Er hatte eine Kopie von der Lade gemacht und Frau Zimmermann hat sie für ihn umgetauscht. Ihm lag nichts an der Lade. An dem Inhalt aber war er sehr interessiert.“

„Der Inhalt?“ Der Polizist zeigte sich verwirrt. Marcus schüttelte seinen Kopf. „Er hatte sich aber wesentlich mehr von dem Inhalt erhofft. Ein paar Tage vor seinem Tod hat er mir alles erzählt. Er behauptete, da wäre ein wertvolles Dokument in der Lade versteckt. Die Museumsangestellte hätte es ihm jedoch unterschlagen. Er konnte es nur nicht beweisen.“ Marcus blickte traurig zu Boden. „Ich habe ihm auf dem Totenbett versprochen, mich darum zu kümmern. Ich gebe zu, die Frau aufgesucht zu haben. Umgebracht habe ich sie aber nicht. So etwas würde ich nie machen. Ich bin ein anständiger Mensch.“

„Dafür müssen Sie uns schon ein paar mehr Beweise liefern. Ihr Wort hat in diesen vier Wänden hier relativ wenig Gewicht. Momentan wirken Sie auf uns sehr schuldig.“

Nach kurzem Zögern setzt Marcus zu einer Erklärung an. Erst holprig und abwartend sprudelten ihm die Worte zum Ende hin förmlich heraus. Es war für ihn offensichtlich gar eine Wohltat, sich endlich alles von der Seele zu reden.

„Es war das letzte Gespräch, das ich mit meinem Vater geführt habe. Er war schon sehr schwach und sprach nur leise mit mir: Mein Sohn, wir haben früher in Freiberg gewohnt. Wir hatten eine kleine Werkstatt und haben alte Möbel restauriert. Ich weiß nicht, ob du dich daran noch erinnern kannst. Aber ab und zu haben wir auch neue Schränke gebaut – je nach Kundenwunsch. Eines Tages kam ein recht junger Mann in meine Werkstätte. Er hatte den Auftrag, dic komplette Einrichtung einer neuen Villa bei mir zu bestellen."

Kurz war Marcus genötigt, einen Schluck Wasser zu trinken. Nicht nur das Reden strengte ihn an. Offensichtlich kämpfte er auch wegen der Erinnerung an die damaligen Ereignisse mit sich.

„Mein Vater hatte sich schon gewundert, wieso ein Dresdner vom „Weißen Hirsch" einen Freiberger Handwerker beauftragt. Es war jedoch ein Großauftrag. So sagte er nicht nein. Allerdings gab es in der DDR kaum Material für anspruchsvolle Möbel. Das sollte sich jedoch nicht als das eigentliche Problem herausstellen. Ein paar Tage später stand ein Mann in der Werkstatt und brachte Skizzen von der Villa und den Räumen mit. Er versprach meinem Vater, die nötigen Materialien und das Zubehör zu organisieren. Wenn der Auftraggeber zufrieden wäre, würde mein Vater auch einen Teil des Lohns in Westgeld bekommen. Ab da war klar, dass der Auftraggeber ein ranghoher SED-Funktionär sein musste. Bei der Erzählung wurde mein Vater damals immer leiser. Er schämte sich, aber das Westgeld hatte ihn doch gereizt. Kein halbes Jahr später stand schließlich die Staatssicherheit in seiner

Werkstatt und hatte ihn verhaftet. Er würde mit Westbürgern krumme Geschäfte machen, wurde ihm vorgeworfen."

Erneut setzte Marcus in seinem Bericht ab. Er schluckte schwer ob den Gedanken an jenen Tagen.

„Er verbrachte damals sechs Monate im Gefängnis in Bautzen – ohne eine Gerichtsverhandlung. Als er herauskam, war er nicht mehr derselbe. Danach sind wir nach Leipzig gezogen. Ich wollte meinem Vater eine Pause gönnen, aber er erzählte immer weiter. Es war, als würde er wissen, dass es seine letzten Stunden wären: Nach der Wende habe ich in meiner Akte gelesen, wer mich ausspioniert und verraten hat. Der Auftraggeber war tatsächlich ein sehr hoher SED-Funktionär. Ihm ging es nur darum, die Rechnungen nicht bezahlen zu müssen. Er hat unser Leben wegen ein paar läppischen tausend DDR-Mark zerstört. Ein Tischlermeister aus Dresden hat für die Staatssicherheit gearbeitet. Über ihn lief letztlich das Denunzieren. Allerdings hatte ich, bevor die Stasi gekommen ist, sämtliche Unterlagen, Pläne und Beweise in einer alten Innungslade versteckt. Die stand damals zu Restaurationszwecken in der Werkstatt. Später ging sie wieder ins Museum zurück. In ihr waren die Dokumente sicher. Dann kam die Wende. Natürlich habe ich mir gleich meine Akte angesehen. Es wurde jedoch nur der „IM" benannt. Ich wollte aber wissen, wer mir das alles angetan hat. Er sollte zur Rechenschaft gezogen werden. Ich wollte Gerechtigkeit. Ich musste die Beweisstücke zurückhaben, darum habe ich die Lade getauscht. Die originale Lade war vor vielen Jahren in unserem Besitz. Sie wurde von unseren Vorfahren schon vor langer Zeit nachgebaut, aber ohne Geheimfach. Es geht mir um den Ruf, die Ehre und das Ansehen unserer Familie. Deine Mutter hat viele Jahre darunter gelitten und ist daran zugrunde gegangen. Als ich mir jedoch die Lade aus dem

Museum über Umwege und mit viel Schmiergeld besorgt hatte, war das Geheimfach leer. Dadurch wurde mir die Möglichkeit genommen, Gerechtigkeit zu erfahren. Das musst du übernehmen, mein Junge. Bitte! Es ist das Einzige, um was ich dich bitte – Gerechtigkeit!"

„Das ist ja alles recht interessant. Wie hängt das aber mit Frau Zimmermann zusammen?", fragte der Polizist.

Marcus rutschte unruhig auf seinem Stuhl hin und her. „Ich gebe zu: Ich war heute früh bei Frau Zimmermann. Es war mein Anliegen, Sie nach den fehlenden Dokumenten zu fragen. Die Tür war offen und ich habe gerufen, aber keine Antwort erhalten. Da bin ich langsam in die Wohnung und sah sie am Boden liegen. Überall waren Papiere verstreut und Kästen herausgezogen." Marcus stand von seinem Stuhl auf und lief unruhig hin und her. „Ich habe ganz einfach Panik bekommen und bin abgehauen. Es war nicht richtig aber ich hatte Angst."

„Setzen Sie sich wieder, Herr Leibold." Der Kommissar zeigte auf den leeren Stuhl. „Sie sagten, die Tür war auf?"

Marcus setzte sich und nickte.

„Ist Ihnen jemand im Haus begegnet oder hat das Haus verlassen?"

Marcus hob die Schultern. „Ich war so aufgeregt. Ich weiß es nicht mehr genau. Ich kann mich kaum an die Situation erinnern. Ich war nur noch in Panik."

Der Kommissar wendete sich Volker zu. „Wenn er den Mord nicht begangen hat, bleiben nur noch Sie übrig."

„Aber ich war doch gar nicht in der Wohnung", stotterte Volker. „Die Frau hat mich schon im Flur rausgeschmissen. Außerdem war sie bei mir noch am Leben."

„Dann erzählen Sie uns von der Lade und den Humpen, aber genau! Das ist Ihre einzige Chance."

Die Müdigkeit verschwand aus Volkers Gesicht. Ihm war bewusst, dass er nichts mehr verheimlichen durfte. Am Ende würden sie ihm alles anhängen. Damit käme er zwanzig oder mehr Jahre in den Bau. Er berichtete weinerlich von dem Auftrag, den er von Ingolf bekommen hatte, die Lade aus dem Museum verschwinden zu lassen.

„Ingolf hatte einen Tischlermeister an der Hand, der scharf auf die Lade war. Ich glaube, dass es dabei um irgendein Geheimnis in der Lade ging."

„Wo wohnt dieser Ingolf und wie heißt er mit Nachnamen?"

Volker knirschte mit den Zähnen, als er die Adresse von Ingolf ansagte.

Walter Vogel sah seine Kollegin fragend an. „Der Herr Meier kann erst mal in die Zelle zurück. Zumindest, bis wir alles überprüft haben. Oder hast du noch Fragen?"

Sie winkte dem Beamten an der Tür zu, der Volker in die Zelle führte.

XXXXVIIII

Ingolf zuckte kurz zusammen, als er die Tür öffnete. Er wusste, was jetzt auf ihm zukam. Der Meier hatte Scheiße gebaut. Nun musste er es ausbaden.

„Sind Sie Ingolf Weber?", fragte der große Polizeibeamte mit dem Igel-Haarschnitt.

„Wer will das wissen?", konterte Ingolf frech.

Die Beamten zogen ihre Ausweise und reichten sie an Ingolf. Der kleinere Polizist mit dem runden Gesicht und den roten Wangen fordert Ingolf auf, zwecks einer Befragung auf die Dienststelle mitzukommen. Er schoss einen wütenden missbilligenden Blick auf den Uniformierten ab.

„Darf ich fragen, um was es geht?"

„Das erfahren Sie auf dem Revier. Bitte ziehen Sie sich etwas an."

Ingolf nahm seine Jacke vom Haken und knallte die Tür hinter sich zu. Vor dem Haus stand das Polizeiauto. Die Nachbarn schauten alle aus den Fenstern.

„Das auch noch", schimpfte Ingolf „Wollen Sie mir nicht auch noch Handschellen anlegen?"

Auf dem Revier wurde er von Kommissar Walter Vogel erwartet.

„Wir haben Fragen zu einem Diebstahl, diversen Körperverletzungen und einem Mord." Der Beamte zeigte auf einen Stuhl. „Nehmen Sie bitte Platz."

Ingolf zitterten die Knie. Er war froh, dass er sich auf einen Stuhl setzen konnte. Mord, wieso Mord?

„Ich berichte Ihnen, was wir bereits wissen. Volker Meier und Marcus Leibold sind unsere Gäste und haben fast alles zugegeben. Nun wollen wir nur noch Ihre Meinung dazu hören. Sie haben gerade die einmalige Chance, sich vorher zu den Vorfällen zu äußern."

Ingolf sah den Beamten entgeistert an. „Wer ist Marcus Leibold? Den kenne ich nicht, Herr Kommissar. Warum überhaupt Mord? Was soll ich damit zu tun haben? Ich bin kein Mörder."

„Frau Zimmermann aus der Nonnengasse ist vorgestern tot aufgefunden worden. Herr Meier und Herr Leibold waren es nicht. Sie sind laut Aussage der dritte im Bund bei dem Diebstahl. Sogar der Auftraggeber wie uns der Herr Meier bestätigte. Wo waren Sie am vorgestern Morgen zwischen 08:00 und 09:00 Uhr?"

Ingolf atmete erleichtert auf. „Ich war beim Kardiologen."

Er holte einen Bestellbeleg aus dem Portmonee und reichte ihn an den Beamten. Walter Vogel schrieb die Adresse auf und gab sie weiter an einen anderen Polizeibeamten. Dieser schob den Beleg wieder über den Tisch, zu Ingolf zurück.

„Wir werden es trotzdem überprüfen. Man kann sich so einen Beleg auch von einem Bekannten geben lassen. Wie dem auch sei, wo ist die Kopie der Lade und der Humpen, Herr Weber?"

„In Dresden", flüsterte Ingolf „Über den Humpen müssen sie Volker ausfragen. Damit habe ich nichts zu tun. Er brauchte Geld für seine Pferdewetten. Die Lade in Dresden ist aber nur eine Kopie. Ist es überhaupt ein Verbrechen, eine Nachbildung zu stehlen?"

„Das wissen wir. Der Tischlermeister bekommt ebenso eine Anzeige von uns. Die originale Lade wird außerdem gerade aus Leipzig geholt und ins Museum zurückgebracht."

Der Kommissar schaute Ingolf mit einem Stirnrunzeln an. „Wer war noch an dem Diebstahl beteiligt? Die ältere Dame hat von drei Männern gesprochen, die im Keller waren. Herrn Meier hat die ältere Frau schon erkannt. Offensichtlich hat er sie zu Boden gestoßen."

Ingolf begriff, dass es nichts mehr brachte, etwas zurückzuhalten. Also erzählte er der Polizei von Olaf und Mike. Ingolfs Gesicht wurde nachdenklich. „Ich weiß nur, dass die beiden im Urlaub sind. Leider nicht, wo genau und wann sie zurückkommen."

„Vollständige Namen und Adressen bitte." Der Polizist schob Ingolf einen Zettel und einen Stift zu.

„Kann ich jetzt gehen, Herr Kommissar?" Ingolf wollte aufstehen.

„Erst unterschreiben Sie das Protokoll. Außerdem brauchen wir noch ihre DNA und die Fingerabdrücke. Danach können Sie erst einmal wieder weg. Sie verlassen Deutschland aber nicht und halten sich nur in Freiberg auf. Ist das soweit klar? Eine Anzeige wegen Anstiftung für den Diebstahl bekommen Sie auch. Das sollte klar sein. Über weitere Schritte entscheidet die Staatanwaltschaft."

Ingolf schlich nach Hause, wie ein geprügelter Hund. Er fühlte sich erbärmlich.

L

Ein Beamter führte Volker ins Verhörzimmer. Es war eine ähnliche Situation wie in den Tagen zuvor. Langsam bekam Volker Zweifel, dass es gut für ihn ausgehen würde. Diesmal hatten sie in dran bekommen. Es war nur noch die Frage, für wie lange er ins Gefängnis musste.

„Herr Meier, haben Sie heute besser geschlafen?", begrüßte ihn die Kommissarin.

Volker winkte ab. „Das Bett ist zu hart", maulte er und zeigte auf seinem Rücken. „Aber nett, dass Sie sich für mein Wohlbefinden interessieren."

„Als Erstes möchten wir wissen, wo ist der Humpen?"

Volker sah den Beamten mit großen Augen an. „Wer hat Ihnen erzählt, dass ich den Humpen habe?"

„Das spielt keine Rolle. Also wo?"

„In meinen Keller", gab er kleinlaut zu.

„Wir hatten bei Ihnen schon eine Hausdurchsuchung durchgeführt und nichts gefunden. Sie haben doch nicht etwa zwei Keller?"

„Nein, Herr Kommissar. Ich habe ihn nur versteckt untergebracht. Vielleicht sind die Polizisten doch nicht so gut, wie sie denken."

„Okay, damit hätten wir diese Frage auch geklärt. Da werde ich die Anweisung geben, den Humpen zu holen und ins Museum bringen zu lassen. Wir brauchen nur noch die Schlüssel für den Keller, Herr Meier. Heute soll zudem die Lade von Leipzig ins Museum überführt werden. Da können wir den Diebstahl und die Körperverletzung abschließen. Wir werden nur noch die zwei Urlauber befragen müssen."

Volker sah überrascht auf. Wie schnell sich plötzlich alles erledigte.

„Den Mord an der Frau Zimmermann haben wir allerdings noch nicht geklärt, Herr Meier. Wer hat noch von der Lade gewusst und das Frau Zimmermann daran beteiligt war?"

„Nur meine Chefin wusste noch von dem Diebstahl. Sie hat auch Frau Zimmermann besucht. Das hat sie mir zumindest erzählt."

Volker Meier verspürte plötzlich einen Schwindel, ihm gingen viele Fragen durch den Kopf. War es seine Chefin? Konnte es wirklich so sein?

Walter gab den Beamten ein Zeichen. „Herr Meier bleibt weiterhin unser Gast."

LI

Der Kommissar fuhr mit einem Kollegen auf die Fischerstraße und holte den Humpen aus Volkers Keller. Danach ging es ins Museum, um den Humpen der Museumsleiterin zu übergeben. Irene Kleinschmidt sah seiner Meinung nach müde und abgespannt aus.

„Wann kommt denn Herr Meier wieder?", wollte sie wissen.

„Interessiert es Sie gar nicht, wo wir den Humpen gefunden haben, Frau Kleinschmidt?"

Sie fuhr sich fahrig durch das Haar. „Ich schaffe das nicht alleine und eine Aushilfe ist nicht in Sicht."

„Wir haben noch eine weitere gute Nachricht für Sie. Die originale Truhe kommt heute auch noch zurück."

Sie schien mit ihren Gedanken aber ganz wo anders und nickte nur.

„Wir haben noch eine Frage, dann gehen wir wieder. Wo waren sie vor drei Tagen am Vormittag, ehe sie das Museum aufgeschlossen haben?"

„Bei meiner Mutter. Sie ist pflegebedürftig und ich teile die Pflege mit dem Pflegedienst."

„Das werden wir nachprüfen. Wann waren sie das letzte Mal bei Frau Zimmermann?"

„Wer soll das sein? Ich kenne keine Frau Zimmermann." Irene Kleinschmidt drehte ihm den Rücken zu. Touristen betraten das Museum. Die Frau eilte zugleich auf die Gäste zu.

„Wir reden heute Abend nach Museumsschluss weiter – am besten auf dem Revier."

Die Museumsleiterin wendete sich empört um. „Da kann ich nicht. Meine Mutter wartet auf mich."

Sie zitterte am ganzen Körper.

Der Beamte beruhigte Irene Kleinschmidt. „Wir werden den Pflegedienst benachrichtigten, dass sie eine Zusatzschicht einlegen müssen. Geben Sie uns bitte die Nummer vom Dienst."

Er verließ kurze Zeit das Museum und kam gleich zurück.

„Alles geklärt. Der Pflegedienst bleibt solange bis Sie wieder bei ihrer Mutter sind."

Irene Kleinschmidt griff sich ans Herz und fiel vom Stuhl. Walter Vogel sprang sogleich zu ihr, um zu helfen. Ihm war klar, dass sie nicht schauspielte. Unverzüglich verständigte er den Notarzt. Dieser stellte einen leichten Herzinfarkt fest.

Der Arzt hob die Schultern. „Wir werden die Frau mit ins Krankenhaus nehmen müssen. Ein paar Tage zur Überwachung sind das Mindeste."

Walter rief noch einmal den Pflegedienst an und klärte ihn über die Situation von Frau Kleinschmidt auf. Danach ließ er das Museum räumen. Auf dem Revier unterrichtet Walter seine Kollegen über den neusten Stand der Ermittlung. Die Beamtin rief im Rathaus an und informierte die Behörde, dass am Nachmittag ein historisch wertvolles Objekt geliefert werden würde und dass sich Frau Kleinschmidt im Krankenhaus befindet.

Walter Vogel, fuhr ins Klinikum zu Irene Kleinschmidt. Die Kommissarin wollte währenddessen nochmals Herrn Meier und Leibold verhören.

„Wie geht es denn Ihnen, Frau Kleinschmidt?"

Sie hob müde ihren Kopf. „Ach, Sie sind es, Herr Kommissar. Wie geht es meiner Mutter?"

„Machen Sie sich keine Sorgen. Der Pflegedienst kümmert sich um ihre Mutter."

„Was wird aus dem Museum? Wer hat es abgeschlossen, Herr Kommissar?"

„Herr Meier wird morgen entlassen. Zumindest bis zu seiner Verhandlung wegen Diebstahl und schwerer Körperverletzung. Wir haben abgesperrt, Frau Kleinschmidt. Es geht alles seinen Gang."

Sie versuchte, sich aufzusetzen. Fiel aber wieder kraftlos in die Kissen zurück.

„Können Sie mir helfen? Ich möchte mich setzen."

Walter sah hilflos zur Tür. Zum Glück schaute in dem Moment eine Krankenschwester herein. Mit ein wenig Hilfe kam Irene Kleinschmidt in eine halbwegs bequeme Position.

„Was haben Sie denn auf dem Herzen, Frau Kleinschmidt? Ich sehe Ihnen doch an, dass Sie etwas bedrückt. Wollen Sie sich nicht die Last von den Schultern nehmen und mir etwas gestehen?"

Sie knüllte ihr Taschentuch in den Händen hin und her.

„Herr Kommissar, ich glaube, an Erikas Tod bin ich schuld. Ich hatte schon zeitig den Verdacht, dass Herr Meier und Erika hinter dem Diebstahl steckten. Das ließ mir einfach keine Ruhe. Ich bin zu ihrer Wohnung und habe geklingelt. Sie wollte mich aber gar nicht einlassen. Feindselig hat sie sich mir gegenüber benommen."

Irene Kleinschmidt hielt in ihrer Erklärung inne. Für mindestens eine Minute sagte sie nichts. Es war, als müsste sie sich erst an die Ereignisse erinnern. Nachdenklich blickte sie aus dem Fenster im Krankenzimmer und erzählte schließlich weiter.

„Ich habe ihr von meinem Verdacht berichtet. Erika hat aber nur gelacht."

Der Kriminalkommissar strich ihr sacht über den Arm. „Wir reden morgen weiter, Frau Kleinschmidt. Sie dürfen sich nicht so anstrengen. Nicht, dass Ihr Herz noch einmal schlapp macht."

„Nein, nein, Herr Kommissar. Ich muss das jetzt loswerden." Sie schaute den Polizisten traurig an. „Das liegt mir schon seit einer Weile auf meiner Seele. Ich war mehrfach bei Erika. In einem der Gespräche meinte sie, sie sei unschuldig und laufend kämen Männer und würden sie belästigen. Außerdem sagte sie, ich sollte nicht so viele Krimis ansehen. Stattdessen sollte ich mich lieber um meine kranke Mutter kümmern. Sie schob mich dabei nahezu in Richtung Ausgang. Da wurde mir klar, dass sie versuchte, mich loszuwerden. Einer Eingebung folgend bin ich in ihrer Stube gelaufen. Erika folgte mir natürlich und beschimpfe mich."

„Was ist danach passiert? Was haben Sie gesehen?"

„Auf dem Boden lagen Papiere kreuz und quer verteil herum. Aus allen Schränken waren die Schieber herausgezogen. Ich habe sie gefragt, ob bei ihr eingebrochen wäre. Sie sagte aber nur, dass ich eine blühende Fantasie hätte und endlich gehen sollte. „Erika wollte mich aus dem Zimmer schubsen. Da habe ich mich gewehrt."

Walter hielt den Atem an. Er wusste, dass jetzt die entscheidende Stelle folgte.

„Sie müssen verstehen, dass das alles nur ein Unfall war. Ich wollte es nicht", flehte Irene Kleinschmidt ihn an. „Erika stolperte über einen Kasten oder irgendwelchen anderen Unrat, der auf dem Boden in Haufen herumlag. Sie fiel mit dem Kopf voraus auf die Anbauwand. Ich stand unter Schock und bin so schnell ich konnte aus der Wohnung geflohen."

Walter holte tief Luft. So hatte sich die Sache also zugetragen. Von allen Beteiligten hätte er Irene Kleinschmidt am allerwenigstens die Tat zugetraut. So konnte man sich täuschen.

„Auf der Treppe habe ich ein schlechtes Gewissen bekommen, weil ich ihr nicht geholfen habe", berichtete die Frau weiter. „Da kam jedoch der Mann, der die Adresse von der Erika haben wollte. Ich hab mich versteckt, bis er an mir vorbei war. Anschließend bin ich eilig davongerannt. Ich ging schlichtweg davon aus, dass er ihr bestimmt helfen würde."

Walter stand auf und verabschiedet sich von Frau Kleinschmidt. Er hatte alles, weswegen er hierhergekommen war. Zudem war für ihn der Fall damit geklärt. Es gab keine Ungereimtheiten mehr.

„Erholen Sie sich erst einmal wieder. Dann reden wir weiter."

Sie ließ sich erleichtert in die Kissen fallen. Schon in dem Moment, als er durch die Tür trat, war die Frau in einen Schlaf gefallen.

Danksagung:

Ich danke Anne, Marcus, Gudrun und Saskia für das mühevolle Durcharbeiten meines Manuskriptes. Dank euch ist aus einer Idee ein fantastisches Buch geworden.

Ein weiteres Dankeschön geht an Anna Engel für das tolle Titelbild.

Marcus Wächtler

Erzfieber
Ein Bergstadtkrimi

Eine anonyme Millionenspende und das Verschwinden des Stadtkämmerers halten ganz Freiberg in Aufregung. Eine Leiche bringt zudem das Leben der jungen Freiberger Arzthelferin Ariane Itzen vollkommen durcheinander. Eigentlich wollte sie nur etwas Gutes tun. Stattdessen findet sie sich in einem Strudel aus Intrigen, Verschwörung und Mord wieder. Alle sind hinter neu entdeckten Erzvorkommen her. Nur sie hat die Chance, das mörderischer Verbrechen aufzuklären.

Marcus Wächtler

777: Die Endzeit im Zeichen Gottes

Seit tausenden von Jahren wächst und gedeiht die Menschheit ohne Unterlass. Lange hat Gott dem zügellosen Treiben seiner Kinder tatenlos zugesehen, doch mittlerweile sind die Ressourcen nahezu aufgebraucht und die Natur in weiten Teilen irreparabel zerstört. Was niemand ahnen konnte: Der Schöpfer hatte gar nicht vorgesehen, so viele Menschen auf der Erde zu dulden. An einem ganz normalen Tag im beschaulichen Dresden steht auf einmal die Welt Kopf. Das Grauen wandelt in den Straßen der Stadt. Es ist der Beginn der Apokalypse im Zeichen Gottes.

Marcus Wächtler

Die Enden der alten Welten

In einer Zeit voller Schrecken, Kriege und Umwälzungen sucht eine achtköpfige Siedlerfamilie im ausgehenden elften Jahrhundert einen Neuanfang in den entlegenen östlichen Grenzmarken des Reiches. Gemeinsam mit anderen Mitstreitern findet sie ihr Glück in einem abgelegenen Tal eines dunklen Gebirges, tief im heutigen Erzgebirge verborgen. Niemand von ihnen konnte ahnen, dass bereits andere Völker, düstere Dinge und magische Wesen diesen Teil der Welt bewohnen. Gefangen in den Ereignissen, werden die sechs Kinder der Familie zum Spielball höherer Mächte, denn die Hüterin der Irminsul sieht nur noch eine Chance: Sie muss die Welt ins Chaos stürzen, um die Entdeckung des Weltenbaums durch die Christen zu verhindern.